Francis Bebey
King Albert

HAMMER

Eine Edition des Peter Hammer Verlages
Wuppertal
und des Walter-Verlags
Olten und Freiburg im Breisgau

Herausgegeben von
Al Imfeld,
Jochen R. Klicker
und
Gerd Meuer

Francis Bebey

King Albert

Roman

Aus dem Französischen übersetzt von
Gerd Meuer

Mit einem Nachwort von
Armin Kerker

Peter Hammer Verlag
Wuppertal

Titel der Originalausgabe:
Le roi Albert d'Effidi,
erschienen bei Editions Clé, Yaoundé 1976

© Editions Clé, Yaoundé 1976
© für diese Ausgabe: Peter Hammer Verlag,
Wuppertal 1980
Umschlaggrafik Astrid Hübbe-Mosler
Gestaltung hammerteam
Satz und Druck F. L. Wagener, Lemgo
Buchbinderei Klemme & Bleimund, Bielefeld
ISBN 3-87294-158-5

CIP-Kurztitelaufnahme der Deutschen Bibliothek

Bebey, Francis:
King Albert : Roman / Francis Bebey. Aus d.
Franz. übers. von Gerd Meuer. Mit e. Nachw.
von Armin Kerker. – Wuppertal : Hammer, 1980.
 (Dialog Afrika)
 Einheitssacht.: Le roi Albert d'Effidi ‹dt.›
 ISBN 3-87294-158-5

Inhalt

Erster Teil: Die Straße
1. Das Dorf Effidi, komfortabel auf einem Teppich aus Grün gelegen — 9
2. Nkool, die Hauptstadt des Glaubens — 33
3. Zwei junge Mädchen gingen auf der Straße — 54
4. Die kleine Stimme, die in tiefster Nacht spricht — 64
5. Feiertag, aber trotzdem ein grauer Tag — 79
6. Zwei Kinder von Effidi werden von jenen armen Leuten des »Palmendorfes« festgehalten — 103
7. Am Rande eines Weges, der von Effidi nach Nkool führt — 109
8. »Das Wasser des Flusses lehnt man nicht ab, weil der Krug, den man hat, voller Löcher ist« — 121

Zweiter Teil: ... auf dem Weg in eine neue Welt
9. Ein neuer Wind weht über das Land — 143
10. Wie das Fieber Effidi packte — 163
11. Was sich seither in Effidi geändert hat — 183
12. Tobias wird begraben — 201
13. Lachen gleich pfundweise — 213
14. Die Trommeln von Nkool — 215

Nachwort von Armin Kerker — 225

Erster Teil

Die Straße

1. Kapitel

oder

Das Dorf Effidi, komfortabel auf einem Teppich aus Grün gelegen

Effidi atmete die lauwarmen Abende der schönen Jahreszeit. Es war angenehm, zu dieser Stunde des zu Ende gehenden Tages das friedliche Leben zu beobachten. Ein leichter Wind wirbelte ein wenig roten Staub auf, um ihn dann gemächlich auf den intensiv grünen Blättern der Hibiskushecke, die die steinige Straße zu beiden Seiten begrenzte, abzulegen. An einigen Stellen waren diese Hibiskushecken so hoch, daß sie wie Schutzwälle aussahen für die kleinen aus Lehm gebauten Häuser, die sich im hinteren Teil säuberlicher Innenhöfe oder kleiner, stets gut gepflegter, Gärten versteckten. Die Bewohner des Dorfes Effidi wußten die Straße schon richtig einzuschätzen, je nachdem, ob sie ihnen Glück oder Unglück brachte. So wußten sie zum Beispiel, daß die Straße es ihnen erlaubte, ihre Ernte ohne sonderliche Mühen auf den Markt der weit entfernten Stadt zu bringen, wo sie ihre Produkte verkauften und so ein wenig bares Geld verdienen konnten. Die Straße war für die Dorfbewohner auch dann nützlich, wenn sie, von einem langen Fußmarsch ermüdet, mit einem Handzeichen den Fahrer eines jener mit Unregelmäßigkeit verkehrenden Busse, die von Dorf zu Dorf bis zur Stadt oder umgekehrt fuhren, zum Anhalten bewegen konnten. Dann gab es aber auch jene großen Lastwagen, die mit Dutzenden Säcken voller Kakao, Nüssen und Palmkernen beladen waren; und wenn die dann das Dorf Effidi ohne Halt durchquerten, weil sie ohnehin schon überladen waren, und wenn sie dann Millionen von Staubkör-

nern aufwirbelten, dann beeilten sich die Bewohner »diese Straße des Kolonialbeamten« mit Verwünschungen zu belegen, »denn diese Straße hätte ja genausogut woanders gebaut werden können; und ihr schmutziger Dreck, das sage ich euch, meine Brüder, der wird uns alle noch einmal umbringen, und zwar uns alle bis zum letzten Mann.«
Und doch lebten sie alle fort, überlebten sie alle, bis zum letzten im Dorfe. Und übrigens, wenn diese steinige und staubige Straße hätte reden können, dann hätte sie die Leute von Effidi sicherlich daran erinnert, daß sie, nahm man alles zusammen, doch eher privilegiert waren, jedenfalls im Vergleich mit den Bewohnern der umliegenden Dörfer. Erinnert Euch doch an den Tag, an dem die Leute des Palmendorfes, ganz in der Nachbarschaft gelegen, voller Wut und Eifersucht diejenigen jungen Dorfbewohner, die vorgaben, französisch zu sprechen, zum kolonialen Administrator geschickt hatten, um Herrn Baudruchon zu bitten, daß er für ihr Dorf doch bitte auch so eine schöne Straße fabrizieren möge. Der Administrator hörte sich an, wie diese Bitte von den jungen Männern mit so beeindruckenden Muskelpaketen formuliert wurde. Mühevoll hatte er versucht, seine Überraschung, die die Röte seines Gesichtes zu verraten schien, zu verbergen. Dann hatte er seinen Besuchern ganz einfach geantwortet, sie müßten sich schon selbst an die Arbeit machen und die Straße selbst bauen, wenn sie denn eine Straße wie die Leute von Effidi haben wollten. Er versäumte es jedoch nicht, den Bittstellern zu versprechen, daß er dann ebenso viele Autos über diese Straße fahren lassen werde wie über die Straße von Effidi, wenn sie ihre Straße erst einmal fertiggestellt hätten. Und aus diesem eher spöttisch vorgebrachten Versprechen hatten die Leute des Palmendorfes ganz offensichtlich gefolgert, daß es die Straßen waren, die

die Autos herbeizauberten, womit sie ja sogar recht hatten, denn sie hatten ja noch nie ein Automobil auf einem Weg gesehen, der nicht für vierrädrige Fahrzeuge vorgesehen war. Hatten die Leute des Palmendorfes also die Intelligenz mit Löffeln gefressen? Niemand würde dies wohl behaupten können, ohne Gefahr zu laufen, sofort auf eine total entgegengesetzte Meinung zu treffen. Tatsache aber ist: Kaum hatten die Einwohner von Effidi vernommen, wie Herr Baudruchon die Delegation der jungen Leute so böswillig, aber gezielt lächerlich gemacht hatte, da stiegen sie auch schon auf die hochbeinigen Rösser des Stolzes und machten plötzlich aus »ihrer Straße« ein wahres Ruhmesblatt ihres Dorfes. Mitleidlos verkündeten sie auf allen Pfaden im Busch, daß sie selbst jene von ihren Nachbarn so heiß herbeigesehnte Sache besaßen und daß niemand sie ihnen mehr wegnehmen könne: die Straße. Und bis zum Einfall der Nacht verkündeten die Trommeln im Rhythmus der Spottgesänge auf dem Dorfplatz von Effidi die effidische Version des Treffens zwischen dem Kolonialbeamten und den jungen Leuten des Palmendorfes: »Sie haben ihm gesagt, sie haben wirklich zu ihm gesagt: Gib uns eine Straße wie die, die du in Effidi gebaut hast. Wir haben es satt, in der Regenzeit unsere Füße auf schlammigen Pfaden zu bewegen ... Ihr lacht, ja, ihr lacht, aber es ist wahr. Und der Beamte hat ihnen geantwortet, hört zu, er hat ihnen geantwortet: ›Ihr Gottverdammten, der linken Hüfte des Teufels entsprungenen Kinder, wenn ihr eine Straße wollt, was habe ich damit zu tun? Geht nach Hause zurück und kreuzt die Arme, so wie es die Leute von Effidi gemacht haben, und ihr werdet sehen, daß es der Himmel selbst ist, der euch eine Straße bescheren wird. Aber kommt mir bloß nicht mehr und belästigt mich, wenn ich meinen Mittagsschlaf genießen will.‹«

Seht Ihr, die Leute von Effidi waren wahre Heilige, und dies ist ohne Zweifel der Grund, weshalb ihnen der Himmel, obwohl sie mit dem Makel eines grausamen Stolzes behaftet waren, ihnen jene Sache beschert hatte, nach der sich ihre Nachbarn so sehr sehnten und die ihnen niemand mehr würde nehmen können: die Straße.
»Sie sind wirklich dumm, Gott, wie dumm sie sind«, sagte King Albert von Effidi, mit einem tiefen Seufzer. »Als ob man jemand die Straße wegnehmen könnte«, setzte er dann noch hinzu.
Er trat noch einmal kräftig in die Pedale und legte noch einmal ein paar Meter zurück. Aber von diesem Punkt an stieg die Straße unaufhörlich bergan, und sie forderte dem King mit seinen immerhin 50 Jahren eine immer beschwerlichere Anstrengung ab. So stieg er denn von seinem Rad, und er begann den Anstieg des kleinen Hügels zu Fuß.
Der Abend war hereingebrochen, mit seinem natürlichen Parfum, das die Pflanzen und die Blumen des Waldes ausatmeten; der leichte Abendwind bewegte die hohen Bäume links und rechts der Straße. Schwärme von Leuchtkäfern kamen aus den Büschen, Tausende von Sternen leuchteten am Himmel. Das vage Leuchten eines längst beendeten Sonnenuntergangs hing noch nach, und Insekten aller Art begannen ihre nächtliche Symphonie, in die sich allein noch der rhythmische Klang der Schritte des King auf dem Kiesel der Straße mischte. Der King schritt munter voran, obwohl natürlich gegen Abend seine Glieder und seine Bewegungen nicht ganz von Ermüdung frei waren.
Plötzlich brach aus der Lichtung am Gipfel des Hügels ein Automobil mit voll aufgeblendeten Scheinwerfern hervor ... Der King, ein wenig erschrocken, hatte gerade noch genügend Zeit, um sich am Straßenrand zu verstecken, indem er mit einem überraschenden Elan sein

Fahrrad, das ihm in diesem Moment ganz leicht erschien, ergriff. Das Auto fuhr rasch an ihm vorbei, hinterließ eine große, ungesunde Staubwolke, von der jeder weiß, daß sie allein dazu da war, die Bewohner von Effidi alle, und zwar bis zum letzten, umzubringen.
»Welch ein Unglück doch, diese Autos, wahre Todesmaschinen mit ihren vier Rädern, die fähig sind, vier Personen zugleich zu zermalmen. Und wenn man dann bedenkt, wie viele Leute es gibt, die nur zu glücklich wären, ein Auto zu besitzen. Die kann man ja gar nicht mehr an den Fingern einer Hand abzählen. Heute würde gern jeder ein Auto haben, jeder, alle Welt. Aber der Preis eines Autos, weißt du, wie hoch der ist? Laß es dir sagen, diese Leute, also die stellen die Autos nur deshalb her, weil sie die einzigen sind, die auch das Geld haben, um sie zu kaufen ... Das sind übrigens genau dieselben Leute, die das Geld herstellen. Hat man jemals gesehen, wie ich Geld herstelle?«
Dieses Selbstgespräch ging noch eine Weile weiter, bis der King Albert von Effidi die Spitze des Hügels erreicht hatte. Dort angelangt, stieg er wieder auf sein Fahrrad, und auf der ebenen Fläche trat er voll guten Mutes in die Pedale. Obwohl er in der Ferne bereits die Lichter des Dorfes Effidi wahrnehmen konnte, nahm sein Selbstgespräch noch kein Ende. Er trat weiterhin kräftig in die Pedale und achtete sorgfältig darauf, nicht in einen der Gräben zu beiden Seiten der Straße zu fallen; zugleich aber ließ er weiterhin seine Gedanken über die teuren Automobile und das nur schwer zu findende Geld schweifen. Immerhin: Was das Geld angeht, da konnte er sich rühmen, genau zu wissen, was Geld ist. Alle Welt in Effidi, und darüber hinaus viele Leute in der Region, auch in der Stadt, behaupteten, der King Albert besitze beachtliche Geldsummen, eine Tatsache, die er, so gut wie nur irgend möglich, unter einem be-

scheidenen Äußeren zu verbergen suchte, mit einer Bescheidenheit, die ihn manchmal sogar wie einen armen Mann erscheinen ließ. Aber die Leute wußten seine Bescheidenheit zu durchschauen. Man nehme ein Fahrrad der Marke ADLER, einen Typ, wie ihn die Deutschen heute nicht mehr bauen, und begebe sich jeden Morgen ins Geschäftsviertel der Stadt, unter dem Vorwand, man sei gezwungen, sein Leben durch Arbeit zu verdienen, und dann konnten Sie hören, was die Leute von Effidi sich von King Albert erzählten.
»Er macht auf arm, er zieht alte, geflickte Khakihosen an, und er glaubt, daß wir uns so von ihm hereinlegen lassen. Daß wir glauben, er hat kein Geld. Und dann möchte ich aber gern mal wissen, wo denn das alles hingeht, was er von morgens bis abends von der großen Zahl der Kunden, die in seinen Laden kommen, einnimmt...«
»Er will uns glauben machen, wir seien alle gleich, daß er nicht mehr besitze als wir alle. Wer aber wird das schon schlucken?«
»Die Leute besitzen doch eine seltsame Fähigkeit, genau über die Vermögensverhältnisse anderer Leute Bescheid zu wissen ... und dann entscheiden sie ganz einfach, daß du über so viel verfügst, daß du ihnen in rein gar nichts mehr gleichst. Man kann sich natürlich auch fragen, was denn wohl die Einwohner von Effidi gesagt hätten, wenn der King von der Höhe seines angeblichen Reichtums tatsächlich auf sie herabgesehen hätte, wenn er sie in der Tat hätte fühlen lassen, daß er nichts mehr mit ihnen gemein habe...«
»Es ist schon schwierig, unter den Seinen zu leben«, seufzte der King. »Tust du dies, dann greifen sie dich an; tust du das, dann greifen sie dich auch an. Was soll man überhaupt tun? Gibst du ihnen Geschenke, dann gehen sie mit Bemerkungen voller Eifersucht vondannen, ganz

so, als ob sie es lieber sähen, wenn du ihnen nichts gibst. Gibst du ihnen aber keine Geschenke, dann verbreiten sie überall die verletzende Nachricht von deinem Geiz ... Es ist schon schwierig, unter den Seinen zu leben, um es noch einmal zu sagen ...«
Ganz Effidi kam herbeigelaufen, um den King zu begrüßen. Es war die Stunde seiner Ankunft, und das ganze Dorf wußte dies. Die Kinder waren noch nicht zu Bett gegangen, und sie blieben bei ihrer Mutter, die auch auf King Albert wartete. So, als ob auch sie auf eine Ration Tabak, ein wenig Salz für die Küche, ein wenig Steinsalz, irgendeine Konservendose, ein wenig aus Holland importierte, gesalzene Butter rechnen könnte, auf ein farbiges Kopftuch, von der Art, wie es Nani auf die kapriziöse Art einer blindgeliebten Frau erbeten hatte, oder einen Baumwollzwirn, den man für die Herstellung von Fallen für die Wildschweine benötigte, oder irgendein anderes Geschenk, das den Laden von King Albert verließ, ohne daß die Kasse hierüber informiert worden wäre. Und obwohl die Kinder genau wußten, daß sie schließlich als einziges Geschenk den herrischen Befehl »schlafen zu gehen, weil es schon spät ist« erhalten würden, konnte man doch auf den Gesichtern der Kinder die größte Freude über die Ankunft des King ablesen.
»Er ist gekommen«, schrien sie plötzlich im Chor, »er ist angekommen, der King. Guten Abend, King, guten Abend, King!«
»Guten Abend, Kinder, und einen guten Abend euch allen, meine Brüder und Schwestern.«
»Guten Abend, einen schönen guten Abend«, antworteten die Erwachsenen mit fast ebensoviel Enthusiasmus wie die Kinder, aber dahinter verbarg sich natürlich ein gerüttelt Maß Eigeninteresse. »Guten Abend, King, ist dein Tag wohl gut gewesen?«

»Mein Tag ist gut gewesen ... und der eure?«
»Nun ja, comme ci, comme ça. Auch du willst lachen, wenn du diese Frage stellst, denn du weißt genau, daß die Tage von Effidi nicht denen von Ngala gleichen, hier ist alles ruhig.«
Die Sturmlampen, die die Einwohner von Effidi mitgebracht hatten, verwandelten den kleinen Hof des King Albert in eine Art beleuchteten öffentlichen Platzes. Man stellte sich im Kreis um ihn und sein Fahrrad auf, ohne ihm auch nur einen Moment zum Verschnaufen zu lassen. Eine Frau brachte ihm eine halbe Kalebasse voller Palmwein, und er trank ihn in einem Zug, während ein junger Mann des Dorfes sein Fahrrad hielt.
»Vielen Dank, Mutter, dein Wein war frisch.«
Ein junges Mädchen brachte ihm einen Stuhl, und während er sich setzte, befahl er auch schon, daß jemand den Ballen vom Gepäckträger seines Fahrrads löse. Jetzt würde die Verteilung beginnen, und zwar voller Gerechtigkeit für alle Anwesenden: Wenn du gestern oder vor zwei Tagen ein Geschenk bekommen hast, dann bist du heute nur gekommen, um die Geschenke der anderen zu bewundern; du wirst heute nichts bekommen, denn wenn der Laden des King auch voller Waren war, so ist er doch nicht für dich allein da. Alle Bewohner des Dorfes kannten sehr wohl diese Spielregeln, und doch gab es auch an diesem Abend wieder welche, die sich friedlich über Glück und Unglück lustig machten, will heißen über die Art und Weise, wie der liebe Gott bestimmten Leuten die Geschenke des King Albert verweigerte, während er sie anderen großzügig gönnte. Diese Bemerkung, mit der der liebe Gott in die kleinen Angelegenheiten des Dorfes Effidi hineingebracht wurde, paßte natürlich nicht allen Leuten und vor allem nicht dem alten Belobo, den man wegen seiner Frömmigkeit im Dorf auch den »Delegierten« nannte, will heißen der

Stellvertreter »unseres Dorfpriesters«. Und Belobo nörgelte denn auch gleich:
»So sind sie nun mal alle, die Kinder von heute: unhöflich. Die vergessen ganz einfach, daß der liebe Gott es nicht gern hat, wenn man so leichtfertig von ihm spricht. Hört euch nur den da an, er spricht von Gott, als ob er mit ihm per du sei. Du weißt, Zama, du kommst besser nicht mehr zu uns, wenn wir hier zusammen sind, denn ich mag die Art nicht, wie du unsere Kinder allmählich zum Niedergang ihrer Seele und zur Sünde führst.«
»Vergib mir, Delegierter, ich hab' doch nichts Böses anstellen wollen, aber jedesmal, wenn ich mich unschuldig glaube, dann gibt es hier ganz sicher wieder jemand, der feststellt, ich habe was Übles angestellt. Ich frage mich in der Tat, warum der liebe Gott mich so beschaffen hat«, versuchte sich die arme Zama zu entschuldigen, die es ganz einfach nicht verhindern konnte, den Namen Gottes mit allem und nichts in Zusammenhang zu bringen.
»Es ist nicht der liebe Gott, der dich so geschaffen hat«, antwortete der alte Belobo, noch erzürnter als sonst, »es ist nicht der liebe Gott, der dich so geschaffen hat, sondern Satan mit seinen zwei Hörnern und seinen Zinkenhänden.«
Als sie dies hörten, gaben die Umstehenden ihrer Entrüstung hierüber mit einem lauten »Oh« Ausdruck. Zama versuchte noch zu sagen »hört ihr, meine Brüder ...«, aber man bat sie, zu schweigen. Nicht etwa, daß unter den Umstehenden einhellige Zustimmung zu den Ansichten des Delegierten bestanden hätte: Einige der anwesenden Männer wären ganz schön in Verlegenheit gewesen, wenn man von ihnen verlangt hätte, eindeutig in dieser Unterhaltung Stellung zu beziehen. Denn der Delegierte hatte da gerade eine Aussage voll schlimmer Konsequenzen getroffen; andererseits aber begriff niemand, warum die sehr junge Zama es gewagt hatte, dem Älte-

ren ein Widerwort zu geben. Ihm, den man dank seines respektvollen Beinamens vermied, den alten Belobo zu nennen.
Aber gerade in dem Moment, als unter den etwas geniert Umstehenden eine gewisse Bewegung aufkam, wurde die Aufmerksamkeit aller nach der Straße hin gelenkt, von wo der Lärm eines Zweitakter-Motors herüberdrang. Es war Bikounou, auch der Vespasier genannt wegen einer Vespa, die er sich vor einiger Zeit gekauft hatte, ehe er ins Dorf heimkehrte.
»Ich bin es, der Vespasier, ich komme, ich komme, ich bin es, der Vespasier«, schrie er.
Bald darauf schwieg der Motor, und der Vespasier trat in den Hof eines Hauses fast genau gegenüber dem des King Albert von Effidi ein. Er stellte seine Maschine ab und wollte gerade die Tür des Hauses öffnen, als er auf der anderen Straßenseite die beim King versammelten Leute sah. Da brach er in ein lautes Lachen aus, so laut, daß das ganze Dorf, selbst diejenigen Dorfbewohner, die nicht zu Albert gegangen waren, auf ihn aufmerksam wurden.
»Hahaha, da seid ihr also wieder bei dem Kapitalisten versammelt! Hahaha, und natürlich hofft ihr, daß er euch die Reste von dem, was er heute gegessen hat, geben wird ... Habt ihr denn noch immer nicht begriffen, daß ihr es mit einem schmutzigen, egoistischen Kapitalisten zu tun habt, der euch mit billigem Ramsch, den er Geschenke nennt, reinlegen will ... Hahaha! Geschenke! Ihr werdet eines schönen Tages schon noch sehen, dann nämlich, wenn ihr all diese Geschenke bezahlen müßt, dann werdet ihr schon sehen, hahaha!«
»Bikounou, du hast wieder gesoffen«, antwortete ihm King Albert höchstpersönlich, »du hast wie üblich gesoffen, und deine Worte riechen nach Alkohol.«
Die Leute in der Umgebung des Kings gerieten in Be-

wegung, waren schon bereit, von Bikounou, dem Vespasier, weitere Aufklärung zu verlangen.
»Es ist wahr, es stimmt schon, er hat wieder gesoffen.«
»Und jetzt inszeniert er jeden Abend die gleiche Rückkehr ins Dorf, jedesmal beweist er denselben Mangel an Respekt uns gegenüber.«
Der Vespasier hörte natürlich diese Bemerkung, und er gab zurück:
»Mangel an Respekt, wenn ich das höre, Mangel an Respekt ... Glaubt ihr etwa, daß ich weiter Leute respektieren werde, Leute, die unfähig sind zu sehen, wo ihre wahre Aufgabe liegt, und die nur daran denken, welchen Vorteil ihnen wohl eine Lüge, eine Verleumdung, die Scheinheiligkeit bringen kann ... Also, Mangel an Respekt ... Wollt ihr etwa, daß ich Leute eurer Art respektiere, Dummlinge wie euch!«
»Bikounou, also hör', Bikounou«, schrie der alte Belobo, »du kannst nicht länger in diesem Dorf wohnen, wenn du der Meinung bist, daß wir alle das sind, was du da gerade behauptest.«
»Oh, mach' dir nichts draus, verehrter Vater, ich weiß vielmehr ganz genau, warum ich weiter hier leben werde. Mach' dir nichts draus, ich habe schon meinen eigenen Plan ...«
»Bikounou, du hast wieder getrunken, oder aber du bist völlig übergeschnappt!«
»Ja, ja, sag' nur, daß ich getrunken habe oder daß ich übergeschnappt bin. Sagt nur, was ihr wollt, aber vergeßt nur nicht, daß ihr mich vor Wut verrückt gemacht habt, und zwar so sehr, daß ich jeden Tag versucht bin, meine Gendarmen hierher zu bringen und euch alle festnehmen zu lassen, ja, euch alle.«
»Hört euch bloß an, was er da sagt: ›Meine Gendarmen‹, als ob diese Gendarmen ihm gehörten. Ihr seht halt ...«

»Ihr merkt doch, daß er den Verstand verloren hat«, fuhr der Delegierte fort. »Es ist besser, ihn allein vor sich hinkläffen zu lassen. Wenn er dann genug davon hat, dann wird er sich halt schlafen legen, es sei denn, er will noch einmal in die Stadt zurückkehren. Weil er nun mal eine Vespa hat, kann er eben tun und lassen, was er will. Lassen wir ihn deshalb besser in Ruhe.«
Und während die Nacht diesen Zwischenfall allmählich mit ihrem Mantel zudeckte, wurden die Gedanken der älteren Einwohner vom Effidi das Opfer einer Angst, die man nur allzugut versteht, wenn man sich die Sache etwas genauer besieht. Sehen Sie selbst doch einmal genauer hin: Bikounou, der Vespasier, war kaum älter als 25 Jahre, will heißen, daß King Albert von Effidi, der doppelt so alt an Jahren war, gut und gern sein Vater hätte sein können. Was die zwei oder drei anderen Alten des Dorfes anging, so versuchte man vergebens, hinter ihren hartnäckigen Falten und hinter ihrer trockenen Stirn die Zahl der Jahre jenseits der sechzig zu erraten. Früher, als die Ordnung im Stamm noch durch genau definierte Altersgruppen, die kein Mensch verändern konnte, garantiert war, hätte man keinen jungen Mann vom Kaliber eines Bikounou gesehen oder gehört, der die Älteren des Stammes mit so frechen Worten zu belegen wagte. Heutzutage aber war die Jugend merklich verändert. Sie hatte viel Neues gelernt, etwa, wie man es den Alten gegenüber an Respekt fehlen läßt, und sogar, wie man den Ältesten droht, sie festnehmen zu lassen, wenn sie nicht vernünftig sind – vernünftig auf ihre Art, die Art der jungen Leute natürlich. Diese Situation, das muß man schon sagen, war ganz dazu angetan, bei den Alten von Effidi eine lebhafte Angst wachsen zu lassen, denn die wußten einfach nicht mehr, was aus den Werten der früheren Gesellschaft geworden war. Und zu dieser fast metaphysischen Angst gesellte sich die Furcht,

die sehr verständliche Furcht vor dem, wozu diese jungen Leute vom Schlage eines Bikounou fähig sein könnten – wenn es ihnen eines Tages wirklich in den Kopf kommen sollte, den Alten eine Lektion zu erteilen. Sie haben ja eben selbst gehört, wie der Vespasier davon sprach, daß er »seine« Gendarmen herbeirufen werde, um die Einwohner von Effidi festnehmen zu lassen. Es stimmt natürlich auch, daß er schon eine ganze Brigade nach Effidi bringen müßte, wenn er seine Drohung wahrmachen wollte, und er würde es wohl einigermaßen schwierig finden, eine solche Operation zu finanzieren, aber man konnte eben nicht mit ganzer Sicherheit sagen, ob Bikounou, der Vespasier, nun wirklich unfähig sein würde, doch einmal den Versuch zu wagen, und sei es nur ein einziges Mal, um zum Beispiel den Beweis zu liefern, daß er wirklich in der Kolonialverwaltung arbeitete. Zudem, warum sollte man um jeden Preis an den Worten des Vespasiers zweifeln? Hatte man es denn nicht den Beamten, wie er einer war, zu verdanken, daß die Straße, zu deren beiden Seiten das Dorf Effidi gelegen ist, durch diese Gegend geführt worden war, anstatt daß sie den Stolz der Bewohner des Palmendorfes ausmacht? Und alle Welt wußte natürlich, daß, wenn die Leute des Palmendorfes einen ihrer Söhne im Dienste der Regierung gehabt hätten, Monsieur Baudruchon ihnen ganz sicherlich nicht die Straße verweigert hätte, jedenfalls nicht in der mokanten Art, wie er es getan hatte. So flößte die Position von Bikounou, dem Vespasier, den Älteren seines Stammes zugleich Verachtung, Angst und eine tatsächliche Furcht ein. Sicher, sie hatten versucht, den jungen Mann zu zähmen, sie hatten sich zu Beratschlagungen zusammengesetzt, Treffen auf verschiedenen Ebenen der Dorfgemeinschaft veranstaltet, aber all dies hatte keine Lösung gebracht: Der Vespasier hatte entschieden, daß er sich künftig über den Rat und das Zureden

dieser »alten Dummköpfe«, die sich von Albert, »einem Verkäufer trockener Tabakblätter«, haben kaufen lassen, hinwegsetzen würde. Und der Vespasier blieb um so hartnäckiger bei seiner Haltung, als er wußte, daß nicht alle Leute in Effidi King Albert liebten. Und weil dieser selbst es auch wußte, fand er natürlich, daß das Leben unter den Seinen schwierig war. Und in einem gewissen Sinne hatte der Vespasier nicht einmal unrecht, wenn er behauptete, daß die Geschenke, die der King den Dörflern anbot, allein das Ziel hatten, die Leute von Effidi einzukaufen. Und trotzdem, in diesem Dorf, in dem der King geboren worden war und in dem er um jeden Preis seine Stellung halten wollte, indem er das Wort Brüderlichkeit wie eine alte Handkarre vor sich herschob, in diesem Dorf hätte eine Umfrage sehr schnell gezeigt, daß die Mehrheit der Leute sich immer noch ihm zuwenden würden, so wie man sich der Zukunft zuwendet, und keineswegs den jungen Leuten, obwohl man normalerweise annahm, daß sie die Zukunft repräsentierten. Das sollten gewisse Vorgänge in Effidi zeigen, die sich im Laufe der fünfziger Jahre abspielten, jene Jahre, die in ganz Afrika schleichend die Unabhängigkeit der Völker und die Konsolidierung der Unterentwicklung vorbereiteten.
Für die Einwohner von Effidi repräsentierte der King die Eroberung des von Weißen eingeführten Handelswesens durch einen Schwarzen, so wie es etwa in Ngala, dem kommerziellen Zentrum der Stadt, von ihnen aufgebaut worden war. Denn während in Ngala fast alle Einheimischen, die sich irgendwie mit dem Handel beschäftigten, im allgemeinen nur eine kleine und mickrige Auslage ihr eigen nennen konnten, hatte sich King Albert von Effidi so weit organisiert, daß man sein Unternehmen, ohne zu übertreiben, einen richtigen Laden nennen konnte. Nicht eine dieser kleinen Buden, die man an

allen vier Ecken des großen Marktplatzes fand, nein, nicht einer dieser kleinen Stände, die Sagomehl, getrockneten roten Pfeffer oder Cornedbeefdosen mit angerosteten Etiketten verkauften, nein, King Albert von Effidi besaß in Ngala einen richtigen Laden, der aus Backsteinen gebaut war und der schon ein wenig den Läden der Europäer glich, und dies zudem noch, bitteschön, auf der Hauptstraße des Geschäfts-Zentrums der Stadt. Sie kennen diese Straße: sie führt vom Platz des Heeresamtes den Hügel hinab, und sie endet erst dort, wo man die Eisenbahn zu sehen beginnt. Auf beiden Seiten dieser Straße gab es damals eine Reihe von Läden, die dicht aufeinander folgten und von denen man sagte, daß sie alle Europäern gehörten. Die Ladenschilder mit den Namen der Besitzer endeten alle seltsamerweise mit Silben wie »is«, »as«, »es« und »os«: Safarandis, Cougouladis, Assoludis, Archiopouliakinides, Prontomolides, Paparigopoulos, Argylopiulos, Kritikos, Saratanazas und andere dergleichen Sorte. Ein einziger »vitch« fand sich darunter: Yarontolovitch, bei dem man sich fragen konnte, wo der denn wohl herkam. Bellam und Fatta, Gouda und Moktar, Bagdad und Chimmi vervollständigten die Liste der begüterten Händler. Um der Wahrheit die Ehre zu geben, muß man jedoch sagen, daß, um dieser arabohellenischen Invasion ein Ende zu machen, ein gewisser Rannel gekommen war, der sich am Fuße des Hügels niedergelassen hatte. Wir können diesen Rannel nicht vergessen, denn die Inschriften seiner berühmten Auslage waren so wenig kommerziell ausgerichtet, daß sie geradezu Anspielungen enthielten, und das selbst noch zu der Zeit, als der Zweite Weltkrieg beendet war. Gerade in den bewegtesten Zeiten des Krieges hatte er jene Inschrift auf ein großes Transparent malen lassen, das für die meisten vorbeikommenden Afrikaner nur schwer verständlich, für den eingeweihten Weißen jedoch

äußerst bedeutsam war: »Gegen die Barbaren der Achsenmächte! Bewaffnen wir uns, und zieht ins Feld!« Jetzt, da es keine Barbaren der Achsenmächte mehr gab, wirkte diese Inschrift auf dem Laden Rannels etwas altmodisch, und sie machte nicht einmal mehr die lächeln, die ihren Sinn während der heißesten Stunden des Kampfes gegen die Nazis verstanden hatten. Aber das große Transparent blieb doch an seinem Platz, wie eine Seite aus dem Geschichtsbuch, die niemand und nichts, nicht einmal die Zeit, auslöschen würde. Und Rannel machte mit seinem Transparent weiterhin gute Geschäfte, indem er Stoffe, Seife und Schokolade verkaufte, Baumwolle, Palmherzen, Palmöl und Kakao einkaufte, dies alles zu einseitig festgesetzten Preisen, ganz so, wie es der ehrbare Kodex für den Handel mit Kolonialprodukten gebot.
Einige Meter weit vom Laden Rannels entfernt, wenn man den Hügel hinauflief, befand sich die bescheidene, die sehr wenig historische, aber doch eine deutliche Sprache sprechende Ladenfassade von King Albert, versehen allein mit einem Schild, das in nur zwei Worten die Identität des Eigentümers auswies: »Effidi-Mann«, was ganz einfach heißen wollte: ein Sohn von Effidi. Alle großen Reden dienen zu nichts. Häufig ist es besser, zwei Worte hintereinander zu sagen oder nebeneinander zu schreiben und dann zu schweigen, dann darauf zu warten, daß die Leute, die es verstanden haben, von sich aus reagieren. In der Folge hängt dann alles davon ab, wie diese beiden Worte verstanden worden sind. In diesem Falle versteht es sich von selbst, daß King Albert im Ladenzentrum der Stadt vor allem sein Heimatdorf Effidi repräsentierte, und die Bewohner des Dorfes hatten so einen weiteren Grund zu behaupten, daß sie sich von den anderen Dörflern der Region deutlich unterschieden. Denn da

hatte sich doch ein einsamer Schwarzer ganz frech dort niedergelassen, wo bis dahin allein die Weißen ein Niederlassungsrecht zu haben schienen; und der hatte sich dort seit drei oder vier Jahren ungeachtet seiner genierenden Hautfarbe gehalten, ungeachtet der besonderen Beobachtung, mit der ihn die Kolonialverwaltung großzügig bedachte, ungeachtet auch, darf man schon hinzufügen, der ungeheuren finanziellen Belastungen, die die Seinen dem King aufbürdeten. – »Und wer konnte schon einem Einwohner von Effidi begreiflich machen, daß die Waren dieses Ladens, der einem Einwohner von Effidi gehörte, verkauft werden mußten und eben nicht verschenkt werden konnten.« Daß ein einsamer Schwarzer sich gegen Wind und Wetter in Ngala behauptet hatte, das war schon ein Grund des Stolzes für die Leute von Effidi, denn sie wußten sehr wohl, daß etwas Ähnliches weder in einem Nachbardorf noch in einem weiter entfernten Dorf zu finden war. Dieser allen Dörflern gemeinsame Stolz stellte denn auch so etwas wie ein mäßigendes Element unter der Bevölkerung von Effidi dar, jedesmal dann, wenn ein Neider offen aussprach, was er wirklich Schlechtes über den King dachte und er versuchte, andere Personen gegen Albert aufzubringen. Der letztere war übrigens genauestens über all das informiert, was man so alles gegen ihn anzettelte. Man besitzt nicht einen Laden im Ladenzentrum, ohne auch gleichzeitig über andere Leute zu verfügen, die das Geld mögen und die einen richtigen Informationsdienst darstellen, der immer dann automatisch funktioniert, sobald etwas gegen jenen angezettelt wird, der sie für ihre Informationsdienste bezahlt. Die Entwicklung der geheimen Polizeidienste geht nun einmal leider mit der Emanzipation der Menschen einher. Sie sind in dem Moment sehr nützlich, in dem man ein geplantes Attentat aufdecken muß, aber seit sie in diesen Regionen ge-

schaffen wurde, haben sie sich stets als unfähig erwiesen, die Mentalitäten zu ändern, den Haß in Liebe umzuwandeln, die Eifersucht in ganz einfache Bewunderung. Die geheimen Polizeidienste entwickeln sich parallel zum passionierenden Abenteuer des Lebens, ohne daß sie dem Leben eine positive Wendung gegeben hätten, die ihre Präsenz oder die Notwendigkeit ihres Funktionierens gerechtfertigt hätte. Sie gleichen ganz einfach dem Unnützen, in der Art, wie sie nach der drohenden Gefahr schnüffeln. In Effidi konnte King Albert die gelegentlichen Attacken gewisser »Brüder«, die es im Leben schwer hatten, nicht verhindern; ihr ständiger Geldmangel ließ sie in dem Maße bitterer werden, in dem die Geschäfte Alberts ihrer Ansicht nach eine ganz eindeutig gute Wendung zu nehmen schienen. Es ist nämlich eine Sache, abends den King zu begrüßen, wenn dieser von seiner Tagesarbeit zurückkehrte, ihn in der Hoffnung zu begrüßen, daß er etwas mitgebracht hätte, ein Geschenk nämlich. Es ist aber eine ganz andere Sache, ihn gleichzeitig wertzuschätzen, wenn man weiß, daß er, als einziger in Effidi, eine große Zahl von Leuten an der Leine halten konnte, Leute, die unfähig waren, ohne seine Geschenke zu überleben. So schneiderten sich die Eifersüchtigen im Dorf denn auch von Zeit zu Zeit ein Motiv zusammen, weshalb man den King in Quarantäne stecken sollte, und zwar für einen Zeitraum, der sich allein mit der Zeit ergeben würde.
Einer der wichtigsten Vorwürfe, mit denen man den King verfolgte, war der, daß er in seinem Laden keineswegs die Söhne von Effidi arbeiten ließ, wie dies ein jeder Dorfbewohner erwartet hätte, sondern vielmehr Leute aus anderen Dörfern; und nur der Himmel wußte, warum er so verfuhr. Dieser Vorwurf kam jedesmal wieder wie ein Leitmotiv auf, wenn der King sich den Seinen gegenüber wenig großzügig zeigte; denn es war

ganz offensichtlich, daß der King den Seinen keineswegs alle Tage des Jahres Geschenke machen konnte, es sei denn, er hätte zuvor seinen eigenen Ruin beschlossen gehabt. Wenn er aber den Leuten von Effidi keine Geschenke machte, dann hingen die ganz einfach dem Glauben an, daß er all das, was sie nicht von ihm bekommen hatten, geradewegs an die Leute aus jenen Dörfern gegeben habe, die in seinem Laden arbeiteten.
»Unser Dorf Effidi trägt zum Reichtum der anderen Dörfer bei, während hier in Effidi Armut herrscht«, pflegten die Dörfler ohne jede Langmut für den King zu sagen. Und selbst der Delegierte, obschon der keineswegs am geringsten von der Freigebigkeit Alberts profitierte, bemerkte ohne jeden Skrupel:
»Er macht auf arm, er zieht alte, zusammengeflickte Khakihosen an, und er meint, uns so glauben machen zu können, er sei nicht reich und daß er genauso arm wie jeder von uns sei. Und wer ist schon bereit, so etwas zu glauben?«
Tatsächlich konnten sich die Einwohner von Effidi, obwohl sie sich selbst als arm bezeichneten, im Vergleich mit den Einwohnern der anderen Dörfer keineswegs beklagen – denn diese besaßen eben keinen King, der in der Stadt einen Laden besaß, und sie besaßen eben keine Straße, auf der sie ihren Kakao, ihre Palmkerne und ihre Bananenernte zum nahen Marktflecken transportieren konnten, und unter den Ihren befand sich auch kein junger Angestellter der Kolonialverwaltung, und sei er auch noch so stolz wie der Vespasier, der alle Dörfler in Rage brachte. Effidi besaß zudem eine äußerst lebhafte Jugend, unter der sich einige Typen von gutem Schrot und Korn auszeichneten, wie zum Beispiel Féfé, der Elegante, der aber auf der Schule nicht sonderlich viel Erfolg gehabt hatte, der aber nor-

malerweise der erste Gehilfe von King Albert in dessen
Laden in der Stadt hätte sein sollen. Da gab es auch
noch Myriam, die beharrlich ihr Studium fortsetzte, um
Krankenschwester zu werden, und die so den Einwohnern von Effidi eine auf Kilometer in der Umgebung
unbekannte Langlebigkeit garantieren würde. Und
trotzdem waren die Einwohner von Effidi nicht voll zufrieden; die menschliche Natur ist nun einmal so angelegt, daß die Menschen nie die Grenzen ihres Wohlseins
wahrhaben wollen. King Albert aber lebte seinerseits
mit den Dörflern zusammen, die einmal mehr und einmal weniger gut auf ihn zu sprechen waren; und er gab
ihnen freigebig von seiner Philosophie des Zusammenlebens ab, einer Philosophie, deren Gegengewicht sein
scharfer Geschäftssinn war, ja zuweilen sogar seine Raffgier, die nicht mehr weit vom Geiz entfernt war. Als
Beweis konnten seine alten, zusammengeflickten Khakihosen gelten, vor allem aber sein altes Fahrrad, das er
sich statt eines Automobils leistete. Und gerade, weil er
die Seinen so gut kannte, hatte er beschlossen, in der
immer wiedergekäuten Sache der Beschäftigung irgendeines jungen Mannes aus Effidi in seinem Geschäft nicht
nachzugeben. Er sagte sich, daß Geschäft nun einmal
Geschäft sei und daß die große Dorffamilie sich besser
stünde, wenn sie sich da nicht hineinmischte. Mit einer
gewissen Berechtigung dachte er, daß die weißen Händler von Ngala vor allem deshalb gute Geschäfte machten, weil ihre jeweiligen Stämme sich nicht in ihren Läden niedergelassen hatten. Mit einem gewissen Grad
von Verachtung hätte man diese Denkweise natürlich
als eine Nachahmung der Mentalität der Weißen bezeichnen können, und der King wußte dies natürlich.
Er wußte aber auch genausogut, daß er, als er in die
Domäne des Handels auf europäische Art vorgedrungen
war, bereits voll auf die Nachahmung der Weißen

gesetzt hatte. Er gab also zu, daß er, wollte er erfolgreich sein, das Spiel ganz mitspielen mußte, mit all seinen Regeln; und nach einer dieser Regeln war es eben besser, Helfer aus anderen Dörfern zu haben, als etwa junge Leute aus Effidi, die weniger hart arbeiten würden und die man nur unter größten Mühen wieder ins Dorf zurückschicken konnte, wenn sie sich eines Tages – man wußte ja nie – eines schweren Vergehens schuldig machen würden. Wir werden später noch genügend Zeit haben, uns mit der Frage zu beschäftigen, warum der Vespasier den King vor aller Augen ohne jeden Respekt und lauthals herausgefordert hatte, um dann festzustellen, daß die Erklärung sehr einfach ist. Aber sagen zu wollen, daß der junge Mann etwa recht gehabt hätte, als er den King einen Kapitalisten schimpfte, wo er selbst doch innerhalb eines gänzlich dem Kapitalismus unterworfenen System arbeitete, nun, dies wagen wir nun keineswegs zu behaupten. Übrigens, ungeachtet seiner Beziehungen und seiner Ausbildung, die ihm allein das Zeugnis für den Abschluß der Grundschule eingebracht hatten, konnte man sehr wohl daran zweifeln, ob Bikounou, der Vespasier, sich nun wirklich ganz allein ein so hochklingendes Wort wie Kapitalist ausgedacht hatte, wo er sich doch normalerweise eher mit seiner Vespa schmückte, als mehr oder weniger revolutionäre Ideen zu gebären. Man mußte schon den marxistischen Wind riechen, der jeden Tag ein wenig stärker aus Nkool herüberwehte, jenem Nachbardorf, das ein wenig weiter von der Autostraße entfernt war. Dann begriff man, daß dieses hochklingende Wort über dieser von der Stadt ziemlich weit entfernten Waldregion eher wie mit einem Fallschirm abgeworfen worden war. Denn in der Tat lebte in Nkool Toutouma, auch der Gewerkschafter genannt, von Berufs wegen Monteur, der bei der Eisenbahnverwaltung arbeitete. Toutouma, der Gewerkschafter, stets bei den Versammlungen der lokalen Sektion der Gewerkschaft anwesend, war es gewesen, der aus der Stadt jenen Begriff mitgebracht hatte, den seine Gewerkschaft ipso facto auf alles anwendete, was nicht der Arbeiterklasse angehörte: Kapitalist. Natürlich mußte King Albert von Effidi in den Augen von Toutouma wie der leibhaftige Kapitalist erscheinen. Aus diesem Grunde auch hatte Toutouma sich den King immer genauer besehen und seinen wirtschaftlichen Aufstieg mißbilligt.

Wie dem auch sei: Die Einwohner wären wohl fortgefahren, auf den Feldern zu arbeiten, den King zu schätzen oder ihn zu verwünschen, Albert selbst wäre wohl jeden Morgen weiter nach Ngala gefahren, um dort ganz so wie die syrischen, libanesischen und griechischen Händler tote Tabakblätter, Stoffstücke mit einem verkürzten Metermaß oder von der Luftfeuchtigkeit heimgesuchtes Küchensalz zu verkaufen; Bikounou, der Vespasier, hätte wohl weiterhin in den Büros der Kolonialverwaltung auf dem Papier herumgekratzt, während sein Cousin Féfé, der Elegante, weiterhin bei den alleinstehenden Frauen seinen leidenschaftlichen Aufgaben nachgekommen wäre; der alte Belobo hätte wohl weiterhin diejenigen Geister beruhigt, die dem King ob des Preises irgendeiner Schundware übelwollten; und Toutouma, der Gewerkschafter, hätte wohl weiterhin gern den Hammer und den Amboß liegengelassen zugunsten eines erbarmungslosen Kampfes, in dem die Kapitalisten und ihr System mit Worten gestürzt worden wären; so gesehen gehörten der King und sein ihm gegenüber unbarmherziger Mitbürger, der Vespasier, zur gleichen Bande – nun ja, egal, wie dem auch sei, all dies hätte wohl auf den Status quo, in dem die Dörfler von Effidi und von Nkool lebten, keinerlei Einfluß gehabt, wenn nicht Nani, also die Tochter des erwähnten Gewerkschafters, wenn die nicht gleichzeitig die Aufmerksamkeit sowohl von King Albert als auch von Bikounou, dem Vespasier, auf sich gelenkt und festgehalten hätte. Der Status quo wäre sicherlich erhalten worden, wenn diese Jahre der internen Selbstverwaltung – ohne daß jemand daran gedacht hätte, bereiteten sie ja die politische Unabhängigkeit vor –, wenn diese Jahre nicht im ganzen Land, in Effidi und vor allem in Nkool die Lust geboren hätten, von Zeit zu Zeit Volksvertreter zu wählen; und weil diese Wahlen auf vielen verschiedenen Ebenen stattfanden, war die Vielzahl von Wahlkampagnen mit all ihren direkten Konsequenzen für die Bevölkerung gesichert. Eine der Konsequenzen dieser vielen Wahlgänge war das immer zügellosere Verhalten der jungen Generation. Aber gehen wir besser nicht so schnell voran.

Hier sehen wir also Effidi, ein Dorf, das bequem auf einem Teppich aus Grün gelegen ist, mit seinen fruchtbaren Äckern, etwas weiter zurück gelegen die sorgfältig beiderseits der Straße aufgereihten Lehmhäuser. Und dort sehen wir Nkool, tief im Wald versteckt; die einzige Öffnung zur Stadt hin war jene Straße, die aus Effidi einen Vorposten gemacht hatte, ein Vorposten, der eben doch ein wenig zu stolz auf die Leistungen war, die er für das Hinterland erbrachte. Um der Wahrheit die Ehre zu geben, müssen wir jedoch noch folgendes hinzufügen: Die Straße gehörte zu jener Zivilisation, die durch die großen, mit Baumwollballen und Palmkernsäcken beladenen Lastwagen gekennzeichnet ist, und diese Straße führte durch Effidi; durch Nkool aber führte jene Straße, die direkt zum Himmel geht, durch Nkool, wo es eine Kapelle für alle Katholiken der Umgebung gibt, will heißen eine Kapelle für alle. Denn selbst der letzte Gewerkschafter, der in seinen freien Stunden Marxist ist, denn selbst Albert, der fähig war, allein deshalb zum lieben Gott zu beten, damit er noch mehr Geld verdiene, denn selbst die jungen Leute, so sehr »gebildet«, daß sie es sogar am Respekt für die Älteren des Dorfes fehlen ließen, sie alle sahen im siebten Tag der Woche einen Tag der Ruhe und des Gebetes inklusive der Verpflichtung, der Messe beizuwohnen. Mochten die Leute von Effidi sich über die Woche auch ihrem übertriebenen Stolz darüber hingeben, daß die Leute von Nkool gezwungenermaßen durch ihr Dorf hindurch mußten, wenn sie in die Stadt reisen wollten, am Sonntag wurde es ihnen hundertfach zurückgezahlt, an jenem Tag, an dem ein jeder in Gegenwart des Herrn wieder etwas Luft holen wollte – um dann um so gewappneter seinen Weg durch die Wechselfälle des Lebens fortzusetzen.

2. Kapitel

oder

Nkool, die Hauptstadt des Glaubens
Eine verwirrende Predigt

An diesem Sonntag hatte King Albert von Effidi, wie üblich, das Khaki der Wochenkleidung gegen einen weißen Anzug einer gewissen steifen Eleganz ausgewechselt; anstatt der üblichen Basketballschuhe, die einmal weiß gewesen waren, die aber vom Straßenstaub allmählich zum Gelbroten hin angefärbt worden waren, trug er heute Lederschuhe. Auf dem Kopf trug er einen schönen grauen Hut, ganz so, wie es die damalige Mode gebot, denn diese Jahre unmittelbar vor der afrikanischen Unabhängigkeit hatten den berühmten Tropenhelm, der zuvor das untrügliche Zeichen der Zugehörigkeit zu einer gewissen, als zivilisiert bezeichneten Klasse von Menschen gewesen war, für immer und nicht ohne eine gewisse Ironie ins Aus verwiesen; der Ausdruck zivilisiert wollte übrigens sagen, und dies müssen wir hier hinzufügen, daß der Besitzer eines solchen Tropenhelmes es mit dessen Kauf verstanden hatte, zwei Fliegen mit einer Klappe zu schlagen: zum einen bewies er mit diesem Kauf, daß er genügend Geld hatte, um sich diesen schönen, aus Kork hergestellten Kopfschmuck zu leisten; zugleich aber bewies der Besitzer, daß er, genauso wie die Weißen selbst, die Notwendigkeit begriffen hatte, sich gegen die Sonne aller voraufgegangenen und des jetzigen Jahrhunderts zu schützen, indem er diese Art von kleinem, weißem Schiff umgekehrt auf den Kopf setzte.

So ausgestattet hatte Albert tatsächlich das Aussehen eines Königs, und dies um so mehr, als die Leute um ihn

herum sich keineswegs rühmen konnten, ähnlich gut wie er gekleidet zu sein. Die lange und taillierte Jacke, wie sie heute natürlich nicht mehr Mode ist, bedeckte ein weißes Hemd, und das Ganze brachte eine schon etwas ermüdete Fliege um so besser zur Geltung: der King trug diese Fliege so häufig, will heißen immer sonntags, daß die schlecht erzogenen Kinder des Dorfes Nkool ihn bereits mit dem Spitznamen »Der Rabe von Effidi« belegt hatten. Wenn sie ihn aus der Messe kommen sahen, dann lösten sie ganz plötzlich die wenige Minuten zuvor entstandene Versammlung auf und flüchteten in alle Richtungen des Platzes vor der Kirche, indem sie lachten und laut schrien:
»Da ist er, der Rabe von Effidi, Mutter, Mutter, ich habe ihn mit meinen eigenen Augen gesehen, ich habe den Raben von Effidi gesehen...«
Natürlich waren diese Kinder oft von ihren Eltern eingefangen worden, und häufig waren sie von ihren Eltern geschlagen worden, weil sie es an Respekt für eine bedeutende Person mangeln ließen, »und das auch noch am Tage des Herrn«. Aber angesichts seiner wochentäglichen Tätigkeit in der Stadt konnte sich der King eben nur am Tage des Herrn lächerlich machen lassen, und wahrscheinlich genoß er im Innersten seines Herzens den nun schon zur Gewohnheit gewordenen Moment, in dem er für einen Vogel gehalten wurde, wenn er sonntäglich zur Messe nach Nkool ging. Aus diesem Grunde bat er wohl auch immer darum, den Frechlingen des Sonntags nichts anzutun. Vielleicht sagte er sich aber auch, daß der Rabe, der in den Lüften fliegt, ohne Zweifel eine größere Chance als der Mensch hat, leicht in den Himmel zu gelangen, wenn er dies denn wollte. Vielleicht aber dachte er auch so: Indem ich mich jeden Sonntag von den Kindern malträtieren lasse, werde ich hierfür im Himmel eines Tages entschädigt, dann näm-

lich, wenn er an die Pforte des Heiligen Petrus schlagen würde. Die kindlichen Sticheleien summierten sich im Kalkül des Kings zu einem wahrhaften Visum für das ewige Leben. Vielleicht aber wollte der King den Kindern auch ganz einfach deshalb nicht böse sein, weil er einige der Prinzipien seiner Religion zur Anwendung bringen wollte, jener Religion, die vor allem am Sonntag daran erinnerte, daß die Liebe des Nächsten und das Entgelten von Bösem mit Gutem einige der schönsten Empfehlungen unseres Herrn waren. Wir würden natürlich gänzlich falsch liegen, wenn wir aus allen möglichen Hypothesen jene ausschlössen, wonach King Albert, als der gute King, der er unter den Seinen war, sonntags vor dem versammelten Volke ganz gerne seine Güte unter Beweis stellte.

Er war an jenem Tag zum »König« gekrönt worden, als seine Landsleute und er selbst vernommen hatten, daß irgendwo in Europa ein König herrschte, der wie er Albert hieß. Von diesem Tag an war er in die Haut einer neuen Persönlichkeit geschlüpft; er verzichtete zwar auf eine Krone, aber er suchte das Prestige, das mit ihr einherging. Und diese Suche hatte ihn eben dazu angeregt, jene Ausnahme zu sein, die die Regel beweist, indem er es nämlich geschafft hatte, sich im Ladenzentrum der Stadt zu installieren; und dort ließ er, indem er seinen Geschäften nachging, seine Identität als Sohn von Effidi zum größeren Stolz eines jeden der Seinen triumphieren. Aber Sie wissen ja schon, wovon hier die Rede ist.

Nach dem Tode seiner ersten Frau, zwei Jahre zuvor, hatte er sich bei sich zu Hause wochenlang eingeschlossen, sich nur noch sehr unregelmäßig zu seiner Arbeit begeben, war nicht einmal mehr zur Sonntagsmesse gegangen, was, wie man sich denken kann, eine große Verzweiflung beim Delegierten hervorgerufen hatte, denn der war, wie jeder Mann weiß, als Vertreter des

Priesters in Effidi mit der Rettung der Seelen beauftragt. Jetzt aber hatte sich das Leben zum Besseren gewendet, zu den Sonnenseiten hin, hatte sich im Leben jenes Aroma des Neubeginns entwickelt, das im Witwer den Wunsch aufleben läßt, eine Weggefährtin zu finden, die die verschwundene ersetzt. Die Mutter des Kings wie auch seine Schwestern und alle anderen Personen, die unter demselben Dach lebten, hatten ihn, so gut dies in der Stunde der großen Trauer ging, getröstet. Sie hatten ihn alle ermutigt, nicht zu vergessen, daß ein normal gebauter Mann, der auch über einigen Wohlstand verfügte, dazu bestimmt war, an der Seite einer Ehefrau zu leben, die ihm Erben bescheren mußte. Was diesen letzten Punkt angeht, erinnerte sich der King an sein vergangenes Unglück, an die Sorgen, die ihm seine Frau zu ihren Lebzeiten gemacht hatte. In der Tat hatte sie erst lange Zeit nach ihrer Heirat ein Kind bekommen, mehr als sieben Jahre nach der Heirat, und obwohl sie alle gläubige Christen waren, waren sie nach und nach in einen Pessimismus verfallen, der die Menschen in solchen Fällen häufig Zuflucht zum Fetischismus nehmen läßt. Sie hatten schließlich geglaubt, daß nur noch die Fetische in der Lage seien, einen Erben herbeizuzaubern. Und in der Tat war dann eines Tages der Erbe des King Albert von Effidi geboren worden. Aber um welchen Preis! Die Mutter und das Kind hatten bei der Geburt den Tod gefunden.

Von den Dorfbewohnern unterschiedlich kommentiert, hatte dieses Unglück den Lebensmut des Kings nahezu zerstört, und dies um so nachdrücklicher, als einige Personen ihm vorgeworfen hatten, selbst ein wenig an diesem doppelten Tod mitschuldig zu sein: »Eine Frau, die ein Kind erwartet und nicht arbeitet, die einfach nichts mehr tut, es sei denn auf die Geburt des Kindes zu warten, die wird einfach zu schwach, als daß sie die

Geburt durchstehen könnte«, pflegte man im Dorf zu sagen. Der King aber, nur noch von dem Wunsch beseelt, endlich den so lange erwarteten Erben geboren zu sehen, hatte just beschlossen, daß seine Frau im Hause nicht mehr die geringste Arbeit tun sollte, »um sie nicht unnötig zu ermüden, wo sie doch am Tag der Geburt alle Kräfte benötigt«. Solche Vorwürfe wurden natürlich nicht offen im Dorfe ausgesprochen. Sie wurden vielmehr diskret von Mund zu Ohr weitergetragen, und vielleicht hätte der King davon nicht einmal Wind bekommen, wenn nicht eines Tages Bikounou, der Vespasier, aus der Tiefe seiner Besoffenheit nach dem Genuß einer Kalebasse Palmwein wieder einmal den »Kapitalisten« des Dorfes attackiert und lauthals jene anstößige Bemerkung geäußert hätte, die die anderen Dörfler sich nur mit gespitzten Lippen leise zuraunten.
»Du bist nichts als ein Weißer, der sich unter uns verirrt hat: Du hast ihren Lebensstil angenommen. Wo hat man je gehört, daß einer schwangeren Frau die Arbeit im Hause verboten wurde?« hatte er dem King entgegengeschleudert.
Und obwohl der Delegierte interveniert hatte, und obwohl der Vespasier einige Tage später eine feierliche Entschuldigung angeboten hatte, müssen wir doch feststellen, daß diese Bemerkung den King im tiefsten seines Herzens getroffen hatte, und jeder versteht das nur zu gut. Zwei oder drei Jahre später hatte sich die Trauer natürlich nach und nach in Resignation verwandelt, dann hatte sich Albert sowohl was das Zusammenleben im Dorfe angeht, als auch was sein Innenleben angeht, wieder in den Griff bekommen. Die Tatsache, daß der King nun wieder regelmäßig sonntags zur Kirche ging, hatte natürlich auch etwas mit seiner Entwicklung zu tun; sie hatte ihn dazu bewegt, erneut seinen Glauben in den Herrn zu setzen und seine Liebe in eine Lebensgefähr-

tin, ganz so wie es ihm die Seinen im übrigen anempfohlen hatten.
Aber kommen wir auf diesen Sonntag zurück, an dem King Albert von Effidi wie gewohnt seine Arbeitskleidung eingetauscht hatte gegen eine sonntägliche Eleganz, die durch ein unerklärliches Paradox die Kinder von Nkool zum Lachen brachte. Das beim Verlassen der Kirche übliche Schauspiel unterblieb an diesem Tage. Weil an diesem Sonntag ein weißer Priester aus der Stadt in die Pfarrgemeinde zu Besuch gekommen war, hatten die Eltern ihre Kinder gebeten, brav zu sein: So sollte Nkool in den Augen des Besuchers seinen Ruf als »Hauptstadt des Glaubens« beweisen, ein Ruf, der in den Augen der Bewohner einen ebenso hohen Wert hatte wie die Straße, die Effidi durchquerte. Und die Kinder hatten gehorcht, denn auch sie wollten an der Würde dieses Tages teilhaben. Wenn aber nicht einmal die Kinder die Ruhe des Sonntags zerstören, dann müssen dies offensichtlich die Erwachsenen tun. Aber sehen Sie selbst zu.
Im Hinblick auf den bevorstehenden Besuch von Ehrwürden Bonsot hatten die Gläubigen das ganze Repertoire der liturgischen Gesänge in lateinischer Sprache noch einmal durchgenommen; die meisten von ihnen hatten sie schon in jungen Jahren gelernt, und sie waren stolz, diese während des Gottesdienstes dahersingen zu können. Das ganze atmete einen tiefen Glauben wider, wenn unisono die rauhen Stimmen der Männer, die spitzen Stimmen der Frauen, die dünnen oder unentschiedenen Stimmen der Kinder erklangen. Hymnen, die die Engel und die Heiligen dort droben erfreuen, so dachte man sich in der Kapelle, und in den Augen des Delegierten konnte man ganz deutlich jene Freude ablesen, die die Herzen der Gläubigen mächtig füllte. Und Ehrwürden Bonsot trug während des ganzen Gottesdien-

stes ein zufriedenes Lächeln zur Schau, das die Gläubigen als Zeichen seines Wohlwollens interpretierten. Und die Gläubigen waren es sehr zufrieden, denn es war das erste Mal, daß Ehrwürden nach Nkool gekommen war, um dort die Messe zu lesen, was wiederum die ganz besondere Anstrengung der Dörfler an diesem Sonntag erklärte.

Als dann Pater Bonsot zur Predigt anhob, da überraschte er die ganze versammelte Gemeinde! Und welch eine Überraschung in dieser überfüllten Kapelle! So weit man in Effidi zurückdenken konnte, war es das erste Mal, daß man eine ähnliche Predigt hörte, eine Predigt, die ... gänzlich die afrikanische Persönlichkeit zum Inhalt hatte, ja doch! In diesen Jahren unmittelbar vor der nahen Unabhängigkeit wäre dies den Leuten in der Stadt vermutlich als ganz normal erschienen, denn die waren es ja gewohnt, ähnliche Bemerkungen in politischen Reden zu vernehmen. Aber nun hier in Nkool, einem im Wald verlorenen Dorf, wo selbst die »gebildeten« Leute ihr Vokabular auf das des täglichen Überlebenskampfes eines Individuums oder einer Gruppe beschränkten, also hier jetzt von der afrikanischen Persönlichkeit reden hören! ... und dazu noch von wem? Von einem weißen Missionar! Aber hören Sie ihm doch selbst zu:

»... Meine Brüder und Schwestern (ahum!), ihr dürft nicht länger eure afrikanische Persönlichkeit verleugnen, wie ihr dies tut, wenn ihr das Lob des Herrn in Latein singt. [Ein Moment Schweigen, dann setzte Pater Bonsot seine Predigt fort, indem er seine Worte mit dem über seinen Kopf gen Himmel weisenden Zeigefinger seiner rechten Hand unterstrich.] Das Latein ist doch gar nicht eure Sprache! Versteht ihr denn überhaupt, was ihr da singt? Und was soll eigentlich diese Nachäfferei? Ihr imitiert ja sogar diese euch unbekannten Leute, die ohne

jedes rhythmische Gefühl singen ... Wißt ihr denn nicht, daß euch der liebe Gott von den Lateinern unterschieden geschaffen hat? Warum äfft ihr sie dann nach, so als ob ihr nicht eure eigene Persönlichkeit besäßet? [Und Pater Bonsot betonte nachdrücklich das Wort »eure«.] Eure eigene afrikanische Persönlichkeit, um das Lob des Herrn im Himmel zu singen? Um der Wahrheit die Ehre zu geben, und ich will es euch ganz offen sagen: Erst wenn ihr in eurer eigenen Sprache zum Herrn redet, wenn ihr in Sprache und Gesang eurem eigenen Rhythmus gehorcht, erst dann wird der Herr euch erhören. Denn erst dann wird er euch verstehen, weil er merkt, daß das, was ihr ihm zu sagen habt, direkt aus eurem Herzen fließt, daß es eben nicht auswendig gelernte Phrasen sind, die ihr selbst ja nicht einmal versteht. Und wenn der Herr dann versteht, was ihr von ihm wollt, erst dann wird er euch seine barmherzige Güte erweisen...«
Sogar die Kinder in der Kapelle waren von den Worten Pater Bonsots in höchstem Maße überrascht. Was aber die Erwachsenen angeht, so waren die von Scham darüber erfüllt, daß erst ein Fremder daherkommen und ihnen sagen mußte, wer sie denn eigentlich seien. Insgeheim waren sie natürlich böse auf den Pater Bonsot, aber der Respekt vor dem heiligen Ort gebot es ihnen dann doch, sich in Schweigen zu üben. Das Besondere des Vorgangs erklärt denn auch, warum das Verlassen der Kapelle sich an diesem Tage in einer ganz ungewöhnlichen Stille vollzog. Den einzigen nennenswerten Vorfall verursachte wieder einmal Bikounou, der Vespasier, der sich auf seine Maschine schwang, laut davonfuhr, indem er Verwünschungen ausstieß gegen »all jene alten Dummköpfe, die sich vom Weißen beschimpfen lassen, ohne ihm auch nur ein Widerwort zu geben«.
Was die Kinder aber am meisten überraschte, waren sei-

ne grünen Augen. Wie konnte er grüne Augen haben, wo doch alle Leute in Effidi, in Nkool, ja sogar darüber hinaus, schwarze Augen hatten? Als die Gruppe um Ehrwürden Bonsot nun auch endlich auf dem kleinen Kirchplatz anlangte, der im übrigen der einzige große Platz in Nkool war, fand sie dort bereits die anderen Dörfler vor: Männer und Frauen, die die Messe schneller verlassen hatten und die hier bereits ihre Besucher erwarteten. Die wortlose Beratung der Erwachsenen untereinander hatte zum Ergebnis gehabt, daß man das Programm des Sonntags fortführen – wie geplant –, fortsetzen würde. Dies ungeachtet der Predigt von Ehrwürden Bonsot – die nun aber wirklich niemand zu schätzen schien. Bänke, Stühle und Tische waren unter dem großen Affenbrotbaum des Kirchplatzes aufgestellt worden. Alle Welt setzte sich, und die Frauen begannen Essen und Getränke zu servieren. Die Korbflaschen voller Palmwein und roten Weines würden an diesem Sonntag ihr übliches Schicksal erleben.
Dieses Essen ...
Die Zusammensetzung des Menüs hatte den Leuten von Nkool sehr viel Kopfzerbrechen bereitet. Bis zum Vorabend des Empfanges wußte man nicht, was man dem weißen Missionar anbieten sollte. Maniok, in all seinen Arten der Zubereitung, Yams, mit Erdnußsoße zubereitet, Wildfleisch oder Schlangenfleisch, das Ganze in einer öligen Soße zubereitet, dies alles ließ sich sehr gut in den einheimischen Bäuchen nieder. Aber was würde man den Weißen zu essen geben? Viele Male hatte man bereits dem Delegierten die Frage gestellt, wie man es anstellen sollte; der aber mußte zugeben, daß er außer den Fragen von gemeinsamem Interesse – vor allem Himmel und Hölle –, noch nie Gelegenheit gehabt hatte, mit Ehrwürden Bonsot andere Gesprächsthemen anzugehen. Auf jeden Fall hatte er noch nie mit ihm

über die Küche gesprochen. Schließlich hatte Toutouma, der Gewerkschafter, seine Lippen voller Verachtung geöffnet, um zur großen Freude aller zu bemerken:
»Die Weißen ... die Weißen, was essen die schon anderes als Salate und Makkaroni. Jetzt sagt mir bloß nicht, daß ein weißer Priester nicht ein Weißer wie alle anderen ist.«
Als Resultat dieser Entdeckung hatte Ehrwürden Bonsot Anrecht auf einen enormen Teller voller langer, langer Nudeln, in einer Soße schwimmend, in die sich Tomaten und Palmöl auf sehr seltsame Weise teilten. Und dann der Salat: Er kam in der Form eines Endiviensalates, der in seiner Jungfräulichkeit geradezu perfekt für einen Mann der Kirche ausgewählt worden war, eben ohne jegliche Zubereitung und im Zustande der totalen Unschuld. Der Priester zupfte einige Blätter ab und erbat von den Dörflern Wasser, um sie zu waschen. Dann versuchte er von der Nudelsoße zu profitieren, sie sollte den Schluckvorgang fördern. Aber dieser Versuch dauerte nicht lange, und aus Ärger beschloß er eine heilsame Revanche an Palmwein zu nehmen. Er trank davon und bat so häufig um mehr, daß Toutouma, der Gewerkschafter, schließlich dem skandalisierten Delegierten entgegenrief:
»Höre, Belobo, du hast uns immer gesagt, daß die Priester nicht trinken, jetzt aber sehe ich, daß das nur ein Scherz war oder sogar eine Lüge.«
Und, seine Bemerkung in vollen Zügen genießend, fuhr er fort, die fünf Finger seiner rechten Hand abzulecken; voller Genuß leckte er die Soße, die von den Fingern troff. Seine Bemerkung fesselte jedoch keineswegs die Aufmerksamkeit der Umstehenden, und auch sein Augenzwinkern half nicht weiter; denn ein jeder war allzu sehr mit der Befriedigung unmittelbarer Bedürfnisse beschäftigt; niemand war ihm dabei behilflich, sich auf

respektlose Weise über den Diener des Herrn da oben lustig zu machen. Der Wein ließ die Versammlung im übrigen immer lauter werden, und zwar bis zu jenem Moment, da, kaum war das Essen beendet, die Musik von der gesamten Versammlung Besitz ergriff. Trommeln, die aus dem Nichts aufgetaucht waren, begannen zu klingen, explodierten mit hellen Klängen, gaben den Grundrhythmus an, Gesänge erhoben sich in den Himmel. Ehe man es sich versah, bewegte sich bereits eine Gruppe von Tänzern auf dem Platz vor der Kirche, unter den Augen all jener, die noch bei Tisch saßen, und vor allem natürlich vor den Augen von Ehrwürden Bonsot, der inmitten seiner Gefolgschaft vor einem Glas Palmwein saß. Ein Schauspiel begann, daß sogar bei der Gruppe der Leute der Kirche Bewunderung hervorrief. Sie saßen zwar immer noch, aber ihr ernster Blick war längst aufgelockert worden von jenem Palmwein, den sie wie wahre Heiden in sich hineingeschüttet hatten. Die sonntägliche Stimmung, die einen Moment lang von der Predigt getrübt worden war, wurde allmählich durch die neue Lebensfreude gefärbt. Plötzlich leuchteten alle Gesichter vor Freude. Die Magie der Musik und des Tanzes vertrieben die sauertöpfische Stimmung durch Explosionen der Freude in den Farben der Liebe und der Kommunion zwischen den Menschen, mit Leuchtfunken, die die Herzen einer ganzen Gemeinschaft leuchten ließen, Wunderwerk lebender Wesen in einer ewig jungen Gegenwart, in der die Zeit im zwischenmenschlichen Kontakt wie im Fluge vergeht, dem Kontakt zwischen Mensch und Mitmensch, dem Menschen als einem unverrückbaren Stein, unbeweglich, unfertig und überall das gleiche Ebenbild Gottes, unter allen Breitengraden der Erde. Tausend Zärtlichkeiten ergreifen plötzlich Besitz vom Leben und entwickeln sich in einem lebendigen Durcheinander von Rhythmen und

Stimmen, wie von einer Decke umhüllt, von Farbe und Klang von gegenseitigem Vertrauen und dem Bekenntnis des Glaubens, der Liebeserklärung zur ganzen Welt. Aus seinem Zickzacklauf zum Fortschritt hält der Mensch einen Moment inne und betrachtet verwundert und leichtgläubig seine Rückkehr zur Natur. Der im Gedächtnis verhakte Stachel der Angst verschwindet und macht einer Rosenblüte mit neuem Parfum Platz. Das Leben selbst war nicht mehr weit entfernt, ja, hier war das volle Leben wieder. Die Tropen sind ein immenses Reservoir voller Überraschungen. Vielleicht die größte Überraschung, die stärkste, die, die man am wenigsten erwartet und die dann um so mehr stärkt und erfrischt, ist jene, die den Menschen so leicht wieder zum Menschen werden läßt, ausgelöst vom Klang einer Flöte oder dem Klappern einer Rassel.
Pater Bonsot sah sich dieses Schauspiel an, verblüfft und begeistert zugleich. Männer und Frauen mit nacktem Oberkörper hatten genau ihm gegenüber einen Halbkreis gebildet, und sie tanzten ganz offensichtlich ihm zu Ehren, indem sie ihre Tanzfiguren genau vor ihm ausführten. Xylophone und Trommeln spielten, laut begleitet vom Händeklatschen und den Gesängen der ganzen Dorfgemeinschaft. Aus dem Innersten seines Herzens bewunderte der Priester diese Harmonie, und er fragte sich, ob diese früher einmal heidnisch genannten Tänze es der Dorfgemeinschaft nicht vielmehr erlaubten, einen Moment der ungetrübten Wahrheit zu leben, jenen höchsten Grad der Wahrheit zu erreichen, den alle suchen, jene Wahrheit, die nach der Lehre der Kirche allein durch das Gebet erreicht werden kann. »Dies ist das lebende Gebet«, sagte sich Pater Bonsot. »Der Mensch als sterbliches Wesen verschwindet, und durch die körperliche Bewegung wird er in die Lage versetzt, das Gesicht des Herrn zu erblicken. Dies ist Moses in der Gestalt ei-

nes ganzen Volkes im Angesicht des Herrn, und ganz ohne Furcht, mit dem Tode bestraft zu werden, weil er den lebenden Gott in seiner wahrhaften Gestalt gesehen hat...«

Plötzlich lösten sich aus dem Halbkreis der Tänzer zwei junge Mädchen mit schmaler Taille und festen Brüsten, Rasseln an den Fesseln, an den Kniekehlen und an den Armen, mit Ketten aus Perlen und Muscheln, die ihre Hautfarbe und auch den Rhythmus des Tanzes betonten, geschmückt; ihre elfenbeinernen Zähne betonten ihr Lächeln, ihre in Schwänzchen gebundenen Haare wurden durch vielfarbige Vogelfedern akzentuiert; ihre Brüste forderten mit mädchenhafter Unschuld heraus; Nani und ihre Schwester Kalé, beide als die besten Tänzerinnen der Region anerkannt, provozierten bei den Musikern und bei den übrigen Tänzern einen noch größeren Einsatz, und bei all jenen, die nicht tanzten, eine noch größere Aufmerksamkeit. Ihre Darbietung war in höchstem Maße aufsehenerrregend, und, angefeuert durch die Rufe der Bewunderung und der Ermutigung, wurden ihre Gesten und tänzerischen Bewegungen immer gewagter. Die beiden Nonnen, die ein wenig hinter dem Priester saßen, bedeckten ihre Augen mit den Handflächen, um bloß nicht dieses heidnische Spektakel mitansehen zu müssen. Pater Bonsot selbst fühlte sich ein wenig geniert, als die beiden Star-Tänzerinnen, die jetzt ganz in die Nähe seines Tisches gelangt waren, ihm ihre nackten Brüste entgegenstreckten, während ihre kaum bekleideten Hüften Bewegungen einer unverhüllten Erotik zeichneten. Dies alles amüsierte Toutouma, den Gewerkschafter, den Vater von Nani und Kalé, höchstlich, obwohl der Anstand ihm geboten hätte, eher diskret zu sein, da er an der Seite von King Albert von Effidi saß. Der King selber aber hatte an diesem besessenen Tanz, der unmittelbar vor den Augen des Prie-

sters vorgeführt wurde, keineswegs etwas auszusetzen und auch nicht der Gewerkschafter, der es nur natürlich fand, daß seine Töchter sich in der Tradition des Tanzes früherer Zeiten bewegten; etwas daran auszusetzen hatte, natürlich wieder einmal, Belobo, der Delegierte. Plötzlich erhob er sich, und voller Wut schrie er:
»Genug jetzt! Kehrt in den Kreis zurück!«
Plötzlich erstarb alles: die Musik, der Tanz, die Gesänge, die Schreie. Alle Augen richteten sich auf den Delegierten. Sogar Pater Bonsot schien überrascht. Der alte Belobo wandte sich zu ihm und sagte zu ihm:
»Ehrwürdiger Vater, du kannst solche Dinge nicht zulassen. Wir haben dich freudigen Herzens eingeladen, einige Stunden dieses Sonntags mit uns zu verbringen, aber ich bemerke, daß auch Satan unter uns getreten ist. Vergib uns unsere Sünden, ehrwürdiger Vater ...«
Er hatte nicht einmal Zeit, seinen Satz zu beenden, als auch schon Toutouma einwarf:
»Hört euch das an: ›Vergib uns unsere Sünden, ehrwürdiger Vater ... vergib uns unsere Sünden ...‹ Sag mir nur, Belobo, glaubst du etwa, daß du hier im Beichtstuhl bist? Und wer hat dir gesagt, daß wir dir unsere Sünden beichten wollen?«
»Toutouma hat recht«, fügte King Albert hinzu, indem er sich von seinem Stuhl erhob. »Er hat recht. Jede Sache zu ihrer Zeit; die Beichte hat überhaupt nichts mit unserem Treffen am heutigen Nachmittag zu tun. Mein Vater, sag du uns selbst, was Schlimmes daran ist, wenn wir dir das Geschenk eines Tanzes durch die schönsten Mädchen unseres Dorfes anbieten?«
»Du, Albert«, gab Belobo ihm spöttisch zurück, »du hättest es ja auch nicht wagen können, dem Gewerkschafter zu widersprechen, denn du bis ja vom selben Clan wie er ... Vom Clan der Leute, die in der Stadt arbeiten. Ich aber bin für die Moral des Dorfes verantwortlich und

für die Seele eines jeden meiner Brüder, einer jeden meiner Schwestern. Und deshalb bitte ich Pater Bonsot noch einmal, uns unsere Sünden zu vergeben.«
»Bevor man zur Beichte geht, müßte man zuerst aber einmal gesündigt haben«, murmelten einige Personen aus der jetzt um den Tisch des Priesters versammelten Menge.
Pater Bonsot war sehr verwirrt. Er wußte nicht, wie er öffentlich die Haltung von Belobo verurteilen sollte, aber gleichzeitig konnte er schwerlich für ihn Partei ergreifen; einerseits wollte er im Innersten seines Herzens nicht einsehen, daß tatsächlich gesündigt worden sei; und wenn er denn seiner Predigt vom Morgen treu bleiben wollte, dann konnte er nicht gut die Einwohner von Nkool und der umliegenden Dörfer dafür verurteilen, daß sie ihm die authentischsten Aspekte ihrer afrikanischen Persönlichkeit präsentiert hatten. Aber der Priester war noch nicht am Ende seiner Sorgen. Denn während er noch derart nachdachte, lösten sich um ihn herum nach und nach die Zungen, die Belobo zunächst ein autoritäres Verhalten vorwarfen und schließlich sogar die Notwendigkeit bezweifelten, wegen eines Tanzes zur Beichte zu gehen. Aus dem Chor der murmelnden Stimmen löste sich jedoch schließlich deutlich die Stimme und das von ihr vorgetragene äußerst rigorose Argument des King Albert.
»Das Ganze ist bizarr«, sagte er, »und ich verstehe nichts mehr. Pater Bonsot ist hier mitten unter uns. Er ist glücklich über das Fest, das wir zu seinen Ehren geben, und du, Belobo, befiehlst uns, dieses Fest zu beenden. Sag uns, sag uns allen, die wir hier anwesend sind: Bist du etwa ohne unser Wissen zum Priester geweiht worden?«
Die Frage löste wahre Lachsalven aus, die ihrerseits die Konfusion, in der sich Belobo befand, noch steigerte, un-

fähig, beim Priester die notwendige Unterstützung zu finden, um den Respekt für seine Auffassung von Reinheit und Sünde durchzusetzen. Pater Bonsot sagte sich, daß es besser sei, die passive und so komfortable Haltung eines Zuhörers einzunehmen. Das Angenehme an dieser Haltung bestand nicht allein darin, daß sie ihm eine Sicherheit verlieh, für die er ein echtes Bedürfnis empfand, sondern sie es ihm auch ermöglichte, aus dem Munde seiner Gläubigen eine Vielzahl von Dingen zu hören, die allein in solchen Momenten der Leidenschaft ausgesprochen werden konnten.

Währenddessen steigerte sich King Albert immer mehr in seine Tirade hinein, mehr und mehr entschlossen, nicht nur dem Delegierten, sondern allen seine Version dessen zu erzählen, was sich gerade ereignet hatte, was sich an diesem Sonntag ereignet hatte.

»... Ich habe seit heute morgen nur seltsame Dinge gehört. Ich muß dir schon sagen, ehrwürdiger Vater, daß deine Predigt von heute morgen...«

»Du hast nicht das Recht dazu«, protestierte Belobo wieder. »Du hast nicht das Recht, über die Predigt zu reden. Was in der Predigt gesagt wird, ist in der Predigt gesagt. Es ist Gott, der...«

»Belobo, ich bitte dich, laß mich ausreden. Ich wende mich jetzt nicht mehr an dich, ich rede zu Pater Bonsot, und wenn denn jemand antworten will, dann kann nur er dies tun, und nur er allein.«

»Und ich bleibe dabei, daß wir nie an die Predigt rühren dürfen, denn ihre Worte werden in dem Moment gesprochen, in dem der Geist Gottes den Priester erfüllt. Du wirst es dir also nicht auf dem Dorfplatz, inmitten heidnischer Tänze, erlauben, über die Predigt zu reden.«

Und jetzt war's Ehrwürden Bonsot selbst, der ihn unterbrach.

»Laß ihn reden, Belobo, laß ihn reden. Vielleicht hat er etwas Interessantes zu sagen.«
»Ich sage dir, ehrwürdiger Vater«, fuhr King Albert von Effidi fort, »ich sage dir, daß deine Predigt von heute morgen mich nachdenklich gemacht hat. Du hast uns aufgefordert, unsere Messe nicht mehr in Latein zu singen. Bevor ich fortfahre, möchte ich dir eine einzige Frage stellen: Hast du alle die Deinen konsultiert, bevor du heute zu uns gekommen bist?«
»All die Meinen konsultiert, wer, die Meinen?«
»Deine Brüder, deine Landsleute, die anderen Priester, nun, sie alle?«
»Ich verstehe. Nun gut, nein, ich habe sie nicht konsultiert.«
»Also, unter diesen Umständen glaube ich, daß deine Predigt von heute morgen wertlos ist«, sagte der King, indem er in die Augen des verdutzten Priesters sah.
Man mußte schon King Albert von Effidi heißen, um eine solche Behauptung zu wagen, die im übrigen mit einem spontanen »Aha! ...« der Bestürzung aus der versammelten Menge aufgenommen wurde. Aber Albert ließ sich nicht beeindrucken:
»Andere sind vor dir gekommen, und die haben uns gesagt, daß man die Messe in Latein singen müsse und daß man sie vor allem nicht in unserer Muttersprache singen dürfe, denn sagten sie, Gott versteht nur das Latein, und er hat niemals unsere Sprache gelernt, nicht in der Schule. Wir haben uns darein gegeben, und wir haben viele Dinge auf Latein gelernt, das heißt in einer Sprache, die uns völlig fremd ist. Und wir haben die Gewißheit erworben, daß unsere Gebete direkt zum lieben Gott aufsteigen, wenn wir sie in Latein sagen. Heute nun sagst du uns, daß wir den lieben Gott in unserer eigenen Sprache preisen sollen. Das sollen wir nun glauben? Versteht der liebe Gott nun heute unsere Sprache? Haben diejeni-

gen, die uns vor dir im Glauben unterwiesen haben, sich also getäuscht? Und was passiert, wenn wir nun die Sprache unserer Gebete ändern und wenn der liebe Gott letztendlich nicht mit uns zufrieden ist: Wärest du dann bereit, die Konsequenzen hierfür zu übernehmen? Also, ehrwürdiger Vater, ich werde dir die Wahrheit sagen, unser Volk hat all diese Seltsamkeiten satt. Die Europäer haben sich über uns lustig gemacht: Tu dies, und dann tun wir das; tut jenes, und wir stehn immer zu eurem Befehl. Wir tun alles, was euch einfällt, uns tun zu lassen, aber wir wissen heute, daß wir eure Befehle nicht zu unserem eigenen Vergnügen ausführen. Wir haben es ganz einfach satt. Wir sind Menschen wie alle anderen. Also soll man uns in Ruhe lassen, soll man uns die Messe in Latein oder in unserer Muttersprache singen lassen, gerade so, wie es uns gefällt, nicht länger so, wie es diesem oder jenem Priester im Namen Gottes gefällt.«

Man muß sich einmal deutlich vor Augen führen, was King Albert von Effidi da an diesem Tag aussprach. Es ging da nicht allein um den religiösen Bereich, sondern um das ganze kulturelle Umfeld, auf dem das Treffen zwischen Afrika und dem Westen eine Vielzahl von Un- und Mißverständnissen hervorgerufen hatte. Die herablassende Haltung der Europäer gegenüber der schwarzafrikanischen Kultur war um so eher dazu angetan, die Afrikaner zu verunsichern, als jene ständig die konkreten Zeichen der Macht der Neuankömmlinge vor Augen hatten. Den disymmetrischen Holzbildern der afrikanischen Kunst stand die Regelmäßigkeit, die Perfektion der Normen und Linien der Künstler einer anderen Welt gegenüber. Die Kunst der Synkope, brutal wie eine unerwartete Sintflut, wurde ersetzt durch die melodische Sprache der liturgischen Gesänge, von geradezu erschreckender melodischer Geschmeidigkeit und ohne jede

rhythmische Würze. Und die denn doch etwas allzu direkte Kunst, ganz einfach Mensch zu sein, wurde ersetzt durch die schickliche Abart, wie man sich in der Gesellschaft zu bewegen hat. Die Richtigkeit und auch die Dringlichkeit dieses Wandels wurde den Kindern und den Erwachsenen in Afrika mit klugen Worten beigebracht, mit Argumenten, die die neue Kultur akzeptabel machten und die ipso facto zugleich alle mehr oder weniger »wilden« Ausdrucksformen der eigenen Tradition verwarfen; denn diese Tradition war nicht nur nicht in der Lage, die Entwicklung des afrikanischen Menschen zu fördern, sondern auch unfähig, den Vergleich mit den ach so »hochentwickelten« und »subtilen« Formen der europäischen Kultur auszuhalten. Unzählige Kinder auf dem ganzen Kontinent wurden mit dieser Vorstellung von Kultur erzogen, einer Vorstellung, die Afrika als den armen Verwandten der Menschheit draußen vor der Tür stehen ließ. Eine sehr intensive Politik der Assimilierung führte dazu, daß die Kinder Frankreich als »unser Vaterland« besingen lernten; ein von allen mit Freuden eingestandener Paternalismus ließ sie die »Wohltaten der großen Republik« anerkennen: »Du hast unsere Ketten zerrissen; die Tyrannen verkauften uns wie Schlachtvieh, sie töteten unsere Kinder und stahlen unser Hab und Gut; du hast uns aus der Sklaverei befreit und aus uns Menschen gemacht...«
Und während solche Komplexe tagtäglich kultiviert wurden, lief man kaum Gefahr, in Afrika selbst eine Aufwertung der eigenen Kultur, wie sie vor der Kolonialisierung existiert hatte, zu erleben.
Heute haben sich die Dinge wesentlich verändert, und viele Nichtafrikaner werfen sich heute, mehr noch als die Afrikaner selbst, zu Verteidigern einer »authentisch« genannten afrikanischen Kultur auf. Sie ähneln dem Pater Bonsot, der während seiner Predigt von der afri-

kanischen Persönlichkeit spricht. Sie ähneln jenem Musikologen, der, wenn er einmal irgendeine afrikanische Musik gehört hat, sie zur einzigen »authentischen« afrikanischen Musik erhebt und fordert, daß alle anderen Musiken des Kontinents so seien wie die, die er gehört hat; sie sind wie jener Literaturkritiker, der zwar Ihren Roman sehr geschätzt hat, Ihnen aber vorwirft, in ihn nicht wenigstens einige Worte einer afrikanischen Sprache aufgenommen zu haben, will heißen: für die Leser unverständliche Worte, die den Roman jedoch »wahrhaft authentisch« hätten werden lassen. Kurz gesagt, allein die Afrikaner wissen heute nicht mehr, was man tun muß, um Afrikaner zu sein oder afrikanisch zu wirken, so sehr ist die »Authentizität« ihrer Kultur von den von draußen gekommenen Experten in die Hand genommen worden. Die wissen nämlich ganz genau, wodurch sich ein Kunstwerk, eine afrikanische Musik, auszeichnen muß, um »wirklich afrikanisch«, »wirklich authentisch« zu sein. Das ist diese ganze Horde von Experten, die sich auf linkische Weise selbst einer einfachen Lebensfreude berauben und gleichzeitig all jene Personen in die Irre führen, die ihrer eigenen Kenntnis von Afrika nicht mehr vertrauen und sich von ihren Ratschlägen in Sachen afrikanischer Kultur verleiten lassen. Derjenige aber leidet an einem völligen Mangel an Realismus, der sich vorstellt, daß die Afrikaner im Kontakt mit dem Westen ihre Kultur jungfräulich halten werden und in dieser zweiten Hälfte des 20. Jahrhunderts ganz notwendigerweise »authentische« Kunstwerke herstellen werden, ähnlich jenen, wie sie hergestellt wurden, bevor die Kolonisation daran gegangen war, Afrika mit einer »höheren« Kultur zu beglücken. Und es wäre nicht gerade ein Zeichen von Intelligenz auf seiten der Afrikaner, wenn sie nun pausenlos nach ihrer Authentizität suchen würden. Erstes Merkmal der

Authentizität ist ja gerade die Spontaneität. Die Authentizität ist nicht das Resultat einer langwierigen Forschung, sie wird nicht hergestellt. Auf heute bezogen: Der Afrikaner von heute wird authentisch sein – und seine Kunst wird es mit ihm sein – wenn er nicht versucht, als Afrikaner zu erscheinen, und zwar mit Hilfe von Kunstgriffen, wie der Rückkehr zur Tradition, der Rückkehr zur traditionellen Kunst, sondern wenn er beschließt, er selbst zu sein, überzeugt, daß die ihm von der afrikanischen oder kolonialen Vergangenheit überlassenen Werte, zueinander addiert und einander ergänzend, daß die ihn zu einem besonders gut ausgerüsteten Mitglied einer sich entwickelnden Weltzivilisation machen, einer Zivilisation, die sich ganz in Richtung einer Mischlingskultur zu entwickeln scheint, die wir als wünschbar begrüßen oder auch bekämpfen können; es ist eine Zivilisation, die sich den Musikologen, den Soziologen entzieht, all jenen »-logen«, die ihre Zeit mit Haarspaltereien verlieren. Hat King Albert von Effidi letztendlich nicht recht, wenn er die große Frage so formuliert: Sollen die Afrikaner nicht die Freiheit haben, sich jener Musik, jener Literatur, jener Malerei, jenem Tanz hinzugeben, die ihnen gefallen, sollen sie nicht die Freiheit haben, die Messe so zu singen, wie es ihnen gefällt und nicht in einer Art und Weise, die allein diesen oder jenen Forscher auf der Suche nach ungesunden exotischen Kunstprodukten befriedigt? Und vor allem, warum heute den Afrikanern Prozesse der künstlerischen Schöpfung verbieten, die andere ihnen früher aufgezwungen hatten, und das damals unter dem Vorwand, sie seien besser als die angestammten afrikanischen?

3. Kapitel
oder
Zwei junge Mädchen gingen auf der Straße

»Gaubst du, daß der Priester etwas gegen uns unternehmen wird?«
»Das ist schon möglich. Mein Vater meint immer, man solle sich vor diesen Leuten in acht nehmen. Und nachdem, was gestern passiert ist, bin ich fast schon sicher, daß uns ein kleines Unglück einholen wird.«
»Ein kleines Unglück, das vom Himmel kommt oder etwa aus der katholischen Missionsstation?«
»Nun, da verlangst du zuviel von mir. Du weißt, daß ich nicht in die Geheimnisse des Himmels eingeweiht bin, und was die katholische Mission angeht, so glaube ich nicht, daß sie meinen Vater mit einem wohlwollenden Auge ansieht. Und mich, seine Tochter...«
»Ich weiß, ich weiß: die Tochter des Gewerkschafters... Ich kann mir denken, daß viele Leute es dir gegenüber immer wieder betonen: ›Du bist die Tochter von Toutouma, du bist also Kommunistin wie dein Vater.‹ Übrigens, seid ihr auch Kommunisten, auch du, deine Schwester und du?«
Nani sah Myriam einen Augenblick lang an, bevor sie ihrerseits die Frage stellte:
»Kommunist? Aber was ist das? Kannst du es mir sagen, du?«
Myriam versuchte mühevoll, ihre mißliche Lage zu verbergen. Sie konnte es sich ganz einfach nicht leisten, zuzugeben, daß auch sie nicht wußte, was denn ein Kommunist ist. Sie hätte es schon wissen müssen, denn sie galt als ein gebildetes Mädchen. Besuchte sie nicht etwa einen Ausbildungskurs, um Krankenpflegerin im Kran-

kenhaus von Ngala zu werden? Und wenn man die Dinge richtig in den Zusammenhang stellt, dann werden Sie schon begreifen, daß Myriam drauf und dran war, eines jener lebenden Monumente zu werden, mit denen sich in der ganzen Region allein das Dorf Effidi auszurüsten wußte und zu denen außer der von Automobilen befahrbaren und staubigen Straße auch King Albert von Effidi selbst wie auch sein unruhiger Mitbürger, der Vespasier, gehörten. Weder die Leute des Palmdorfes noch die von Nkool konnten voller Stolz mit der Faust auf die Brust schlagen und sagen, daß auch sie unter den Ihren ein Mädchen zählten, das »höhere Studien absolvierte, um Arzt zu werden«. Also, allein schon die Tatsache, daß Myriam eines Tages vielleicht Krankenschwester werden würde, verschaffte ihr bei den Einwohnern von Effidi ein Ansehen, das ihr wohl mancher Mediziner neiden würde. Nun war es aber so, daß der alte Belobo, alias »der Delegierte«, noch nicht entschieden hatte, zu begreifen, warum ein Mädchen »lange Studien unternehmen und Zeit verschwenden mußte, nur um es den Jungen gleichzutun, anstatt sich ruhig im Dorfe zu verheiraten und Nachwuchs zu gebären«. Immerhin können wir aber zur Entlastung des Delegierten folgendes hinzufügen: Er sah sehr wohl den Vorteil in Effidi, »unseren eigenen Arzt zu haben«, und sei er auch eine Frau, dann nämlich, wenn sich in den feuchten Tagen der Regenzeit sein Gelenkrheumatismus mit seinen spitzen Schmerzen meldete.

Wie dem auch sei, Myriam wußte, daß sie für die Mehrzahl der Einwohner der Region ein wenig wie der Vespasier dastand, als eine Person, die all das wußte, was eine gebildete Person einfach wissen mußte. Und hier, neben Nani, hatte sie jedes Interesse daran, das Ansehen, das sie bei den Leuten genoß, intakt zu halten und eben eine Antwort zu geben, wie falsch

die auch immer war. Eine Genieblitz durchquerte plötzlich ihren Geist:
»Weißt du, Nani, weißt du, die Leute sind dumm, wenn sie behaupten, Kommunisten seien schlecht. Sieh dir deinen Vater zum Beispiel an: Wäre er ein schlechter Mensch, würde er dann so oft von Gerechtigkeit reden? Ginge er dann zur Messe, wo man ebenfalls von Gerechtigkeit spricht? Du siehst, die Kommunisten, das sind Menschen, die die Gerechtigkeit für alle suchen, ja, das ist es.«
»Aber warum mögen die anderen Menschen sie dann nicht?«
»Ganz einfach deshalb, weil die anderen Menschen nicht die Gerechtigkeit mögen. Sie wollen alles besitzen, und sie wollen alles allein besitzen, alle Reichtümer der Welt besitzen, hältst du das für gerecht?«
»Das heißt also, Myriam, daß auch du Kommunistin bist, nicht wahr, denn ich bin überzeugt, daß auch du die Gerechtigkeit suchst, nicht wahr?«
»Weißt du, Nani, mit solchen Dingen sollen sich die Männer beschäftigen, die Frauen haben damit nichts zu tun.«
Die beiden Mädchen schritten Seite an Seite am Rande der Straße entlang, und ihre von der Morgensonne verlängerten Schatten schritten ihnen voran. Sie waren auf dem Weg in die Stadt, und obwohl ihre Unterhaltung sie den langen noch zurückzulegenden Weg vergessen ließ, hegten sie doch beide in ihrem Herzen die Hoffnung darauf, daß einer der großen mit Waren und Passagieren beladenen Lastwagen früher oder später anhalten würde, um sie mitzunehmen. In Erwartung dieses Ereignisses schritten sie auf dem steinigen Weg voran, die morgendliche, aber bereits warme Sonne im Rücken. Zwei schwarze Köpfe, deren Haare sorgfältig in Zöpfchen gelegt waren, ein rosa Kleid, ein hellblaues Kleid,

zwei Paar weiße Tennisschuhe, ein kleiner Korb mit beigem Henkel und eine modischere, kastanienbraune Handtasche, dies alles vervollständigte das Dekor der roten Straße und der grünen Umgebung. Die Unterhaltung nahm ihren Fortgang erst nach einem Moment des Schweigens, währenddessen Nani sich fragte, wozu es gut war, eine gebildete Frau zu sein, wenn noch Dinge wie der Kommunismus übrigblieben, um die sich alleine die Männer kümmern durften.
»Auf jeden Fall hat der Priester gestern einige Wahrheiten zu hören bekommen«, sagte Myriam. »Er wird sich daran erinnern.«
»Um Himmels willen! Niemand hätte gedacht, daß King Albert ähnliche Dinge sagen könnte, er, der doch immer zur Messe nach Nkool kommt.«
»Glaubst du, daß er Böses getan hat?«
»Was soll er schon Böses getan haben? Der Weiße kommt zu uns, wir singen, um ihm eine Freude zu machen, und er beleidigt uns im Hause Gottes. Da sagst du noch, daß der King böse gehandelt hat, wenn er dem Weißen Vorwürfe macht?«
»Nein, das wollte ich keineswegs sagen. Nein, ich war allein überrascht, solche Worte aus dem Munde eines Alten zu vernehmen.«
»Wer sagt dir, daß King Albert ein Alter ist?«
»Wer mir das gesagt hat? Aber, das weiß ich doch selbst, jedermann sieht doch, daß er nicht mehr jung ist«, antwortete Nani, »er ist mindestens so alt wie mein Vater.«
»Und du meinst also, daß dein Vater alt ist?«
Nani lächelte eines jener Lächeln, mit dem die Verlegenheit manchmal das Gesicht zu maskieren weiß, gab dann jedoch zu:
»Es stimmt schon, Myriam, ich habe unrecht. Auch wenn der King genauso alt wie mein Vater ist, so ist er

vielleicht doch nicht so alt, wie ich es meinte. Aber da ich ihn nicht besonders mag, neige ich stets dazu, ihn zu den Altertümern dieser Region zu rechnen.«

»Ja, du hast unrecht, denn das, was er gestern getan hat, beweist doch ganz deutlich, daß er unter uns jung bleibt. Weißt du übrigens, daß sogar der Vespasier ihm die Hand gedrückt hat, als er, von einer seiner verrückten Fahrten auf der Vespa zurückkommend, vernahm, was der King getan hatte?«

»Wie bitte? Der Vespasier ist hingegangen und hat ihm die Hand geschüttelt . . .?«

». . . dem King Albert von Effidi. Jawohl!«

»Bikounou, der immer davon spricht, den ›alten Kapitalisten‹, wie er ihn nennt, zu hängen und Schlimmeres noch?«

»Ja, sicher«, entgegnete Myriam.

»Ich bin überrascht, wahrhaft überrascht, und mehr noch. Aber wenn das so ist, dann haben wir von dem Priester nichts zu fürchten.«

»Und warum das?«

»Nun, ganz einfach deshalb: Wenn sogar Bikounou, der Vespasier, mit King Albert übereinstimmt, dann kann uns nichts Schlimmes passieren. Du weißt, daß Bikounou in der Verwaltung arbeitet und daß er beim Verwalter sehr gut angeschrieben ist . . ., jedenfalls hat er mir das so erzählt. . .«

»Ich weiß, ich weiß«, unterbrach Myriam. »Unser Vespasier erzählt den Mädchen das Blaue vom Himmel herunter. Wenn man ihm glauben wollte, dann geht die Straße des Verwalters nur dank seiner Person durch Effidi. Aber den Mädchen kann er eben das Blaue vom Himmel herunter erzählen . . .«

»Aber, aber nicht allen Mädchen!« verteidigte sich Nani.

»Was weißt du schon davon? Du verteidigst ihn, weil er dir versprochen hat, dich zu heiraten, aber weißt du, wie

vielen anderen Mädchen er schon ähnliche Versprechungen gemacht hat?«
»Und kannst du mir eine einzige von ihnen nennen?«
»Mich selbst.«
»Wie bitte? Er hat dir doch gar keinen Antrag machen können, weil ihr beide aus dem gleichen Dorf seid.«
»Genau dies habe ich ihm gesagt. Aber, Nani, verstehst du denn nicht, was er von mir wollte? Und er glaubte dahin zu gelangen, wenn er mir die Ehe versprach. Ich lache jedesmal vor mich hin, wenn ich an seine Avancen denke, an all das, was er mir erzählte, um mich ranzukriegen: ›Du, das Mädchen mit der meisten Bildung von der ganzen Umgebung, du mußt den Mann mit der meisten Bildung in der Region heiraten. Und dieser Mann, das ist der Vespasier‹, wiederholte er immer wieder.«
»Sag mir, Myriam, macht er dir noch immer auf diese Weise den Hof?«
»Nein, beruhige dich, Nani. Seit er begriffen hat, daß mich seine Worte nur lachen machten, hat er aufgehört. Und von diesem Zeitpunkt an, glaube ich, hat er angefangen zu saufen.«
»Willst du damit sagen, daß er säuft, weil er Kummer hat?«
»Er hat es mir einmal gesagt, aber ich habe es nicht glauben wollen.«
»Warum?«
»Weil er an dem Tag, als er es mir sagte, bereits betrunken war. Wie konnte ich ihm da glauben? Auf jeden Fall verbietet die Tatsache, daß wir aus demselben Dorf stammen, und daß wir ganz sicherlich auf die eine oder andere Weise miteinander verwandt sind, daß ich mit Bikounou auf sentimentaler Ebene ein Verhältnis habe.«
»Er aber, weiß er es denn nicht?«

»Er, er wiederholt die ganze Zeit, daß die junge Generation nicht fortfahren darf, die alten Gebräuche der vergangenen Zeit zu bewahren und daß Cousin und Cousine einander sehr wohl heiraten können.«
»›Die Weißen machen es so, und die sterben auch nicht davon‹, hat er mir eines Tages gesagt, und ich habe ihm darauf geantwortet, daß er es anderswo auf die Art der Weißen treiben könne, aber nicht bei mir.«
»Du sagst da etwas, was mein Vater bereits einmal bemerkt hat. Du weißt, mein Vater ist nicht in gleichem Maße wie der Vespasier gebildet, aber er ist intelligent, und er versteht sehr schnell die Leute und die Dinge. Also, seit der Vespasier angefangen hat, mir den Hof zu machen, angeblich, um mich zu heiraten, stört meinen Vater der Wunsch Bikounous, alles zu verändern und uns dazu zu bringen, alles wie die Weißen zu tun.«
»Nein, Nani, meiner Ansicht nach stört deinen Vater allein die Tatsache, daß der Vespasier in einem Büro arbeitet, während er ... «
»Das ist nicht wahr, Myriam, das ist nicht wahr. Mein Vater ist sehr stolz auf seinen Beruf, und um nichts in der Welt wollte er seinen Beruf wechseln. Alles, was er verlangt, ist ein wenig Gerechtigkeit, sonst nichts. Und das ist der einzige Grund, weshalb die Leute sagen, daß er gegen die Weißen ist.«
»Gegen die Weißen, das ist nicht einmal so klar. Sieh einmal, gestern zum Beispiel, hat er nicht ein einziges Mal den Mund geöffnet, um King Albert zu unterstützen, und da sagst du, daß er gegen ...«
»Myriam! Du weißt genau, was die Leute gesagt hätten, wenn mein Vater genauso wie King Albert geredet hätte. Alle Welt hätte ausgerufen: ›Da seht ihr den Kommunisten, der unsere christliche Gemeinschaft stören will!‹ Und du wirfst ihm jetzt vor, nichts gesagt zu haben, du, die du alle diese Zusammenhänge doch verstehst?«

»Du hast schon recht, Nani. Ich bin selbst nicht immer ganz gerecht, aber du mußt mir vergeben. Du weißt, wir sind schon sehr viel gewandert, und ich fange an, ein wenig müde zu sein. Und dann kommen auch diese verdammten Autos nicht...«
»Das ist immer so: Wenn man sie braucht, dann gibt es sie nicht. Wenn wir heute morgen ruhig im Dorf geblieben wären, dann wäre alle fünf Minuten eines dieser Autos vorbeigefahren, mit diesem roten Staub, den die dicken Lastwagen überall aufwirbeln!«
»Sollen wir nicht einen Moment anhalten, um uns von unserer Ermüdung zu erholen?«
»Oder ganz einfach, um auf ein vorbeifahrendes Auto zu warten? Aber warten, ohne daß man sich irgendwo hinsetzen könnte, heißt das warten?«
»Es ist schon wahr, daß man sich nirgends mehr hinsetzen kann, wegen dieses roten Staubes, der unseren Kleidern sicherlich nicht gut täte. Also laß uns weitergehen, wir haben keine andere Lösung. Übrigens, indem wir weitergehen, können wir uns weiter unterhalten. Seien wir mutig, Nani!«
Sie nahmen ihren eine Weile verlangsamten Fußmarsch wieder auf, und die Unterhaltung wurde noch ein wenig intimer, als Myriam Nani die Frage stellte:
»Wirst du nun Bikounou heiraten?«
»Was weiß ich? Dir ist nicht fremd, wie schwierig diese Dinge sind. Alles, was ich sagen kann, ist, daß mein Vater den Vespasier nicht besonders mag.«
»Wegen alledem, was du mir gerade erzählt hast?«
»Ja, wegen all dieser Dinge, aber auch, weil der junge Mann von sich selbst gekommen ist, ganz allein, um um meine Hand zu fragen...«
»Wen, deinen Vater?«
»Nein! Mich selbst..., als ob dies die feine Art wäre!«
»Ich weiß schon, mit mir hatte er es ähnlich angestellt.

Nur, ich hatte es nicht einmal nötig, ihn daran zu erinnern, daß er die Frage einer eventuellen Heirat mit mir meinem Vater hätte stellen müssen...«
»Nein, ganz sicher nicht, denn du brauchtest ihm ja nicht einmal einen Hoffnungsschimmer zu machen, denn du wußtest ja, daß ihr einander nicht heiraten konntet, weil ihr aus dem gleichen Dorf seid. Ich aber...«
»Du, du hast ihm also gesagt, daß er zuerst deinen Vater sprechen sollte...«
»... Und glaub mir, nie hätte ich gedacht, daß er ganz allein zu meinem Vater gehen würde, wie er es wirklich getan hat. Kannst du dir das vorstellen? Um die Hand eines Mädchens bitten, ohne zunächst die Alten der Gemeinschaft, der man angehört, vorzuschicken oder sich von ihnen begleiten zu lassen?«
»Ja, und dann?«
»Mein Vater, also, hat natürlich die Sache keineswegs so akzeptiert, wie sie ihm dargeboten wurde. In diesem Moment hat er übrigens erklärt, daß ›Bikounou sich für einen Weißen hält, weil er in einem Büro der Verwaltung arbeitet‹. Oh, mein Vater ist mit dem jungen Anwärter sehr höflich gewesen. Er hat ihm ganz einfach nur folgendes gesagt: ›Die Hand Nanis gehört der ganzen Gemeinschaft, wenn deine Gemeinschaft sie nur annehmen will‹, was ganz einfach heißen wollte, daß mein Vater ganz einfach einen Antrag von jenen Leuten erwartete, die von der Tradition her allein das Recht dazu haben, ihn zu stellen.«
»Ist das schon lange her?«
»Etwas mehr als einen Monat, warum fragst du?« antwortete Myriam.
»Oh, wegen nichts Besonderem, wegen nichts. Ich wollte nur wissen, ob der Vespasier um deine Hand angehalten hatte, als er es auch um die meine tat und unter ganz identischen Umständen.«

»Na und?«
»Nein, keineswegs, Nani, wir haben keineswegs riskiert, zu gleicher Zeit die beiden Ehefrauen eines Mannes zu werden. Bei mir hatte er es bereits vor einem Jahr versucht.«
Sich bei der Hand haltend und eine jede nach ihrer Seite ziehend, brachen die Mädchen in ein lautes Lachen aus. Dann setzten sie ihre Wanderung fort, mit dem federnden Schritt von Leuten, die durch ein Lachen erleichtert worden sind.
»Und seither«, fragte Myriam, seit er sich alleine vorgestellt hat, was ist seither passiert? Ist er seither mit den Ältesten seines Dorfes zu euch zurückgekehrt?«
»Aber du hättest es doch erfahren, Myriam, wenn er zurückgekommen wäre! So etwas läßt sich doch nicht verheimlichen, ein solcher Vorgang. Nein, er ist nicht wiedergekommen, oder jedenfalls noch nicht.«
»Wünschst du denn, daß er eines Tages wiederkommt?«
»Das kann er halten, wie er will, aber das hängt nicht von mir ab.«
»Liebst du ihn?«
»Vielleicht, Myriam, ja, vielleicht. Aber weißt du ...«
»Verstehe das, wer wolle.«
Hinter ihrem Rücken hörten die beiden Mädchen einen vertrauten Lärm. Ein Lastwagen näherte sich. Die ermüdende Straße würde bald die gute, zur Stadt führende Straße sein.

4. Kapitel

oder

Diese kleine Stimme,
die in tiefster Nacht spricht

Was Myriam Nani erzählt hatte, war wahr: Bikounou, der Vespasier, war jüngst abends hingegangen und hatte King Albert von Effidi beglückwünscht, als er, von seinem motorisierten Ausflug zurückkehrend, das vernommen hatte, was der King dem Pater Bonsot gesagt hatte. Und diese Haltung des Vespasiers ließ niemand indifferent, kannte man doch sehr wohl seine übliche Arroganz, seinen mangelnden Respekt für die Älteren im allgemeinen und seine ganz besondere Verachtung, mit der er gewöhnlich über den Händler sprach. Seine Geste wurde das Objekt zahlloser ihm künftig gesonnener Kommentare, und dies um so mehr, weil seine Geste für viele Bewohner Effidis die Garantie war, daß nach der Intervention des Kings vor dem weißen Priester nichts Nachteiliges passieren würde. Diese Garantie war höchst willkommen in jenen Jahren der internen Selbstverwaltung, in denen die Schwarzen noch nicht das Recht hatten, den Weißen zu sagen, was sie dachten, wenn sie unzufrieden waren. So vergaben die Seelen von Effidi Bikounou großzügig all seine Frechheiten, die man ihm früher vorgeworfen hatte. Es gab in der Folge zwei ruhige Wochen, während deren sich niemand über das schlechte Verhalten des Vespasiers beschwerte, und auch niemand bemerkte gegenüber Féfé, dem Eleganten, daß er wie der Vespasier ein Trunkenbold, würdig der allgemeinen Verurteilung, werde, wenn er Bikounou weiterhin Gesellschaft leiste. Nach einiger Zeit jedoch sollte das Leben eine ganz andere Wendung nehmen.

Es war eines schönen Abends; der Delegierte war mit dem ganzen Maß an gutem Willen, daß er unter diesen Umständen benötigte, bewaffnet, und er war entschlossen, zu vergessen, daß die Einwürfe des Kings nicht nur gegen Pater Bonsot, sondern auch gegen ihn gerichtet gewesen waren, gegen ihn, der glaubte, rechtschaffen zu handeln, indem er die heidnischen Tänze vor einem Manne Gottes untersagte. An diesem Abend nahm der alte Belobo seinen Rosenkranz und begab sich zu Albert.

Dessen üblicher Empfang durch das Dorf und die Verteilung der Geschenke des Tages waren bereits beendet, das Abendessen war bereits eingenommen, und King Albert richtete sich ein, zu Bette zu gehen, als ihm seine Mutter den Besuch des Delegierten ankündigte. Albert empfing ihn in seinem Schlafzimmer, denn das, was Belobo zu erzählen hatte, sollte von niemand anderem gehört werden, von niemandem außer dem King. Belobo trat ein und setzte sich auf einen aus weißem Holz geschnitzten Sitz. Im Licht der Sturmlampe, die auf einem als Nachttisch dienenden Stuhl stand, konnte man genau die in die Sitzmöbel geschnitzten Motive erkennen: eine riesige Eidechse mit zurückgebogenem Schwanz, am Fuße eines Baumes mit zu kurzem Stamm, dessen Zweige sich in der Längsrichtung des Sitzes ausdehnten, das Ganze auf den Großbuchstaben des Namens Albert ruhend, womit deutlich gezeigt werden sollte, daß dieser Sitz dem King gehörte.

Belobo ließ die Perlen des Rosenkranzes durch die Hände laufen, indem er schnell ein Gebet heruntersagte, bevor er das erste Wort an Albert richtete. Diese Treffen unter vier Augen waren für ihn bereits zur Gewohnheit geworden, Treffen, während deren sich sein Gesprächspartner noch mehr als in anderen Momenten daran erinnerte, daß er vor allem ein Christ war und ohne Zwei-

fel der beste Christ der ganzen Region. Der King hörte ihn also an, ohne ihn zu unterbrechen. Dann, nachdem er geendet hatte, wandte Belobo sich ihm zu. Und wie immer in einem solchen Fall fuhr er fort, seinen Rosenkranz durch die Hände laufen zu lassen, ohne Zweifel, damit der Geist des Herrn dort oben die gesamte Unterhaltung segne und ihr eine positive Wendung gebe.
»Möge der allmächtige Gott uns seine Vergebung gewähren, uns allen, wie all jenen, die wir lieben und die uns lieben, sowie allen Personen, die uns verachten, die wir aber lieben sollen. Amen.«
»Amen«, antwortete der King von Effidi, der auf dem Rande seines Bettes seinem Besucher gegenüber saß. Er streckte seine Hand aus und verminderte ein wenig das Licht der Sturmlampe, deren Docht sich für seinen Geschmack doch zu sehr verzehrte.
»Bikounou ist mich besuchen gekommen«, sagte der Delegierte.
Der King zeigte sich plötzlich viel aufmerksamer, antwortete aber noch nicht.
»Er will heiraten«, fuhr der alte Belobo fort.
»Das ist eine gute Idee«, sagte Albert schließlich.
»Ja, das ist eine gute Idee. Der junge Mann hat uns allen viel Kopfzerbrechen bereitet. Wenn er nun heiratet, dann ist er endlich einer der Unseren.«
»Belobo, sag das bloß nicht. Er ist immer einer der Unseren gewesen. Nur hat er selbst versucht, sich von unserer Gemeinschaft zu entfernen, mit jenen Manieren, die ihn von allen unseren jungen Leuten unterscheiden. Er ist es auch, der versucht, unsere jungen Leute auf neue Ideen zu bringen, denen die Älteren nicht zustimmen können. Aber sage bloß nicht, daß er nicht, daß er nicht immer als einer der Unseren betrachtet worden sei.«
»Du hast schon recht.«
Es gab einen kurzen Moment der Stille, während dem

man nur hörte, wie die Finger die Perlen des Rosenkranzes bewegten und diese geradezu mechanisch abzählten. Dann stellte Albert die Frage:
»Und wann werden wir um die Hand derjenigen anhalten, die er gerne heiraten möchte?«
»Sobald das ganze Dorf sich einig ist.«
»Einig? Einig worüber?«
»Was? Du verstehst nicht? Nun, hör zu, Albert, hier ist das Kreuz. Berühre es, wenn dein Herz gegenüber Bikounou völlig rein ist.«
King Albert dachte einen Moment lang nach und stotterte schließlich:
»Ich ... ich ... Ich will nicht, daß das Kreuz ... mir ... mir die Finger verbrennt. Wenn ich dir sage, daß mein Herz in bezug auf Bikounou völlig rein ist, dann lüge ich. Und ich weiß nicht, ob es einen unter uns, den Älteren des Stammes gibt, dem es nicht so geht wie mir.«
»Der Himmel bewahre dich vor den Verbrennungen des Körpers und der Seele, Albert, denn du hast die Wahrheit ausgesprochen, von der ich wollte, daß du sie selbst aussprichst. Und den meisten von uns geht es so wie dir. Du verstehst also, warum ich dir vor einem Augenblick sagte, daß wir um die Hand der zukünftigen Frau Bikounous erst dann anhalten werden, wenn wir uns alle einig geworden sind.«
»Es ist wahr, Bikounou muß Wiedergutmachung leisten gegenüber der Tradition, die er im Namen einer sogenannten Zivilisation beleidigt hat, einer Zivilisation, die unsere Vorfahren nicht kannten und die sie ohne Zweifel niemals geduldet hätten.«
»Du sagst alle diese Dinge, als wenn ich sie dir eingeblasen hätte. Das versteht sich doch von selbst.«
»Belobo, ich weiß nicht, ob es tausend Arten gibt, ein Problem zu lösen. Ich glaube, wir müssen Bikounou deutlich sagen, daß wir an dem Tag voll auf seiner Seite

stehen werden, an dem er uns seinerseits zeigt, daß er fest entschlossen ist, unter uns so zu leben, wie ein Mensch unter seinen Brüdern, seinen Schwestern, den Älteren und den Jüngeren seiner Gemeinschaft lebt.«
»Und um uns dies zu beweisen, muß er erst einmal all jenes Übel ungeschehen machen, daß er der Gemeinschaft angetan hat, seit er sich für einen Weißen unter Schwarzen hält. Er muß akzeptieren, daß wir eine Versöhnungszeremonie veranstalten, wie es der Brauch in solchen Fällen will.«
»Und während dieser Zeremonie muß er Gelegenheit haben, alle, und zwar öffentlich, um Vergebung zu bitten.«
»Habe ich dich richtig verstanden, und meinst du dies, wenn du davon sprichst, daß ›wir uns einig werden müssen‹?«
»Genau das ist es«, antwortete der alte Belobo, indem er das Abzählen der Perlen des Rosenkranzes unterbrach. »Genau das ist es. Und siehst du dies als recht an, King?«
»Ich stimme völlig mit dir überein. Ich muß aber auch zugeben, daß ich keine genauen Vorstellungen davon habe, wie du diese Versöhnungszeremonie gestalten willst. Ich frage mich übrigens, ob Bikounou überhaupt bereit ist, das Prinzip und die Durchführung einer solchen Zeremonie zu akzeptieren.«
»Um auf den zweiten Teil deiner Frage zu antworten, muß ich dir sagen, daß ich in der letzten Nacht tief in mich selbst hineingeschaut habe. Und da drinnen wohnen unfehlbare Geister, wie die der vergangenen Zeiten. Und die sind einhellig einer Meinung: Entweder akzeptiert Bikounou das Prinzip und die Durchführung einer solchen Zeremonie, oder aber er muß sein Lebensschiff alleine lenken, denn unsere Gemeinschaft hat nicht das Recht, ihn bei irgendeinem Vorhaben zu unterstützen,

wenn er nicht alle Regeln dieser Gemeinschaft voll akzeptiert.«
»Gut, also soviel, was das Prinzip und die Anwendung angeht. Jetzt aber, was sagst du von der Organisation der Zeremonie, wenn sie denn stattfindet?«
»Sie wird stattfinden. Ich sage dir, daß sie stattfinden wird.«
»Da ich Bikounou kenne und weiß, daß er durchaus in der Lage ist, uns lauthals auszulachen, wenn wir ihm von der Tradition sprechen, finde ich dich doch ein wenig zu optimistisch, aber immerhin ist der junge Mann ja wegen seiner Heiratsangelegenheit zu dir gekommen. Vielleicht hat er dir also Gewißheiten übermittelt, die dich voller Vertrauen sagen lassen, daß die Zeremonie stattfinden wird.«
»Sie wird stattfinden. Ich sage dir, daß sie stattfinden wird«, wiederholte der alte Belobo. »Weißt du, Albert, seit ich ihn kenne, habe ich Bikounou noch nie in einer so unterwürfigen Haltung gesehen. Ich muß dir im übrigen gestehen, ich habe ihn wissen lassen, daß er ohne Zweifel seine Schuld gegenüber der Gesellschaft begleichen muß, wenn er denn wünscht, daß sie sich seiner Heirat annimmt.«
»So? Und was hat er geantwortet?«
»Berühre das Kreuz, Albert, berühre das Kreuz, daß du sicher bist, genau zu hören, was ich dir sage.«
Der King berührte das Kreuz, und Belobo offenbarte ihm:
»Genau hat er mir folgendes gesagt: ›Du weißt genau, daß du mein Vater bist, seit ich jenen verloren habe, den der gutmütige Herr im Himmel mir gegeben hatte. Alles, was du mir befiehlst, im Namen der Gemeinschaft zu tun, das werde ich auch tun.‹«
»Wie bitte?«
»Du hast das Kreuz berührt, Albert. Du hast also genau

gehört, was ich gesagt habe. Laß es mich nicht wiederholen. Ich sage dir, Bikounou hat diese Worte mit seinem eigenen Munde gesprochen.«
»Bei Gott! Er muß ganz mächtig in ein Mädchen verliebt sein, dieser Bikounou, um solche Zugeständnisse zu machen! Wer ist sie denn, seine Vielgeliebte?«
»Albert, höre endlich auf, den Namen unseres Herrn in allen Momenten der Überraschung suszusprechen. Wisse, daß der Herr dort oben nicht gerne nur deshalb gestört wird, weil wir, die armen Sterblichen, plötzlich mit Tatsachen konfrontiert werden, die ihn in keiner Weise überraschen. Wenn ich dich so reden höre, dann sage ich mir, daß du ein reifer Mensch bist, und ich beeile mich, dir zu vergeben, wenn du Dinge sagst, die mir keine Freude bereiten. Aber von Zeit zu Zeit muß ich feststellen, daß du schon ein wenig wie jene jungen Leute bist, die den Namen Gottes zu jeder Zeit erwähnen, auch dann, wenn dies keineswegs nötig ist.«
Mit dieser Antwort bediente sich der alte Belobo einer doppelten List. Zunächst erinnerte er seinen Gesprächspartner an das, was er auf Erden am wenigsten mochte, daß man nämlich den Namen Gottes in jede beliebige Unterhaltung einpaßte, und sei es in der Form eines ganz banalen Ausrufes. Und dann war diese lange Antwort die einzige Art und Weise, auf die Belobo es schaffte, dem King Albert von Effidi nicht gleich auf brutale Art den Namen jener zu verraten, die Bikounou zu heiraten beabsichtigte. Wenn Sie sich an jenen Morgen erinnern, an dem Myriam und Nani sich in die Stadt begaben, wie die zwei Freundinnen auf der staubigen Straße daherwanderten und darauf warteten, daß möglicherweise ein Automobil zu ihrer Rettung herbeieilen würde, nun, dann wissen Sie sehr wohl, daß es sich um Nani Toutouma handelte. Und der Alte begann wieder mit dem Durchzählen seines Rosenkranzes, auf

den er seine ganze Hoffnung in ein glückliches Ende des Gespräches mit dem King setzte.
»In der Nacht, in der tiefsten Nacht«, fuhr der alte Belobo fort, »höre ich manchmal eine Stimme, die mir etwas über jene Zeit erzählt, die ich dort unten verbracht habe. Ich frage mich, ob auch du manchmal eine Stimme hörst, die zu dir in ähnlicher Weise redet.«
»In der Nacht, weißt du, Belobo, in der Nacht habe ich einen großen Fehler, ich schlafe. Ja, ich muß dir gestehen, in der tiefsten Nacht, da schlafe ich ganz tief, aber wenn ich dir sage, daß ich schlafe, dann scherze ich keineswegs. Wenn ich schlafe, dann kannst du hier hereinkommen, du nimmst mich, du schmeißt mich raus aus meinem Bett, und ich fahre fort zu schlafen, und ich schnarche, ich schnarche so stark, daß alle Welt weiß, daß King Albert jetzt im Reich des Schlafes angelangt ist.«
»Und wie weißt du, daß du schnarchst, da du doch schläfst?«
»Ich weiß, daß ich schnarche, weil ich manchmal, nun ja, weil mich das Schnarchen manchmal weckt.«
Beide Männer brachen in ein lautes Lachen aus.
Die Mutter des Kings lauschte natürlich hinter der Türe, um aus einigen Gesprächsfetzen den Sinn der geheimen Unterhaltung, die ihr Sohn und der alte Belobo im Schlafzimmer hatten, zu erhaschen. War er auch älter als 50 Jahre, Albert blieb für sie immer ein kleiner Junge. Als sie das Lachen hörte, sagte sie sich, daß sich zwischen jenen beiden Männern im Schlafzimmer nichts von besonderer Bedeutsamkeit abspielte. Ganz sicherlich, denn sonst wäre das Zimmer zu dieser späten Nacht nicht von so lautem Lachen erfüllt gewesen. So schluckte sie denn einen großen Mund von Speichel, ganz optimistisch, und beschloß, zu Bett zu gehen.
»Albert wird mir morgen schon erzählen, was Belobo

diese Nacht von ihm wollte, er wird es mir erzählen ...
Meinen Sohn zu einer solchen Zeit besuchen zu kommen ... Weiß Belobo denn nicht, daß er den lieben langen Tag in der Stadt arbeitet?«
Man nannte ihn erst dann »den alten Belobo«, wenn man sattsam ins Gedächtnis zurückgerufen hatte, daß er »der Delegierte« war, will heißen, jene Persönlichkeit, die damit beauftragt war, die Seelen aller Bewohner von Effidi, ja sogar der Bewohner aller umliegenden Dörfer bis zum Tor des ewigen Heiles zu führen. Aber die, die ihn gut kannten, hätten ihn wohl besser »den gewitzten Belobo« nennen sollen. Denn es gab auf Erden keinen, der begabter als er gewesen wäre, um delikate Verhandlungen zu unternehmen und zu führen. Und jetzt, da Sie wissen, worum es in dieser Nacht bei King Albert ging, werden Sie verstehen, daß es in dieser delikaten Sache mehr als eines Ausbruches gemeinsamen Gelächters bedurfte, sollte niemand verletzt oder auch nur verdrossen aus dieser Verhandlung hinausgehen.
Belobo verfolgte hartnäckig seinen Plan.
»Die Jahre vergehen, aber sie lassen uns nicht hinter sich. Die Jahre vergehen, und sie treiben uns mit sich fort. Und wir müssen folgen, denn dies ist das Gesetz, wie es vom Herrn im Himmel ausgerichtet ist. Heute weiß ich nicht einmal mehr, wie alt ich bin. Kennst du dein Alter, du, Albert?«
»Ich glaube, ich habe die 50er überschritten«, gab Albert zu.
»Wie bitte? Ich habe dich immer für einen Jüngeren gehalten!«
»Belobo, ich bin nicht ein junger ›junger Mann‹, aber es stimmt natürlich auch, daß ich noch nicht sehr alt bin. Weißt du, eines schönen Tages in der Zukunft werde ich zu euch kommen, zu dir und der übrigen Dorfgemeinschaft, und euch bitten, mir dabei behilflich zu sein,

wenn ich mir wieder eine Frau nehmen will ... Das darf dich dann keineswegs überraschen. Weißt du, Belobo, ich fühle mich noch nicht alt.«
»Genau hierüber wollte ich mit dir reden, King Albert. Denn das Vorhaben Bikounous hat mich natürlich sofort an dich denken lassen, wo du doch seit dem Tod deiner Frau alleine lebst. Weißt du übrigens, was ich gehört habe?«
»Was denn?«
»Nun, das Gerücht geht um, daß du schon eine Frau gefunden hättest, die deinem Stande entspricht ... Ich will sagen, eine Frau, die jene ersetzen könnte, die hier mit dir lebte. Ist an diesem Gerücht etwas Wahres?«
»Ich verrate dir kein Geheimnis, wenn ich dir sage, daß die Winde nicht leer sind. Ich weiß allerdings nicht, ob die umgehenden Gerüchte jener Frau bereits einen Namen und ein Gesicht gegeben haben, die jene ersetzen soll, die mich für das ewige Leben verlassen hat.«
»Möge der Himmel ihrer Seele gnädig sein, und möge der Himmel dir das Glück schenken, eine Frau zu finden, die dir im Leben beisteht und dir Kinder als Belohnung aller deiner Mühen schenkt. Amen.«
»Amen.«
»Also, um die Wahrheit zu sagen: Man hat mir zugetragen, daß du eine viel jüngere Frau, als du selbst es bist, heiraten möchtest. Ich will sagen: Viel zu jung für dich. Und deshalb habe ich dir gerade von dieser kleinen Stimme erzählt, die manchmal mitten in der Nacht zu mir spricht und die mich daran erinnert, daß die vorbeigehenden Jahre mich nicht hinter sich lassen.«
»Belobo, ich muß dir noch einmal wiederholen, mitten in der Nacht, da schlafe ich. Siehst du, die Nacht hat bereits ihre Mitte erreicht. Sieh dorthin, dort ist eine Uhr, die die Weißen hergestellt haben. Sie irrt sich nie. Sie sagt uns, daß die Nacht bald wieder zum Tag wer-

den wird. Denn der Tag geht aus der Nacht hervor. Und ich sage dir dies: Wenn du willst, daß wir wie Männer miteinander reden, dann rede offen zu mir, wie ein Mann. Worauf willst du hinaus?«
»Also ich will auf folgendes hinaus«, sagte der alte Belobo, als er einsehen mußte, daß er sich nicht länger herausreden konnte: »Du, der King Albert von Effidi, du kannst die Tochter von Toutouma nicht heiraten, denn sie ist viel zu jung für dich. Du mußt sie jemand Jüngerem lassen. Das ist ein Gesetz, das der liebe Gott selbst aufgestellt hat.«
»Ich begreife«, sagte Albert.
Es gab einen Moment der Stille, während der die beiden Männer einander nicht mehr in die Augen sehen konnten. Es war einer jener schwierigen Momente, in denen die Wahrheit all ihre Attribute einer unerträglichen Schwere annimmt. Die Sekunden wirkten wie lange Minuten. Dann fügte King Albert hinzu:
»Ich begreife. Du bist zu mir gekommen, um für Bikounou zu sprechen, und die ganze Zeit wolltest du mich glauben machen, du sprächest im Interesse unserer Gemeinschaft?«
»Du sprichst nicht die Wahrheit, Albert. Ich bin nicht gekommen, um für Bikounou zu reden, sondern vielmehr im Namen der Wahrheit. Begreife doch, wir haben hier mit einem jungen Mann zu tun, den wir um jeden Preis in unserer Gemeinschaft halten müssen. Denn seit sein Vater tot ist, sind wir für ihn das Symbol des Vaters geworden. Wir haben deshalb ihm gegenüber die Pflicht, ihn dazu zu bewegen, bei uns zu bleiben. Wenn wir das nicht tun, dann haben wir nicht das Recht, ihm vorzuwerfen, uns verlassen zu haben.«
»Ja, ja, das ist es. Und um ihn bei uns zu halten, müssen wir alle seine Wünsche erfüllen, ist das es?«
»Nicht ganz. Nur die einzige Möglichkeit, ihn wieder zu

uns zurückzubringen, das heißt für unsere Lebensweise...«
»... die er ständig lächerlich gemacht hat und die er immer weiter lächerlich machen wird.«
»... nein, genau das nicht: Er hat mir versichert, daß es mit seinen früheren Extravaganzen ein für allemal vorbei sei...«
»Das sagt man halt, wenn man sich um jeden Preis verheiraten will...«
»Die einzige Art und Weise, wie wir ihn zu uns zurückbringen, ist die, daß wir ihm bei der Heirat behilflich sind und vor allem ihm helfen, eine Frau ganz nach seinen Träumen zu heiraten.«
»Aber natürlich doch, und um dies zu tun, müssen wir alle Älteren im Dorfe dazu bringen, ihre eigenen Vorhaben aufzugeben. Sag mir doch einmal, in welchem Moment des Lebens will unsere Tradition eigentlich, daß wir all dies tun, was du da von mir verlangst?«
Der alte Belobo ließ jetzt die Perlen seines Rosenkranzes ganz schnell durch die Hände gleiten, so, als ob die Anzahl der gezählten Perlen, in dem sie anwuchs, die Haltung des Kings Albert von Effidi beeinflussen könnte. Dieser aber fuhr fort:
»Letztens, abends, als er mich beglückwünschte, dachte ich mir schon, daß Bikounou irgend etwas Bestimmtes von mir wollte oder daß irgend etwas nicht mit rechten Dingen zuging. Auf jeden Fall wußte ich, daß seine plötzliche Umwandlung zu einem braven Jungen nicht ganz ohne Hintergedanken war. Aber ich muß schon zugeben, ich hätte nie daran gedacht, daß er dich schon sobald einseifen würde, damit du zu mir kommst und mich bittest, ihm nicht nur dabei behilflich zu sein, eine Frau zu finden, sondern auch noch, ihn ein Mädchen heiraten zu lassen, an das ich selbst schon seit langem denke.«

»Albert, sie ist zu jung für dich, gib es doch zu!«
»Also, das, das ist eine Angelegenheit, die weder Bikounou noch ich, noch irgend jemand sonst in unserer Gemeinschaft angeht. Das ist eine Angelegenheit, die nur Toutouma, seine Tochter und mich angeht.«
»Das ist auch wieder wahr, es ist wahr, daß du dich ohne die allgemeine Zustimmung verheiraten kannst. Es ist wahr, daß du schon jenseits jenes Gebotes, dem Bikounou noch unterworfen ist, bist, aber ich bitte dich um ein wenig Verständnis: Wenn wir Bikounou die Möglichkeit verweigern, ein Mädchen zu heiraten, das er liebt, dann wird er sich von uns trennen, und ohne Zweifel für immer. Das aber kann bedeuten, daß wir nicht nur in unserer Aufgabe als Älteste der Gemeinschaft versagt haben, sondern auch, daß Bikounou uns nie verzeihen wird, ihn aufgegeben zu haben. Und da er in der Verwaltung arbeitet, haben wir wohl alle ein Interesse daran, ihn unter uns und mit uns zu wissen, anstatt ihn ganz offen gegen uns zu wissen.«
»Ich habe verstanden, Belobo. Ich habe den Sinn und Zweck deines Vorhabens heute abend verstanden. Du bist gekommen, um mich wissen zu lassen, daß, wenn ich die Tochter Toutoumas heirate, oder anders herum, wenn ich euer liebes Kind Bikounou sie nicht heiraten lasse, ich wohl den ganzen Rest meines Lebens Ärger mit der Verwaltung haben werde. Wer aber hat dir vorgelogen, daß Bikounou der Verwaltungschef unserer Region geworden ist?«
»Aber das will ich doch gar nicht sagen. Ich glaube, du verstehst mich nicht sehr gut. Es geht doch darum, eine moralische Pflicht zu erfüllen, der wir uns nicht entziehen können. Du sagst, Bikounou sei gekommen, um mich einzuseifen. Wie könnte ich zugeben, daß jemand mich einkauft, um mich gegen dich zu stellen. Darum geht es doch nicht. Ich möchte nur, daß du die sentimen-

tale Frage verstehst, die sich hier stellt: Bikounou liebt die Tochter Toutoumas, und was ich dir nicht enthüllen wollte, ist die Tatsache, daß die Tochter Toutoumas ihrerseits Bikounou liebt.«
»Ach so? Und wer hat dir das alles erzählt?«
»Nun ja, ich habe es nicht von Bikounou selbst erfahren, aber von gewissen jungen Leuten in unserem Dorf, die alles über diese Angelegenheit wissen. Die sind ganz eindeutig: Nani wird Bikounou heiraten, und sie wird keinen anderen Mann heiraten, es sei denn, ihr Vater würde ihr einen anderen aufzwingen. Wußtest du das alles eigentlich?«
»Ich muß schon zugeben, ich wußte nicht so viel wie du hiervon. Aber all das wird mich nicht dazu bringen, den Platz für einen Knaben zu räumen, wo ich nicht einmal sicher bin, daß meine Bewerbung auf jeden Fall abgelehnt wird.«
»Höre zu, Albert«, sagte Belobo schließlich, »hier ist das Kreuz unseres Erlösers. Ich berühre es, um dir zu sagen, daß ich dir die Verantwortung überlasse. Und wenn Bikounou morgen zu mir kommt, werde ich ihm dasselbe sagen. Ich werde ihm sagen, daß die Angelegenheit in deinen Händen ist und daß ihr beiden euch aus der Sache herausfinden sollt. Der liebe Gott möge uns helfen, eine Lösung dieses delikaten Problems zu finden. Also, ich möchte dir noch einmal sagen, ich bin nicht gekommen, um Bikounou zu verteidigen. Du bist in unserer Gemeinschaft ein Mann, ohne den wir nicht auskommen können, ohne die Hilfe, die du uns alle Tage gewährst. Ich wäre der letzte, der zu dir kommt, um für jemand zu reden, der uns bis zum heutigen Tag verachtet hat. Ich spreche im Namen jener Gemeinschaft, die von unseren Vorfahren geschaffen worden ist und deren Kontinuität wir im Interesse aller bewahren müssen. Ich bete um das Heil unserer Seelen, unserer aller Seelen.«

Er sprach ein kurzes Gebet und verabschiedete sich mit einem Amen, das King Albert von Effidi wie üblich mit einem ebensolchen Amen beantwortete.

5. Kapitel

oder

Feiertag, aber trotzdem ein grauer Tag

Der folgende Tag war ein Feiertag. King Albert nützte ihn, um sich sofort zu Toutouma, dem Gewerkschafter, zu begeben. Der Besuch Belobos in der vorausgegangenen Nacht hatte ihn ohne Ende grübeln lassen, und, obwohl er, wenn er sich die Dinge bei Lichte besah, nicht an der Redlichkeit des Alten zweifeln konnte, war der King doch zu dem Schluß gekommen, daß nichts seinen Entschluß, die Tochter Toutoumas zu heiraten, erschüttern durfte. Nach dem Gespräch mit Belobo sagte er sich also, daß er nun schnell handeln und seine Verlobung möglichst offiziell machen müsse, bevor es dem Vespasier gelänge, die Meinung der Ältesten der Gemeinschaft für sein Anliegen zu gewinnen. Denn der Vespasier besaß, wie Belobo zu Recht bemerkt hatte, zwei wesentliche Vorzüge: Seine Jugend, die ihn auf natürliche Weise Nani näher brachte. Und gewiß auch seine Liebe zur Tochter des Gewerkschafters. Und dieser Vorzug war um so solider, als Nani, immer noch nach der Aussage des alten Belobo, Bikounou ebenfalls liebte, und zwar so sehr, daß sie keinen anderen Mann als ihn heiraten wollte. Ja, und zu guter Letzt gab es da noch dieses Argument der Verpflichtung gegenüber der Dorfgemeinschaft, das der Delegierte mehrmals hervorgeholt hatte, und das ohne Zweifel noch viele Personen für das Anliegen des Vespasiers gewinnen könnte, will heißen, daß man den jungen Mann um jeden Preis in der Dorfgemeinschaft halten mußte, vor allem, indem man ihm dabei behilflich war, die Frau zu heiraten, die er selbst ausgewählt hatte. All diese Aspekte seiner Unterhaltung mit dem al-

ten Belobo hatten den King in der Nacht sehr gemartert, und sie hatten ihm während langer Stunden den Traum geraubt... Um der Wahrheit die Ehre zu geben: Es gab auf der Erde einige Personen, die Toutouma lieber mochte, als den King Albert von Effidi. Es ist nicht gut, jene Wahrheiten vertuschen zu wollen, die alle Welt in Effidi, in Nkool, im Palmendorf, und sogar in Ngala wußte, in jenen Dörfern, wohin sich der eine oder andere der Männer tagtäglich zur Arbeit begab. Würden wir übrigens den Anschein zu erwecken versuchen, als ob auch nur ein Schimmer der gegenseitigen Zuneigung zwischen dem Händlerkönig und Toutouma bestünde, dann würde uns der letztere sofort, und zwar in deutlichen Worten, aufgeklärt haben, daß ein Arbeiter wie er unter Kapitalisten keine Freunde haben kann.
Toutouma war, wie King Albert, 50 Jahre alt. Von der Robustheit eines Metallarbeiters und dem aufmerksamen Auge des über die Schraubenlehre gebeugten Schlossers, besaß er einen scharfen Verstand. Die Zähne meist wie die beiden Seiten eines Schraubstockes zusammengepreßt, hatte er ein zugleich hartes und schönes Gesicht, einen Kopf, dessen Haar bereits deutlich gelichtet war, und sein Kopf war von seinen vierkantigen Schultern durch einen kräftigen Hals getrennt. Er war ein arbeitsamer Mann von mittlerer Größe, festen Muskeln und Schweiß auf der Stirne, mit relativ heller Haut, großzügigen und rauhen Händen, deren Fingernägel nie übertrieben sauber waren. An Werktagen trug er eine marineblaue Hose und Bluse, beide aus dem gleichen Stoff, dem auch das Schmieröl nichts anhaben konnte und der den Reibereien das ganze Jahr über sehr gut widerstand. Ein alter Hut mit schmalem Rand, dessen früheres Grau nun nach schwarz hin tendierte, ein paar Sandalen aus Kautschuk, die er ohne Socken an den Füßen trug, vervollständigten

seine Arbeitskleidung. An Tagen des Friedens im
Dorfe zeigte sich der Gewerkschafter in freudigeren
Farben, deren Schattierungen jedoch stets nach Khaki
hin tendierten: eine Hemdjacke mit Schulterklappen im
Stil der »Jugendlichen«-Mode von damals, eine an mehreren Stellen geflickte Hose, deren Bügelfalte nach dem
Bügeln jedoch den ganzen Stolz der Wäschestärke verriet, die Füße nackt oder in das ewige Paar Tennisschuhe gesteckt. An Tagen des Friedens oder der Freizügigkeit im Dorfe rasierte sich der Gewerkschafter
sogar, und dies brachte einen Lichtschimmer auf sein
Gesicht, das der Klassenkampf ohne Zweifel seit langem daran gewöhnt hatte, stets ernst zu sein.
Er hatte in der Tat sein Berufsleben sehr früh begonnen
und war im Alter von 15 Jahren als Schlosserlehrling
bei der Eisenbahn eingetreten. In diesem Alter konnte
er ziemlich gut lesen und schreiben, auf jeden Fall ausreichend, um in jenem Beruf, der der seine werden sollte,
zunächst einfache Zeichnungen zu begreifen und nach
und nach komplizierte industrielle Pläne zu entziffern.
Im Alter von 30 Jahren bekam er den Eindruck, als ob
sich etwas Neues in seinem Leben tat. Man vertraute die
Leitung seiner Abteilung bei der Bahn einem jungen
weißen Ingenieur an, dessen Mentalität so gar nicht mit
der der anderen Weißen im Lande übereinzustimmen
schien. Dieser Neuankömmling, »Monsieur Delmot«, so
nannte man ihn voller Respekt in der Werkstatt, begnügte sich im Gegensatz zu seinen Vorgängern nicht
damit, Befehle zu geben, denen er stets »schmutziger
Neger« hinzufügte, jedesmal, wenn jemand das nicht
begriffen hatte. Er stellte sich neben jeden Arbeiter, sah
sich die Arbeit eines jeden genau an, wies auf Fehler
hin und half diese zu korrigieren, ohne jemals zu bemerken, wie sehr die schwarzen Arbeiter doch dumm
seien, denn um Arbeiter und dumm zugleich zu sein,

muß man wohl notwendigerweise schwarz sein. »Monsieur Delmot« tat sehr viel für die Verbesserung der Lage der Arbeiter im Lande. Er half den Einheimischen, sich ihrer Rolle in der Gesellschaft bewußt zu werden, der Tatsache nämlich, daß die manuelle Arbeit mindestens genauso wichtig sei, wie die intellektuelle Arbeit und daß deshalb niemand das Recht habe, die Arbeiter als minderwertige Wesen zu behandeln. Er war es auch, der überhaupt erst die Gewerkschaftsidee im Lande einführte und der eine wichtige Unterabteilung der französischen Gewerkschaftsbewegung FORCE OUVRIÈRE organisierte, der Toutouma bei ihrer Gründung beigetreten war und der er seither angehörte. – »Monsieur Delmot« sollte nicht lange in diesem kolonisierten Land bleiben, wo er es gewagt hatte, das Bewußtsein für die soziale Gerechtigkeit zu wecken, was, wie man sich leicht denken kann, keineswegs die Regel war. Als er weggehen mußte, manche sagten, daß er nach Frankreich repatriiert worden sei, andere waren der Ansicht, daß er in ein anderes afrikanisches Land geschickt worden sei; aber wo konnte man ihn schon anderswo in Afrika hinschicken, angesichts dessen, was er in Kamerun angerichtet hatte, wie seine Landsleute es ihm vorwarfen ... – ließ er Männer zurück, deren Ausbildungsstand in gewerkschaftlichen Angelegenheiten es ihnen bereits erlaubte, den Blick auf eine unbekannte Welt zu werfen, jene der weit entfernten Länder, »wo der Kampf der Arbeiter zur Machtübernahme durch die Arbeiterklasse geführt hatte«.
Deshalb wurde alles, was mit Arbeiterbewegung und der Gewerkschaft zu tun hatte, mit dem Kommunismus gleichgesetzt. So werden sie jetzt auch den Sinn der Unterhaltung zwischen Myriam, der künftigen Krankenschwester von Effidi, und Nani, der Tochter des Gewerkschafters, neulich morgens, als die beiden sich zur Stadt

begaben, verstehen. Wenn man sich also damit begnügte, von Toutouma, dem Gewerkschafter, zu reden, dann nur deshalb, um ihn nicht als Kommunisten bezeichnen zu müssen, denn als Kommunist wäre er einer jener schrecklichen Teufelssöhne, die die Priester in ihren Predigten so häufig verdammt hatten. Aber einige Leute fragten sich natürlich: »Warum erlaubt es sich dieser Kommunist, Feind Gottes, denn sonntags in die Messe zu gehen?« Da gab es dann Leute, die sagten, er tue es, um nicht die Aufmerksamkeit auf sich zu lenken und die Feindschaft der Leute auf sich zu ziehen. Andere aber sagten, daß dieser Mann des Teufels sonntags zur Kirche komme, um dem noch schwachverankerten christlichen Glauben die Gläubigen abspenstig zu machen. Andere schließlich, noch gewitztere, behaupteten, Toutouma gehe allein deshalb zur Messe, weil er dort das Wort Gottes hören könne, ein Wort voller Weisheit, mit der er sein Teufelswissen noch bereichern werde, obwohl dieses ja schon mit Finten aller Arten bespickt sei. Kurz und gut, Toutouma ging zur Messe, um dem lieben Gott sein Wissen zu klauen und es dann dem Teufel zu übermitteln.

Wenn sie solches äußerten, dann unterdrückten die Leute natürlich wissentlich, daß ein einfacher Einwohner von Nkool normalerweise unfähig war, einen so gerissenen Plan auszuhecken, denn er hätte eine höhere Intelligenz erfordert, und die war außer in Effidi wohl nirgends zu finden.

Es war ein Feiertag, aber trotzdem ein grauer Tag. Draußen fiel ohne Unterlaß seit dem Morgengrauen ein leichter Regen, der die ganze Region mit einem für diese Jahreszeit unbekannten Hauch kalter Langsamkeit bedeckte. Toutouma hatte seine Khakikleidung und seine Tennisschuhe angezogen, denn unfreundlicheres Wetter und Kühle an den Füßen sind die Auslöser unzähliger Rheu-

matismen. Dann hatte er sich auf eine Chaiselongue im Innern des Hauses gelegt und begonnen, ein altes Schulbuch wieder zu lesen, in dem den afrikanischen Schülern von allem Möglichen, nur nicht von Afrika erzählt wurde. Dank diesem Buch konnte er den Montblanc besteigen, Rindfleisch in der französischen Region Charolais essen, der nächtlichen Ankunft des Weihnachtsmannes, noch von Kälte erstarrt, und soeben durch den Kamin vom Himmel herabgestiegen, beiwohnen, im Winter einen großen Schneemann bauen und im Sommer Pfirsiche pflücken, das alles, ohne jemals seine Chaiselongue zu verlassen. Von Zeit zu Zeit kamen Nani, Schwester Kalé oder ihre Mutter herein und sagten einige Worte zum Gewerkschafter. Dieser hörte sie kaum, antwortete kaum. Seine Lektüre nahm ihn völlig in Anspruch, wie übrigens das ganz gesunde Warten auf das Mittagessen, das die Frauen zubereiteten. Und doch, plötzlich schien Toutouma, als ob er etwas Ungewöhnliches gehört hätte.
»Was sagst du?« ruft er Sizana, seine Frau.
»Ich sage dir, daß dein Freund, der King Albert von Effidi, auf dem Wege zu dir ist. Ich sehe, wie er sich auf unser Haus zubewegt, und ich stelle mir vor, daß er hierherkommt.«
»Mein Freund, mein Freund!«, wiederholte Toutouma verärgert, indem er sich von seinem Sitz erhob. »Habe ich neuerdings Freunde unter den Kapitalisten? Sag mal, Sizana, du lebst doch schon seit Jahren mit mir, wenn du mich immer noch nicht kennst, dann weiß ich nicht, wo ich mit dir hingehen soll.«
Er hatte kaum aufgehört zu reden, als auch schon die Gestalt des Kings im Türeingang erschien. Albert reichte ohne ein Wort seinen Regenschirm an Nani, die sich auf der Veranda befand, den Schirm nahm und ihn, ebenfalls ohne ein Wort zu sagen, so offen, wie er war, am

anderen Ende der Veranda abstellte, wo der Schirm allmählich trocknen sollte.
»Guten Tag, Toutouma«, sagte der King beim Eintreten ins Zimmer.
»Guten Tag, Albert«, antwortete der andere.
»Guten Tag, Monsieur Albert«, fügte Sizana mit lächelnder Miene hinzu, einem Ausdruck, der deutlich mit dem verschlossenen Gesichtsausdruck ihres Mannes kontrastierte.
Sizana verachtete den King keineswegs. Um der Wahrheit die Ehre zu geben, hat sie gelegentlich, also insgeheim, bedauert, die Chance verpaßt zu haben, Albert geheiratet zu haben, denn er war eben vermögender als Toutouma, jener Toutouma, »der seine Zeit damit verbringt, Reden über die Gerechtigkeit zu halten, und der damit nicht einmal viel Geld verdient. Wozu ist es eigentlich gut, Gewerkschafter zu sein, meine Töchter, könnt ihr mir das einmal verraten?« Aber was die Mutter im Leben nicht geschafft hatte, das, so hoffte sie, würde ihre Tochter eines Tages erreichen. Sizana hatte lebhaft gehofft, daß der King Albert eines schönen Tages um die Hand ihrer Tochter anhalten werde. Man muß schon von diesem geheimen Wunsch wissen, um zu verstehen, warum sie kurz zuvor zu Toutouma gesagt hatte, daß »sein Freund« ihn besuchen komme. Weder scherzte sie, noch machte sie sich lustig, sie versuchte nur ihren Mann in eine Stimmung zu versetzen, daß der sich wohlwollend und gastfreundlich zeige. Andererseits war ihr natürlich auch nicht verborgen geblieben, daß die Wahl ihrer Tochter Nani längst auf einen Mann gefallen war. Nani hatte ihr bereits mehrfach von Bikounou, dem Vespasier, gesprochen, aber Sizana hatte ihrer Tochter gegenüber nie den Eindruck erweckt, als ob sie mit deren Wahl einverstanden sei. »Und auf jeden Fall steht es uns nicht an, die Wahl zu treffen«, sagte sie zu

sich selbst, und insgeheim hoffte sie, daß ihr Mann von selber begreifen würde, daß der King Albert eher das dauerhafte Glück Nanis wahrmachen kann als dieser extravagante junge Hirnlose ... und schließlich durfte man ja nicht vergessen, daß auch die Eltern ja keineswegs ganz vor jenem Reichtum sicher sein würden, von dem es hieß, daß er groß sei, obwohl ja natürlich niemand genau wußte wie groß denn.
»Welch ein Tag«, rief der King aus.
»Du bringst uns dieses Wetter«, antwortete Toutouma. »Was bringt dich bei einem solchen Hundewetter nach hier?«
»Erlaube mir erst einmal, daß ich mich setze, Toutouma. Da kommt ein Freund bei diesem miesen Wetter zu dir, und du beunruhigst dich darüber, was ihn wohl dazu bewegt, anstatt ihm zunächst einmal einen Stuhl und ein wenig Palmwein anzubieten?«
»Also, Albert, du wirst mir schon vergeben. Hier bei mir ist es doch wie bei dir. Ich brauche dir doch wohl nicht zu sagen, setzt dich, damit du dich niederläßt. Was den Wein angeht, so wirst du den nicht enbehren brauchen, wenn ich ihn denn nicht zu entbehren brauche. Was braucht der Mensch sonst?«
»Was ich sonst noch brauche? Noch mehr so freundliche Worte wie die, die du gerade ausgesprochen hast, und ich bin sicher, daß ich zufrieden von dannen gehen werde...«
» ... wenn es dann an der Zeit ist, zu gehen, Albert. Denn sobald du über die Schwelle meines Hauses trittst, ob du nun reich oder arm, weiß oder schwarz bist, sobald du über die Schwelle meines Hauses trittst, bist du mein Gast, und wirst dieses Haus erst wieder verlassen, wenn ich dir die Erlaubnis dazu erteile.«
Kalé, die Schwester Nanis, die sich hinter der Mauer der Veranda verborgen gehalten hatte, schob vorsichtig ihren Kopf nach vorn und sah flüchtig in das Innere des

Hauses. Sie wollte den King Albert aus der Nähe sehen, jenen reichen Mann, von dem ihre Schwester nichts wissen wollte. Von hinten gesehen fand sie ihn schön, aber sie sagte sich sofort, daß er für sie selbst wohl zu alt sei. Plötzlich aber zog eine Hand sie brüsk aus ihrer Beobachtungsposition. Kalé drehte sich um und sah sich Sizana gegenüber: »In die Küche!«, herrschte die Mutter sie an, ohne auch nur ein bißchen lauter zu werden.
Toutouma hatte sich inzwischen erhoben, hat die ihm hingehaltene Hand des King gedrückt, sich neben den Besucher gesetzt, auf einen jener absolut unbequemen Rohrstühle, die die wichtigsten Möbelstücke des Wohnzimmers ausmachten. Das Zimmer diente gleichzeitig als Eßzimmer, denn am anderen Ende stand parallel zur Wand ein langer Eßtisch in der Nähe eines kleinen Fensters. Und dieses Fenster war neben der Türe die einzige Lichtquelle, so daß im Raum stets eine Atmosphäre des Halbdunkels herrschte. Um den Tisch herum warteten vier Holzstühle brav auf die Zeit des Mahles, denn bei den Toutoumas aßen Vater, Mutter und Töchter stets gemeinsam. Entlang den anderen, aus Erde gefertigten Mauern, standen jene ach so einladenden Rohrstühle, von denen der Gewerkschafter und sein Besucher jetzt zwei besetzten.
Sizana hatte bereits eine Kalebasse voller Palmwein herbeigebracht. Und sie wollte den Wein gerade in den für diesen Zweck zurechtgeschnittenen Kokosnußschalen anbieten, als Toutouma sie unterbrach:
»Du wirst den King doch wohl nicht aus diesen Kokosnußschalen trinken lassen, Sizana. Du weißt doch, daß er ein Weißer ist«, machte er sich lachend lustig. »Gib ihm ein Glas. Ich, ich trinke so wie wir das früher gemacht haben.« »Was denkst du dir eigentlich, Toutouma«, erwiderte der King. »Daß ich ein Weißer bin und doch zu dir komme? Empfängst du hier eigentlich jeden Tag

Weiße? Also, mach schon, Sizana, laß mich den Wein aus einer Nußschale trinken, so wie das alle bei uns tun.«
Sie servierte den Wein und zog sich dann zurück. Im Innersten war sie von dem brennenden Wunsch erfüllt, dem Gespräch beizuwohnen, aber sie wußte auch, daß sie nicht im Zimmer bleiben durfte. Sie wußte, daß, wenn der King Albert sich die Mühe machte, Toutouma, den Gewerkschafter, zu Hause zu besuchen, und das an einem freien und regnerischen Tag dazu, dann mußte es hierfür einen ernsten Grund geben. Und sie machte sich selbst glauben, daß nun der von ihr so sehr herbeigesehnte Tag gekommen war, der Tag, an dem der King um die Hand Nanis anhalten würde. Aber sie durfte doch nicht dableiben und dem Gespräch der Männer zuhören. Und Nani, die war ebenso wie ihre Schwester Kalé in der Küche, auf der anderen Seite des Hofes, verschwunden. Auch sie hätte natürlich gern gehört, was da zwischen ihrem Vater und dem King besprochen wurde, aber sie wußte auch, daß sie noch weniger als ihre Mutter im Zimmer anwesend sein durfte. Sie hatte auch eine Ahnung, daß da etwas auf sie zukam, aber im Gegensatz zu Sizana sah sie die Zukunft eher in dunklen Farben, und sie zog es vor, lieber gar nicht erst daran zu denken. Wenn denn der King, dieser Mann im Alter ihres Vaters, ihr Mann würde, was würde sie dann bloß anfangen. »Aber vielleicht ist er ja gar nicht gekommen, um unseren Vater darum zu bitten«, versuchte Kalé sie zu beschwichtigen, und dabei kreuzte sie den Daumen und den Zeigefinger der rechten Hand, um derart das Übel abzuwenden.
Aber das Übel bleibt nun einmal das Übel. Denn King Albert war sehr wohl zu Toutouma, dem Gewerkschafter, gekommen, um bei ihm um die Hand seiner Tochter Nani anzuhalten.

»Das hast du doch sicherlich meinen Anspielungen zu diesem Thema entnommen«, sagte er zu Toutouma.
»Was soll ich begriffen haben? Ich habe schon begriffen, daß du dich amüsierst, wenn du sagtest: ›Behüte meine Verlobte, erziehe sie gut; sobald sie das Heiratsalter erreicht hat, werde ich sie mir holen kommen ...‹ Aber, das, Albert, habe ich nie ernstgenommen.«
»Und warum etwa nicht? Glaubst du, daß man in unserem Alter noch scherzt?«
»Genau, Albert, du nimmst mir die Frage aus dem Munde. Ich wollte sie dir gerade stellen: In unserem Alter, wie kannst du daran denken, meine Tochter zu heiraten? Und wie soll ich denn glauben, daß du im Ernst sprichst, wenn du das sagst?«
Albert trank einen großen Schluck Palmwein, um sich Mut zu machen, stellte dann seine Kokosnuß instinktiv auf den Boden. Nun kann man aber ein solches Trinkgefäß nicht ganz einfach auf den Boden stellen, weil das spitze Ende der Nuß es nicht erlaubt, daß sie die Balance hält. So rann denn der restliche Palmwein auf den festgestampften Lehmboden des Zimmers, zum großen Vergnügen des Gewerkschafters, der die Gelegenheit nutzte, um dem King zu sagen:
»Siehst du, ich habe es dir ja eben erst gesagt: Du bist ein Weißer. Du verstehst es eben nicht einmal mehr, Palmwein aus einer Kokosnußschale zu trinken.« Und lachend fügte er hinzu: »Du brauchst eben ein Glas. Ich gehe dir eins holen ..., halte eben diese Nuß, damit ich dir ein Glas aus dem Schrank hole. Und vor allem versuche nicht wieder, deine Schale auf den Boden zu stellen, die ist dafür nicht gemacht.«
Geraume Zeit lachte er noch lauthals weiter, und schließlich steckte er sogar den einen Augenblick lang konfusen King mit seinem Lachen an.
Armer Albert! Da war er zu Toutouma gekommen,

überzeugt, schlecht von ihm empfangen zu werden, und dann war er von dem fast freundschaftlichen Empfang des Gewerkschafters angenehm überrascht worden. Und dann lieferte er ganz plötzlich doch den Beweis für das, was ihn von seinem Dauer-Gegner trennte: die Tatsache nämlich, daß er, Albert, einfach nicht mehr wie ein afrikanischer Dorfbewohner ganz normal seinen Palmwein aus einer Kokosnußschale trinken konnte. »Ach, was soll's, dachte er bei sich, wer macht nicht schon mal von Zeit zu Zeit eine falsche Bewegung?« Und bei diesem Gedanken lehnte er das Glas, das Toutouma ihm anbot, hartnäckig ab und goß sich seine Kokosnuß noch einmal voll Palmwein. Dann setzten die beiden Männer ihre Unterhaltung dort fort, wo sie sie vor dem Zwischenfall unterbrochen hatten. Und der King nutzte die Scherze seines Gastgebers, um daran anzuschließen:
»Du sagst also, daß ich ein Weißer bin, weil ich mich nicht korrekt einer Kokosnuß zu bedienen weiß, aber weißt du eigentlich, daß auch du ein Weißer bist; die Frage, die du mir vorhin gestellt hast, beweist es mir. Wie kannst du, Toutouma, mir vom Alter reden, wenn es um die Heirat geht? Hast du eigentlich vergessen, daß bei uns ein Mann eine Frau heiraten kann, bevor die überhaupt geboren worden ist?«
»Das soll schon mal vorgekommen sein, vor langer Zeit, aber heute findet das nicht mehr statt.«
»Und warum sollte es das heute nicht mehr geben? War das denn ein schlechter Brauch? Und wenn es denn ein schlechter Brauch war, wärest du denn ohne diesen Brauch wohl überhaupt auf dieser Welt?«
»Das war kein schlechter Brauch, Albert, aber die Zeiten haben sich geändert, und das weißt du sehr wohl, Albert. Und im übrigen: Meine Mutter war schon lange am Leben, als mein Vater kam und um ihre Hand anhielt.«

»So, jetzt haben wir es also: Nani ist schon seit langem auf dieser Welt, und heute komme ich nun, um um ihre Hand anzuhalten. Was ist nun daran falsch?«
Toutouma nahm eine strikte Haltung ein und sprach jetzt ohne Umschweife:
»Hör mir zu, Albert, viele Dinge trennen uns beide, und aus diesem Grunde erinnere ich dich daran, daß die Zeiten sich geändert haben. Meine Tochter ist die Tochter eines Arbeiters, eines armen Arbeiters bei der Eisenbahn. Du, du bist ein reicher Händler, der einen Laden in der Stadt besitzt. Wie willst du da, daß ich dich zum Schwiegersohn nehme, ich, der ich den Kampf gegen die Leute deiner Sorte führe? Und seid ihr es nicht, die mich zum Kommunisten stempeln, weil ich Gewerkschafter bin? Ich bin eine Mann des Teufels. Mag ich auch zur Messe gehen, um zu beweisen, daß man für seine Rechte kämpfen und gläubig bleiben kann, das hindert euch aber nicht daran, mich als einen Sohn des Teufels zu behandeln. Ganz so als ob ihr mich schon mal zusammen mit dem Teufel getroffen hättet. Und da kommst du daher und bittest um die Hand meiner Tochter? Also gut, ich sage dir: Du wirst sie nicht bekommen.«
Ein Moment der Stille trat ein.
Albert blieb stumm, ganz so, als ob er die Dosis Bitterkeit, die ihm sein Gesprächspartner gerade verabreicht hatte, noch nicht geschluckt hätte. Sein Heiratsantrag nahm plötzlich die Gestalt einer Reifeprüfung an, und er erinnerte sich plötzlich an jene weit entfernten Augenblicke seines Lebens, in denen er sich einem Lehrer gegenübergesehen hatte. Er hatte seine Prüfung nicht geschafft, und er hatte die Schule verlassen müssen, gerade mit ausreichenden Kenntnissen im Lesen, Schreiben und Rechnen. Diese Deutschen, die ihn damals von der Schule verwiesen hatten, dachten wohl nicht im Traum daran, daß er, dank einer Bauernschläue, die die Schule

nicht immer zum Vorschein bringt, eines Tages ein großer Händler in der Stadt werden würde, ganz so wie die weißen Händler dort. Und wenn er an diesen langen Weg bis zu seinem heutigen Erfolg zurückdachte, dann fühlte er doch, wie ihn allmählich wieder der Mut beseelte. Was anderes denn, so sagte er zu sich selbst, hätte ich denn erwarten sollen? Etwa, daß Toutouma mich umarmen und mir lauthals seine Freude darüber bekunden würde, mir seine Tochter zur Frau zu geben? Gerade hat er sich von der Seele geredet, was ihn belastet. Das ist für ihn eine Möglichkeit, sich an einem System zu rächen, in dem ich erfolgreich bin, und in dem er vielleicht nie zu kämpfen aufhören wird, aber ohne die Gewißheit, eines Tages auch Erfolg zu haben. Aber jetzt, da er dies alles ausgesprochen hat, da ist sein Herz weniger schwer. Wenn ich also die Sache richtig anpacke, dann kann ich sicher sein, daß er sich die Sache noch einmal überlegt. So dachte King Albert im stillen nach, in jenem langen Moment der Stille, den die Worte Toutoumas geschaffen hatten. Dann räusperte er sich und sprach:

»Recht hast du schon, Toutouma. Ich hätte schon an all das, was du mir gerade gesagt hast, denken sollen, und vielleicht hätte ich dann begriffen, daß ich nichts von dir verlangen darf. Aber vielleicht wirfst du mich auch in einen Topf mit all jenen Leuten, die übel von dir reden. Ich weiß, daß du immer gegen mich eingestellt gewesen bist. Die anderen Leute profitieren sicherlich davon, um dir zu erzählen, daß auch ich gegen dich eingestellt bin, aber das stimmt einfach nicht. Wenn das der Fall wäre, dann wäre ich nicht gekommen, dich um die Hand deiner Tochter zu bitten. Hältst du mich etwa für einen Mann ohne Herz, der schlecht von dir redet, obwohl er doch will, daß du ihm seine Tochter zur Frau gibts?«

»Du bist ein Kapitalist, und ich bin ein Arbeiter«, bestand Toutouma.
»Und du glaubst, da liege das Problem, ich aber sage dir, daß es ganz woanders liegt. Zwischen dir und mir geht es nicht um Kapitalist und Arbeiter. Denn ich habe ja nicht etwa zu dir gesagt: Toutouma, hier ist Geld, gib mir deine Tochter.«
»Wo ist denn dann..., wo ist denn dann die...«
»Ich bin zu dir gekommen als ein Mann, der eine Frau heiraten will.«
»Meine Tochter ist noch keine Frau. Sie ist noch keine Frau!«
»Von mir aus. Ich komme auf jeden Fall, dich um die Hand deiner Tochter zu bitten. Und du hast selber feststellen können, daß ich nicht von Geld geredet habe. Ich habe es sogar vermieden, dir irgend etwas mitzubringen, damit du bloß nicht glaubst, daß ich dein Einverständnis mit Geld erkaufen will. Die Frage ist also die folgende: Bist du bereit, die Hand deiner Tochter einem Manne zu geben, der sie brennend gern heiraten möchte, und der einfach nicht wissen will, ob du ein Freund Gottes oder des Teufels bist?«
»Auch ich bin Christ, Albert, vergiß das bloß nicht...«
»Unter diesen Umständen solltest du dich daran erinnern, daß Christen nicht nachtragend sein dürfen. Selbst wenn ich dir etwas Böses getan hätte, dann müßtest du die andere Wan...«
»Ja, ja, ich weiß schon: Wenn du mir etwas antust, dann muß ich dir vergeben. Das haben wir alle gelernt. Und ihr, die Kapitalisten, ihr profitiert davon, um uns euren Willen aufzudrücken, oder etwa nicht? Also weißt du, wenn ich dich so reden höre, dann habe ich schon keine Lust mehr, die Unterhaltung mit dir fortzuführen. Denn du bedienst dich eines Arguments, nach dem die

Arbeiterklasse auf immer und ewig von den Kapitalisten beherrscht werden kann. Aber du wirst schon sehen. Ihr alle werdet schon sehen. Wir werden den Sieg davontragen, laß es dir von mir gesagt sein.«
»Noch einmal, Toutouma, nicht deshalb bin ich zu dir gekommen. Ich wollte dir nur sagen, daß ich deine Tochter heiraten möchte, wenn du es erlaubst.«
Albert nahm zwei oder drei Schlucke Palmwein zu sich.
»Ja, trinken wir«, sagte Toutouma, »deine ganze Angelegenheit hat mir völlig die Kehle ausgetrocknet.«
Und bei diesen Worten wußte Albert, daß seinem Gesprächspartner die Argumente ausgegangen waren. Einen Moment lang tranken beide, ohne ein Wort zu äußern. Dann kam Sizana ins Zimmer, erkundigte sich, ob alles in Ordnung sei, ob man etwas wünsche.
»Der Wein ist gut«, bemerkte Albert, »aber hier gibt es jemand, der die Gastfreundschaft, die man ihm gewährt, nicht so recht zu würdigen weiß.«
Und während er redete, schaute er auf den Boden, so daß Sizana schließlich begriff, was er damit sagen wollte. Der festgetretene Lehmboden des Zimmers hatte langsam den darauf vergossenen Palmwein aufgesogen. Aber die befeuchtete Oberfläche atmete den Geruch des Palmweins, als ob die Erde betrunken sei.
»Das macht doch nichts«, sagte Sizana lachend. Und sie fragte: »Ist denn wenigstens noch etwas Palmwein in der Kalebasse?«
»Es ist noch welcher übrig«, war die Antwort Toutoumas. »Mein Besucher trinkt zwar kräftig, aber es ist noch welcher da. In diese Kalebasse geht schon was rein...«
Albert dachte bei sich: ein Scherz dieser Art ist nur möglich, wenn der, der ihn macht, mir gegenüber wohlgesonnen ist. Er schluckte ein wenig Speichel, gefolgt vom

Rest des Palmweins in der Kokosnußschale. Sizana verließ das Zimmer wieder, im Vollgefühl, daß die Dinge einen guten Lauf nahmen.
»Albert, sag mir bloß, warum hast du einen solchen traurigen Tag ausgesucht, um bei mir um die Hand meiner Tochter zu bitten?«
»Ganz einfach deshalb, weil ich sicher sein konnte, dich an einem solchen Regentag zu Hause zu finden.«
»Du bist reich und intelligent. Gott hat dir alles gegeben. Das mag ich nicht.«
»Würdest du etwa einen armen und verrückten Schwiegersohn vorziehen?«
»Ich rede nicht von dir als einem möglichen Schwiegersohn, sondern als Mann, Albert. Sag' mir«, fuhr der Gewerkschafter fort, »glaubst du, daß die Liebe Gottes die Klassen geschaffen hat? Glaubst du, daß er die Reichen und die Armen geschaffen hat, die Intelligenten und die Idioten?«
»Ich weiß es nicht, Toutouma..., ich weiß es wirklich nicht, ob Gott das alles so geschaffen hat, aus freien Stücken. Ich glaube nur, daß jeder, der arbeitet, sehr hoch aufsteigen kann und dabei gut seinen Lebensunterhalt verdienen kann.«
»Monsieur Delmot hat uns das früher immer gesagt, daß, sieht man von einigen Ausnahmen ab, die Arbeiter nie sehr hoch aufsteigen.«
»Warum war der denn Arbeiter? War das nicht ein Weißer?«
»Aber Albert, es gibt auch weiße Arbeiter!«
»So?«
»Aber sicher doch! Monsieur Delmot selber hat es uns erzählt. Weißt du, diese Leute, wenn die zu uns kommen, dann lassen sie die Arbeiter zu Hause, um uns hier Schwierigkeiten zu machen. Aber zu Hause, da haben sie auch Arbeiter! Und die kämpfen unaufhörlich gegen

die Kapitalisten. Und da kommst du daher und willst meine Tochter zur Frau. Verstehst du denn nicht, daß meine Genossen mich verstoßen werden, wenn ich dir Nani zur Frau gebe?«
»Und wem wirst du dann Nani zur Frau geben? Hast du außer mir noch andere Anwärter?«
»Ah, du stellst diese Frage wie einer, der meint, außer ihm gäbe es sonst keine Wesen mehr auf der Welt. Nani ist hübsch...«
»Das weiß ich sehr wohl, sonst wäre ich ja auch nicht gekommen, um heute morgen deinen Wein zu trinken...«
»Die ist hübsch wie nur etwas. Letzten Sonntag, hast du sie selbst tanzen gesehen! Und übrigens, herzliche Glückwünsche für das, was du zu dem Pater gesagt hast. Also, von dir hätte ich das keineswegs erwartet. Wirklich, ich muß schon sagen, ich war...«
»Und warum, bitte, hast du das nicht von mir erwartet?«
»Nun ja, weil... weil, weil du doch im Grunde im selben Lager wie der Pater stehst. Ihr gehört doch beide zu denen, die die Arbeiterklasse ausbeuten. Wenn man dann aber so hört, was du ihm da entgegengehalten hast..., also, eigentlich wollte ich dir vor allen Leuten die Hand schütteln, aber das konnte ich natürlich nicht.«
»Und warum konntest du das nicht?«
»Weil niemand begriffen hätte, wie ich in aller Öffentlichkeit die Hand eines Kapitalisten schüttle, das mußt du doch wohl einsehen!«
»Stimmt auch schon wieder, jedenfalls, wenn du es sagst, wird es schon stimmen.«
»Und im übrigen war es schon besser, daß du solche Sachen aussprichst. Wenn ich weiter so zum Pater geredet hätte, wie ich angefangen hatte, was hätten dann die

Leute bloß wieder gesagt: ›Der Teufel in Person ist an diesem Sonntag zu uns gekommen, der Teufel mit seinen spitzen Hörnern und seiner bösen Schlangenzunge!‹«

»Nun, ich war ja auch nicht gerade in einer günstigen Lage, um derart zum Pater zu reden, aber ich habe es trotzdem getan. Und ich muß schon zugeben, daß es deine ersten Worte waren, die meinen Mut bekräftigt haben. Es gibt eben Augenblicke, in denen man sich nicht davor fürchten darf, das zu sagen, was man denkt, und sei es gegenüber dem lieben Gott persönlich.«

»Du in einer ungünstigen Lage? Du?«

»Toutouma, begreifst du denn nicht, daß ungeachtet dieser Autonomie, von der man uns jeden Tag redet, in unserem Land immer noch diese Leute das Sagen haben, und daß mir dieser Priester übel mitspielen kann, wenn er das nur will?«

»Also, ich glaube, daß dir mit deinem ganzen Geld keiner was antun kann. Du kannst die doch alle einkaufen. Monsieur Delmot hat uns seinerzeit erklärt, wie die Kapitalisten alles, alles kaufen, ja sogar die Herzen der Menschen.«

»Aber kommen wir doch auf das zurück, was du von Nani gesagt hast. Wer außer mir hat sich hier noch eingestellt, um sie zu heiraten?«

»Also, und du weißt das doch sehr gut, Albert, diese Angelegenheiten, die werden doch nicht so offen auf dem Markt erzählt.«

»Du siehst also, daß ich ›mit meinem ganzen Geld‹, wie du immer zu sagen pflegst, unfähig bin, gewisse Dinge, die im Herzen der Menschen versteckt sind, zu erreichen oder zu erhalten.«

»Und ich wiederhole dir, was ich eben erst gesagt habe: Du bist reich und intelligent zugleich. Und das schmeckt mir überhaupt nicht. Du wirfst Worte nach mir aus, so wie der Angler den Köder nach dem Fisch

auswirft, und ich soll dann anbeißen. Hier, trink noch ein wenig Wein, vielleicht läßt du mich dann in Ruhe.«
»Wir plaudern doch nur, Toutouma, wir plaudern doch nur so vor uns hin!«
»Und ich sage dir, daß es demnächst Krieg in Effidi geben wird, eines schönen Tages.«
»Was willst du damit sagen?«
»Daß es eben in Effidi Krieg geben wird.«
»Und wer, bitte, wird in Effidi Krieg machen?«
»Die Leute von Effidi werden sich gegenseitig den Krieg machen. Ich stecke da nicht drin.«
»Ich verstehe immer noch nichts«, antwortete der King.
Er log, denn er war intelligent genug, um eine Verbindung herzustellen zwischen dem, was der Gewerkschafter ihm sagte und dem, was ihm Belobo in der Nacht zuvor enthüllt hatte. Offensichtlich wollte Toutouma andeuten, daß, wenn gleich zwei Anwärter aus ein und demselben Dorf kämen, die Leute von Effidi einander schließlich bekriegen würden, denn jeder der beiden Anwärter verfügte natürlich über Anhänger.
»Verstehst du«, warf der Gewerkschafter zwischen zwei Schlücken ein, »du wirst es schon verstehen, wenn die Jugend von Effidi anfängt, in der ganzen Region zu verbreiten, was sie von dir Übles denkt. Ich gebe dir einen guten Rat: anstatt bei mir um die Hand Nanis anzuhalten, geh zu den Deinen zurück und frage sie, ob denn vor dir noch keiner zu mir gekommen ist. Dann wirst du dies alles begreifen.«
»Toutouma«, antwortete der King in einem fast zornigen Ton, »du hast mir doch gerade gesagt, daß die Zeiten sich geändert hätten. Du selbst, du hast dich eben auch mit den Zeiten verändert. Seit wann denn hat ein junger Mensch aus Effidi oder anderswo das Recht, ganz allein daherzukommen und dich um die Hand deiner

Tochter zu bitten? Also, ich habe davon noch nie was gehört, und soweit ich weiß, versteht der Rest meiner Dorfgemeinschaft das auch nicht. Wie könntest du also einen solchen Heiratsantrag überhaupt ernsthaft in Erwägung ziehen? Unsere jungen Leute sind doch wohlerzogen, und...«
»Oh, lala! Ich kenne welche, die...«
»Gewiß, da gibt es immer eine oder zwei Ausnahmen, wenn man das sagt. Aber im allgemeinen sind sie doch alle wohlerzogen. Im allgemeinen wissen sie eben, daß ihr Heiratswunsch notwendigerweise von den Ältesten der Dorfgemeinschaft angetragen werden muß, daß sie eben nicht von sich aus diesen Wunsch vortragen dürfen.«
»Du kommst doch auch ganz allein, um mit mir darüber zu reden...«
»Toutouma, nun hör doch endlich auf, so zu tun, als ob dir die Tradition unbekannt sei. Du weißt doch ganz genau, daß ich nicht mehr unter jenen jungen Leuten, von denen ich rede, rangiere. Und überhaupt komme ich heute allein zu dir, um erst einmal deine grundsätzliche Zustimmung zu erlangen; du weißt aber ganz genau, daß ich eines Tages mit denjenigen von den Meinen, die mich bei einem solchen Vorhaben stützen müssen, zurückkommen werde. Das weißt du doch ganz genau, Toutouma.«
»Reg' dich nicht auf, Albert. Ich wollte dich doch nur vor denjenigen jungen Leuten deiner Dorfgemeinschaft warnen, die eben das Gesetz der Tradition nicht mehr respektieren, und die glauben, sich unter dem Vorwand, daß die Weißen uns das Motorrad und den Sprit für dessen Motor gebracht haben, wegen der neuen Zeit alles erlauben zu können.«
»Es wird keinen Krieg in Effidi geben. Die Männer unserer Gemeinschaft sind es gewohnt, reiflich nachzu-

denken und von den Ahnen die Lösung aller Probleme, die sich vor ihnen auftun, zu erbitten, heute ganz so wie in den alten Zeiten. Wie dem auch sei, ich wiederhole also hier und heute meinen Antrag um die Hand deiner Tochter. Stimmst du zu? Wirst du sie mir geben?«
»Albert, ihr Kapitalisten, ihr seid dickköpfig, weil ihr glaubt, daß eure Wünsche immer in Erfüllung gehen müssen. Monsieur Delmot hat uns das sehr wohl beigebracht. Der hat uns damals gesagt, daß . . .«
»Nun hör' endlich auf, mir von diesem Monsieur Delmot zu erzählen. An den wende ich mich hier doch gar nicht. Ich bin hier bei einem Menschen meines Landes, nicht bei einem Ausländer, der euch eine Menge Ideen in den Kopf gesteckt hat, aus denen ihr dann doch nichts Gutes macht, weil es nicht eure eigenen Ideen sind. Toutouma, sag mir doch endlich einmal, kannten deine Vorfahren, unser beider Vorfahren, Arbeiter und den Klassenkampf? Wußten die eigentlich, was der Kapitalismus ist, haben die einander stets daran erinnert, daß sie aus unterschiedlichen sozialen Klassen kamen, und haben die sich eigentlich stets auf Lektionen eines Ausländers berufen? Warum bist du eigentlich dagegen, daß wir uns als Brüder in ein und demselben Land verstehen, anstatt den Spuren jener Leute zu folgen, die da hinten, bei sich zu Hause, ihre eigene Lebensart haben, die sicherlich von der unseren ganz verschieden ist? Sag mir mal: Haben deine Vorfahren eigentlich die Eisenbahn erfunden, bei der du heute arbeitest? Alle möglichen Dinge, deren wir uns heute bedienen, sind von draußen zu uns gekommen. Mit deren Entstehen haben wir rein gar nichts zu tun. Die Eisenbahn, die Automobile, die Läden in der Stadt, das alles sind Dinge, die wir benutzen müssen, ohne uns jedoch die Konflikte zuzulegen, die jene Leute gegeneinander aufbrin-

gen, die all das erfunden haben. Und da glaubst du immer noch, daß, weil die Weißen bei sich zu Hause einen Klassenkampf haben, müßten wir jetzt notwendigerweise hier auch einen haben. Und ich sage dir, daß es falsch ist. Alles, was Monsieur Delmot oder Monsieur ›weiß-ich-wer‹ dir bei der Eisenbahn beigebracht hat, das hat einen einzigen Zweck: bei uns Zwietracht zu säen, damit wir nicht mehr wie Brüder miteinander leben, sondern uns auf immer und ewig als Feinde betrachten, nur weil du Arbeiter bist und ich Händler. Also, was mich angeht, so weigere ich mich ganz einfach, mich ständig daran zu erinnern, daß du Gewerkschafter bist, oder gar Kommunist, oder was auch sonst noch. Für mich bist du Toutouma, ein Mann meines Landes, Vater einer Tochter, die ich gern heiraten möchte – und damit basta.«
Beim Sprechen war King Albert allmählich in Fahrt gekommen, und von Zeit zu Zeit neigte er sich zu Toutouma, dem er zudem tief in die Augen sah, damit der ihn auch nur begriff. Dann trank er mit einem Schluck seine Kokosnuß leer und erhob sich.
»Heute habe ich nicht einmal angeklopft«, sagte er. »Das nächste Mal aber werde ich es besser machen, entsprechend unserem Brauch ... unser aller Brauch.«
»Albert, jetzt hast du aber genügend so dahergeredet. Wenn du so weiterredest, dann glaube ich bald fest, daß es unappetitlich ist, wie du reich und intelligent zugleich zu sein.«
»Es regnet jetzt weniger stark. Ich verlasse dich. Möge dein Herz in der guten Richtung denken. Ich liebe Nani, aber sie ist halt deine Tochter. Du bist es, der entscheiden wird, ganz so wie es unser Brauch will. Auf Wiedersehen!«
Er nahm seinen Regenschirm auf und schritt in Richtung der Küche, auf der anderen Seite des Hofes. Sizana kam

ihm entgegen. Er übergab ihr ein sorgfältig geknicktes Couvert, sprach einige Worte zu ihr und ging dann weg.
Einige Augenblicke später:
»Sizana! Zeig' mir, was er dir zurückgelassen hat.«
»Was denn?«
»Ich hab's doch gesehen. Du hast es zwischen deine Brüste gesteckt. Bring es mir her!«
»Hier ist es, schrei doch nicht so laut!«
»Was ist das denn?«
»Ein Umschlag.«
Mit fiebrigen Fingern zerriß Toutouma den Umschlag. Im Innern befand sich statt eines Briefes eine Tausendfrankennote; ganz neu raschelte sie zwischen den Fingern des Gewerkschafters.
»Gieß mir einen ein«, sagte er zu Sizana.
Sie führte seinen Befehl aus, sah ihren Mann einen Augenblick lang an, dann brachen beide in Lachen aus.
»Was spielt sich da bloß ab?« fragten sich Nani und Kalé im Innern der Küche.

6. Kapitel

oder

Zwei Kinder von Effidi werden von jenen armen Leuten des »Palmendorfes« festgehalten

»Féfé, schwöre mir die Treue!«
»Bikounou, mein Bruder! Du, den wir alle den Vespasier nennen! Bikounou! Ich, dein Bruder, Féfé, der Elegante genannt! Ich sage dir ..., laß mich noch ein wenig trinken!«
»Féfé, schwöre mir die Treue!«
»Ich schwöre ... ich schwöre ... ich schwöre dir die Treue ... Gebt mir zu trinken! Schnell! Schnell! Wenn ihr mir nicht zu trinken gebt, dann werdet ihr ... ihr werdet ... ihr alle werdet ... ihr alle werdet sehen, wer ... wer ... daß ... daß ... daß ich bin ... jawohl ... ich schwöre ... ich schwöre ... Treue ... Ich sage Trrreue ... Trrreue ...«
»Schon gut, schon gut, Féfé. Du fällst zwar fast in Schlaf, aber du schwörst mir die Treue, und das ist gut so. Aber seht euch all jene Schafsköpfe an, die sehen, wie ihr Bruder vor ihren Augen zusammenbricht, und die nichts unternehmen, als ob sie im Kino wären! Worauf wartet ihr eigentlich noch, um ihn wegzutragen, Idiotenbande! Worauf wartet ihr noch! Beim Namen Gottes ... gottverdammt ... beim Namen ... worauf ...!«
Er hatte nicht die Zeit, seinen Satz zu beenden. Er fühlte plötzlich eine enorme Hand, die ihn am Halse ergriff. Er drehte sich um, zu Tode erschrocken, und bot seine rechte Wange einer Ohrfeige dar, die ihm die andere

Hand jenes Kolosses verabreichte, der just in dem Moment eingetroffen war, in dem die Trunkenheit von Féfé, dem Eleganten, Besitz ergriffen hatte. Bikounou fragte sich noch, was passierte, als eine zweite Ohrfeige, ebenso kräftig wie die erste, mit lautem Knall das Gleichgewicht auf seiner linken Wange wiederherstellte.
»Au«, schrie eine Frau, »laß ihn doch in Ruhe, Doumou! Hör auf, du siehst doch, daß er getrunken hat, schlage ihn nicht!«
»Er hat getrunken, er hat getrunken, na und? Gibt es einem das Recht, die Leute bei sich zu Hause zu beleidigen, nur weil man getrunken hat?«
»Ich habe nichts getrunken«, versuchte Bikounou zu antworten, ungeachtet des scharfen Schmerzes, den er verspürte, »ich habe nicht...«
Klatsch! Klatsch! Zwei weitere Ohrfeigen waren die Antwort von Doumou, dem Koloß des Palmendorfes.
»Du hast nicht getrunken? Und diese Flasche hier, haben nicht du und dein Bruder Trunkenbold sie geleert?«
Andere Neugierige drangen zu der Menge jener, die einige Minuten zuvor der Schwurszene beigewohnt hatten. Bikounou, kaum eine solche Behandlung gewöhnt, schwankte, und dann fiel auch er zusammen, ganz in der Nähe von Féfé. Doumou ordnete an, die beiden in die Palaverhütte des Dorfes zu transportieren.
»Dort werden sie von unserem Häuptling abgeurteilt werden, wenn sie wieder Menschen geworden sind.«
»Du redest, als ob du hier der Häuptling wärest«, sagte ein junges Mädchen, das ganz offensichtlich das Verhalten Doumous nicht geschätzt hatte. »Du findest zwei Betrunkene, und da zeigst du deine Stärke«, fügte sie hinzu. »Du bist...«
»Also du«, antwortete ihr Doumou, »wenn du deinen

Schnabel noch einmal öffnest, dann wirst du gleich etwas sehen. Uns ist nicht unbekannt, daß ihr hier alle nur Augen für diese armseligen Typen aus Effidi habt. Das ist die Sorte Männer, die ihr mögt. Seht euch an, was ich aus ihnen mache, ich.«

Das Mädchen entfernte sich, indem sie wirkungslose Beschimpfungen von sich gab, während Doumou die von ihm zuvor gegebenen Anweisungen selbst in die Tat umsetzte. Einige junge Leute des Dorfes halfen ihm dabei, Bikounou und Féfé bis zur Palaverhütte zu tragen, wo man sie in ihrem Zustand der Trunkenheit auf dem Erdboden liegen ließ. Um sicherzustellen, daß sie sich nicht aus dem Staube machten, bevor sie abgeurteilt waren, schloß Doumou als Vorsichtsmaßnahme die berühmte Vespa von Bikounou bei sich ein. Dann ging er, um dem Dorfchef zu erzählen, was sich zugetragen hatte.

Bikounou und sein getreuer Freund Féfé hatten Effidi am Nachmittag dieses freien Tages verlassen, jenes Tages, an dem sich King Albert, wie wir wissen, zu Toutouma begeben hatte. Am Vorabend hatte Bikounou eine Flasche Gin und eine Flasche Whisky gekauft und einen gebührenden Vorrat an Getränken zugelegt, weil die beiden Freunde schon lange nicht mehr miteinander getrunken hatten. Sie erinnern sich, der Vespasier war den Leuten von Effidi zu dieser Zeit als ein lebendes Beispiel der Veränderung erschienen, als lebender Beweis dafür, daß der früher turbulente junge Mann ganz plötzlich sanfter geworden war. Aber die tieferliegende Natur des Individuums verträgt eine so brutale Veränderung nur schwerlich. So hatten Bikounou und sein Freund denn auch beschlossen, sich aus Anlaß des Feiertages ein paar schöne Stunden zu machen. Sie waren dann auf ihrer Vespa davongefahren, Bikounou am Steuer, Féfé auf dem Rücksitz, der die beiden Alkoholflaschen mit

äußerster Sorgfalt behandelte. Welch ein Duo! Das hätten Sie sehen müssen, wie die beiden zunächst auf der Straße entlangfuhren, und dann auf die kleinen Seitenwege auswichen, um dort ein ruhiges Plätzchen zu finden, wo sie ungestört trinken konnten. Als sie lange genug ein solches Plätzchen gesucht hatten, hielten sie mitten auf einem Buschpfad und tranken zwei oder drei Schlucke aus der Flasche, reichten einander die Flaschen, ohne Furcht, zwei verschiedene Sorten Alkohol zu trinken. Überflüssig anzumerken, daß sie angesichts dieses Trinkstils den Tag wohl kaum bis zu seiner Neige ertragen konnten, um so mehr, als sie fast nichts gegessen hatten und nach dem Morgenregen eine erdrückende Schwüle herrschte. So waren sie schließlich im Palmendorf angekommen, wo sie durch ihre Ankunft auf dem Dorfplatz eine mittlere Menschenansammlung auslösten. Sie hatten nur noch einen kleinen Rest in der Flasche, denn den Whisky hatten sie während ihrer Tour erfolgreich geleert.
Die Nachricht von der »Festnahme« Bikounous und Féfés durchlief die ganze Region in einem Nichts, denn in jenen Dörfern des Waldes haben die Winde die außerordentliche Fähigkeit, die Gerüchte, die sie vernehmen, sehr rasch bis in die fernsten Winkel zu tragen. Die Erregung ergriff von ganz Effidi Besitz. Man denke sich nur: Die Kinder des Dorfes bei diesen »armseligen Leuten des Palmendorfes« festgenommen, und obendrein noch wegen einer schäbigen Saufgeschichte! Selbst der letzte Einwohner war beschämt, und zwar um so mehr, als die Sache wieder einmal einen der Söhne Effidis betraf, dessen sich das ganze Dorf rühmte: Ungeachtet seines Rufes als schlechter Junge blieb der Vespasier doch das Symbol eines Dörflers, der Beamter in der Stadt war, dessen sich kein anderes Dorf der Region unter seinen Bewohnern rühmen konnte.

Wir haben bereits erfahren, wie sehr dies die anderen Dörfer mit Eifersucht erfüllte. Das war übrigens der Grund, das müssen wir offen zugeben, weshalb Doumou, der Koloß des Palmendorfes, beschlossen hatte, jene »armseligen Typen aus Effidi, die sich stets für besondere Herrschaften halten«, zu erniedrigen.
Aber das Schamgefühl schließt die Wut nicht aus. Ganz Effidi begann in dieser späten Abendstunde zu kochen und begab sich langsam, ohne daß die Leute sich miteinander verabredet hätten, in Richtung des Palmendorfes. Da gab es dann eine sehr bewegte Nacht, deren Details jedoch für den Ablauf unserer Geschichte ohne sonderliches Interesse sind. Es genügt anzumerken, daß die Leute von Effidi die beiden betrunkenen jungen Leute gegen die Absichten Doumous nach Hause bringen konnten, gewiß nicht ohne Schwierigkeiten, denn vor allem die Konfiszierung der Vespa hatte zum Austausch von Schlägen geführt, die auf beiden Seiten Verletzte zurückließen. Aber die Leute von Effidi fanden auch im Ausgang dieses kleinen Krieges einen Grund, mächtig anzugeben: Ihre Kinder waren der Schande entronnen, in dem Dorf »jener Wilden, die abseits der Zivilisation leben«, abgeurteilt zu werden.
Auf diese Weise verdrängten sie völlig den Grund des Kampfes, aus dem sie gerade noch einmal ohne sonderliche Blessuren herausgekommen waren, und mit Hilfe der sprechenden Trommeln machten sie sich sofort daran, die bereits seit langem in der Nachbarschaft hinlänglich bekannte Nachricht zu verbreiten, wonach »niemand ... aber absolut niemand, ich sage niemand etwas gegen die Kinder von Effidi vermag«. Die laute Verkündung dieser Nachricht mitten in der Nacht wurde von den Einwohnern der anderen Dörfer allerdings als eine offene Beleidigung aufgenommen. So machten sich denn auch die anderen Trommeln eine Pflicht dar-

aus, ihrerseits zu wiederholen, daß »im Walde ... im Walde es nur die Affen sind, die sich für Menschen halten. Ich sage, im Walde ... im Walde ... sind es nur die Affen, die sich für Menschen halten ... Aber wir ... wir, wir lassen nicht den Affenschwanz über den Hintern heraushängen ... Nur die Affen.«
Und da behaupte noch einer, daß es den afrikanischen Trommeln im Dunkel der Nacht an Eloquenz fehle!
Am folgenden Tage jedoch wurden die Vorgänge in Effidi wieder zurechtgerückt, was den Ambitionen des Vespasiers auf keinen Fall dienlich sein konnte. Denn nach dem, was sich zugetragen hatte, konnte er kaum verlangen, daß die Ältesten des Dorfes für ihn um die Hand Nanis anhalten sollten, zumal ein jeder im Dorfe des Gewerkschafters die Vorgänge der voraufgegangenen Nacht miterlebt hatte. Einer, der diesen neuen Zwischenfall zu seinen Gunsten zu nutzen suchte, war natürlich King Albert.
»Siehst du«, sagte er zu Belobo, »was dein Protegé uns anstellt? Und da sagst du auch noch ...«
»Du hast gewonnen, Albert, du hast gewonnen; jetzt wird alle Welt auf deiner Seite sein. Rede mir nicht länger von meinem sogenannten Protegé. Ich sehe, daß du mir letztens abends nicht geglaubt hast, als ich dir sagte, ich käme nicht in seinem Auftrag, aber im Namen der Vernunft und im Interesse unserer Gemeinschaft.«
»Unserer Gemeinschaft, unserer Gemeinschaft ginge es besser ohne diesen Nichtsnutz in unserer Mitte, aber beim Himmel! Warum glaubt ihr aber immer noch, daß wir einen Schatz verlieren, wenn er von uns weggeht.«

7. Kapitel

oder

Am Rande eines Weges, der von Effidi nach Nkool führt

Nani und Myriam mochten einander. Sie hatten sich seinerzeit in der Schule der katholischen Mission in Nkool, wohin alle Kinder der umgebenden Dörfer gingen, kennengelernt. Einige dieser Kinder hatten in der Folge ihre Studien in der Stadt fortgesetzt. Das war z. B. bei einem Jungen wie Bikounou der Fall gewesen, der in der Schule so gut gearbeitet hatte, daß er Beamter geworden war. Féfé, der Elegante, war ihm in die Stadt auf die Schulbänke gefolgt, er aber »hatte keine Chance gehabt«. Auch Myriam hatte nach der Dorfschule ihre Studien fortgesetzt, während Nani bei ihrer Mutter in Nkool geblieben war, darauf wartend, daß die Stunde der Heirat sie dort finden würde. Sie bereitete sich auf diese Stunde vor, ohne genau zu wissen, was sie davon zu erwarten hatte. Aber sie wußte ganz genau, daß die Stunde nicht von ihr abhängt, genauso wie es nicht an ihr war, den Ehemann auszuwählen.

Die Tatsache, daß aus der ganzen Region alleine das Dorf Effidi seine Kinder zum Studium in die Stadt schicken konnte, erklärte sich größtenteils aus der Anwesenheit jener berühmten roten Straße, rot wie die Lehmerde, aus der sie gemacht war, und deren Lastwagen, die großzügig den schädlichen Staub verbreiteten, den Zugang zum städtischen Zentrum erleichterten, wenn sie es denn wollten. Gewiß analysierten die Einwohner von Effidi ihre Lage keineswegs in dieser Art. Wenn ihre Kinder in der Stadt studierten, dann bedeutete dies zunächst, daß Nkool zwar über eine Schule ver-

fügen mochte – und eine Pfarrei, zwei ständige Anlässe für die Eifersucht der Einwohner von Effidi –, das dürfte die Leute von Nkool jedoch keineswegs glauben lassen, daß sie etwas wert seien. »Die Schule von Nkool, das bedeutet nichts«, sagten sie, »die beenden, das kann jeder. Aber seine Studien in der Stadt zu einem erfolgreichen Ende zu führen, dazu sind allein unsere Kinder fähig ...« Dieses kleine Dorf Effidi war schon ein wahres Königreich, in dem ein teuflischer Stolz die Herrschaft ausübte, und es war keineswegs geneigt, auf seinen eigenen Lorbeeren auszuruhen, denn, wie sie wissen, befand sich der Handel des King Albert in voller Expansion, würde Myriam eines Tages »unser eigener Doktor werden«, und hielt im übrigen der Vespasier trotz allem die Fahne Effidis in den Büros der Verwaltung hoch. Aus allen diesen Gründen war es eben auch schwierig, sich des unruhigen jungen Mannes zu entledigen, eines wahren Schatzes für die Gemeinschaft, was immer King Albert aus ansonsten wohlverständlichen Motiven auch darüber denken mochte.
Was Nani vor allem an Myriam schätzte, war die Einfachheit, mit der sie ihre Stellung als gebildete Frau in einem Dorf ausfüllte, in dem ansonsten kein Mitglied des schwachen Geschlechtes so gebildet war wie sie. Als die beiden vor zwei oder drei Jahren auseinandergegangen waren, hatte Nani gefürchtet, eines Tages nicht eine Freundin wiederzufinden, sondern eines jener »gebildeten Mädchen, die nur noch mit ebenso gebildeten Leuten reden«. Ihre Überraschung war also groß, als die Tochter des Gewerkschafters anläßlich der Schulferien ganz natürlich zu ihr zu Besuch nach Nkool gekommen war, so ganz wie früher, bevor sie in die neue Schule in der Stadt eingetreten war. Man muß schon sagen, daß die Leute von Effidi und von Nkool nicht weniger überrascht waren, aber sie schrieben dies der Tatsache zu, daß »die Jugend

von heute kein genaues Gefühl für die Werte hat und auch nicht für den Platz eines jeden in der Gesellschaft«. Aber Myriam hätte um nichts in der Welt aufgehört, ihre Freundin von früher zu besuchen, und so war Nani frei von jedem Komplex. Die beiden Freundinnen sprachen denn auch mit offenem Herzen zueinander, jedesmal, wenn sie zusammen waren, wie an jenem Morgen, als sie gemessenen Schrittes daherwanderten und auf die Ankunft eines Automobils warteten. Hier sind sie jetzt, einige Tage nach den jüngsten Possen von Bikounou, dem Vespasier.
»Sag mir, Nani, liebst du ihn immer noch?«
»Warum stellst du mir diese Frage?«
»Weil ich sie dir stellen zu können glaube. Weil von deiner Antwort ein Teil der Zukunft unseres Dorfes abhängen kann, das weißt du ganz genau.«
»Du willst mich lachen machen, Myriam, oder du machst dich über mich lustig. Ich weiß einfach nicht, wen von beiden ich auswählen soll.«
»Ich scherze keineswegs, Nani.«
»Wer bin ich denn, ich, daß die Zukunft meines Dorfes von mir abhängen könnte?«
»Ach! Wer du bist? Das muß ich dir doch nicht beibringen, denn du weißt es selbst ganz genau: Du bist das Mädchen aus dem Dorfe Nkool, in das sich zwei Männer aus Effidi zugleich verliebt haben.«
»Verliebt, verliebt ... Sag doch eher, daß jeder der beiden mich heiraten möchte, das wäre näher an der Wahrheit.«
»Nehmen wir an, daß du recht hast. Aber meine Frage ist immer noch die gleiche, die ich dir gestellt habe. Liebst du immer noch Bikounou?«
»Ich, ja; aber mein Vater und die anderen ...«
»Du bist verrückt, Nani. Du bist verrückt, einen Jungen wie ihn zu lieben.«

»Ich weiß es, ich weiß es. Angesichts der Dummheiten, die er die ganze Zeit begeht, kann niemand verstehen, daß ich ihn immer noch liebe.«
»Und du selbst, kannst du das noch verstehen?«
»Nein.«
»Und dann?«
»Um die Wahrheit zu sagen, wenn ich wie die anderen Leute argumentiere, dann verachte ich ihn. Wenn ich aber die Vernunft aus dem Spiel lasse, dann sehe ich mein zukünftiges Leben nur noch mit ihm zusammen.«
»Das ist bitter, findest du das nicht auch?«
»Ja, das mag bizarr scheinen, aber so ist es.«
»Du liebst ihn also wirklich, das muß man also glauben.«
»Ja, das glaube ich.«
Diese kleine afrikanische Dörflerin stand vor einem Problem, wie es ihre Schwestern in der ganzen Welt kennen: Die Liebe zu »jenem Strolch Bikounou« – um einen vom Gewerkschafter eines Tages selbst gebrauchten Ausdruck zu verwenden –, die Liebe zu ihm hinderte sie daran, den jungen Mann zu verurteilen. Und doch wußte sie jetzt, daß sie angesichts des unmöglichen Verhaltens ihres Geliebten auf den Vespasier verzichten mußte. Es war nämlich eine ausgemachte Sache, daß die Einwohner von Effidi keineswegs den Gewerkschafter um die Hand Nanis für eine Heirat mit Bikounou bitten würden. Hielt man sich die Art und Weise vor Augen, mit der Toutouma seit jenem letzten Vorfall von Bikounou sprach, dann war ganz klar, daß Toutouma ihnen ins Gesicht lachen würde, wenn die Leute von Effidi die Dummheit begehen sollten, auf Betreiben ihres »verdammten Sohnes von einem Beamten« ihren Bittgang anzutreten.
»Und was wirst du jetzt tun?« fragte Myriam.

»Was willst du, das ich tun soll, es sei denn, abzuwarten?«
»Und wenn schließlich dein Vater beschließen sollte, daß King Albert dich heiraten soll, so wie es jetzt ganz wahrscheinlich ist?«
»Das scheint wahrscheinlich, aber solange mein Vater mir nichts gesagt hat, weiß ich nichts davon, und ich hoffe, daß es nicht wahr ist.«
»Warum liebst du den King nicht?«
»Weil er alt ist, aber das habe ich dir schon gesagt.«
»Er ist nicht alt, er hat das Alter deines Vaters, das habe ich dir auch schon einmal gesagt.«
»Würdest du deinen Vater heiraten, du?«
»Er ist doch nicht dein Vater!«
»Er hätte es aber sein können. Wenn er meine Mutter geheiratet hätte, dann hätte er mich zur Tochter gehabt. Auf jeden Fall respektiere ich ihn so, wie ich meinen eigenen Vater respektiere.«
»Aber, aber, Nani, in der Ehe sind solche Dinge doch nicht wichtig.«
»Sieh mal an, jetzt fängst auch du an wie meine Mutter zu reden. ›Die Dinge sind doch nicht wichtig.‹ Aber welche Dinge sind denn dann wichtig? Hast du denn noch nie gehört, daß die Ehe für das ganze Leben ist? Wenn ich also einen Mann heirate, der genauso alt ist wie mein Vater, dann heißt das doch, daß ich eines Tages Witwe sein werde.«
»Du siehst aber auch die Dinge immer im schlimmsten Licht.«
»Nein, ich sehe sie nur so, wie sie sich in einigen Jahren darstellen könnten.«
»Der King Albert von Effidi ist reich.«
»Würdest du ihn heiraten, du?«
»Er stammt aus unserer Dorfgemeinschaft, also stellt sich die Frage für mich nicht.«

»Gut, aber wenn er aus einem anderen Dorfe stammen würde?«
»Ja, dann würde ich ihn vielleicht heiraten, vorausgesetzt, er würde mir erlauben, meine Studien zu beenden.«
»Du hast eben das wenigstens als Argument, um es deinem Vater entgegenzuhalten, wenn er dich zwingen will, jemanden zu heiraten, den du nicht liebst; aber ich?«
»Tröste dich, Nani, denn du weißt ja ganz genau, daß das Argument, dessen ich mich gerade bedient habe, in unserer Gesellschaft nie akzeptiert würde. Wenn ein Mädchen sich verheiraten muß, dann muß es sich eben verheiraten. Die Studien, na, welche Bedeutung haben die denn schon für eine Frau?«
»Also so kannst du doch wirklich nicht daherreden, weil du doch gerade diese Studien machst.«
»Aber du weißt doch auch, daß ich die nur machen darf, weil die Dorfgemeinschaft es so wünscht.«
»Bist du denn ganz sicher, daß du diese Studien nicht gern fortführen würdest, du selbst, auch wenn das nicht der Wunsch des Dorfes wäre?«
»Auf jeden Fall bin ich mir einer Sache ganz sicher: Wenn mein Vater eines schönen Tages einen ebenso reichen Mann wie King Albert von Effidi daherkommen sähe, einen Mann, der um meine Hand bitten würde, dann würde er keinen Moment zögern und mir befehlen, meine Studien aufzugeben.«
»Und was würde dann das Dorf sagen?«
»Das Dorf würde sich genauso wie mein Vater verhalten, davon bin ich fast ganz überzeugt.«
»Mit anderen Worten: Wenn ich dich richtig verstehe, glaubst du also, daß mein Vater damit einverstanden ist, mich King Albert zur Frau zu geben?«
»In der Tat glaube ich, daß, wenn der King die Unter-

stützung der Leute von Effidi hat, ein solcher Antrag seinerseits bei deinem Vater nicht ohne Erfolg bleiben würde.«
»Aber du vergißt, daß mein Vater ein Arbeiter ist, ein Gewerkschafter...«
»Ein Kommunist... so wie alle Welt es sagt...«
»Alles, was du willst. Aber dabei vergißt du, daß er die Hand seiner Tochter nicht einem Kapitalisten geben wird.«
»Und was macht ihm da angst?«
»Das ist keine Frage der Angst, Myriam, das ist eine Frage des Stolzes.«
»Und ich glaubte, daß er noch stolzer würde, wenn seine Tochter mit einem Reichen verheiratet würde... reich und intelligent. Vergiß bloß nicht: Die Leute denken ebenfalls, daß King Albert auch intelligent ist. Übrigens, wäre er es nicht, wie hätte er dann so reich werden können?«
»Man kann intelligent sein und trotzdem arm bleiben.«
»Ach, das ist es, du wirst mir sicher wieder von Bikounou erzählen.«
»Nein, Bikounou ist nicht arm...«
»Und übrigens auch nicht intelligent, wie man zugeben muß.«
»Warum sagst du das bloß? Willst du mich so endgültig von ihm abbringen?«
»Aber keineswegs! Wieso kannst du die Situation nicht klarer sehen? Du sagst mir, daß du Bikounou liebst. Ich hoffe nur, daß er dich auch liebt, aber ich glaube, daß er dich vor allem heiraten will, um eine hübsche Frau im Haus zu haben. Das ist doch ganz einfach eine Frage des Verheiratetseins, und wenn möglich, mit einer Frau, die andere auch gern geheiratet hätten, und das ist alles.«
»Also jetzt übertreibst du aber wirklich.«

»Du willst die Augen vor der Wirklichkeit schließen. Ich an deiner Stelle würde mich lieber nach einem zugleich intelligenten und reichen Mann umsehen.«
»Du enttäuschst mich, Myriam; von dir hätte ich nun wirklich keinen solchen Rat erwartet. Du redest wie all diese interessierten alten Leute daher, die...«
»Reg' dich nicht auf, Nani. Ich versuche nur, klar zu denken, ich, die ich nicht wie du verliebt bin, und ich will dich von meinem klaren Kopf profitieren lassen. Sag' mal: Hast du eine bessere Lösung für die Probleme des Lebens? Sag' mir bloß: Wie kannst du nur daran glauben, daß Bikounou in der Lage sei, dich glücklich zu machen?«
Nani antwortete nicht. Myriam entnahm ihrer Handtasche ein Taschentuch, das sie Nani reichte. Das Taschentuch war schön, und es war ganz neu. Nani nahm das Taschentuch und lächelte ihrer Freundin zu. Die Geste war ein Ausdruck der Ehrlichkeit, mit der Myriam zuvor zu ihr gesprochen hatte. Die beiden Freundinnen blieben auf einem alten Baumstamm sitzen, der am Rande des Weges von Effidi nach Nkool lag. Und der Ort bot sich geradezu für ein Gespräch an, denn niemand konnte hören, was hier gesprochen wurde. In der Tat hätte sich niemand den beiden Mädchen nähern können, ohne sofort von ihnen gesehen zu werden.
»Ich weiß, daß du eines Tages all das, was ich dir heute gesagt habe, verstehen wirst«, seufzte Myriam. »Und ich hoffe nur, daß dieser Tag nicht allzu weit entfernt ist.«
»Was willst du damit sagen?«
»Ich will damit sagen ... ich wünsche nur, daß du dir der Wahrheiten, die du jetzt nicht sehen willst, nicht allzu spät bewußt wirst.«
»Du bist meine Freundin, Myriam. Aber von deinen

eigenen Angelegenheiten willst du mir nie etwas erzählen, es sind allein die meinigen, die stets unsere Unterhaltungen ausfüllen. Und du benimmst dich immer, als ob du meine Großmutter wärst, mit deinen nie enden wollenden Ratschlägen. Sag' mal: Wie steht es denn mit deinen Herzensproblemen?«
»Nani, da fängst du ein Kapitel ohne jedes Interesse an. Für den Moment wünsche ich mir nur, daß die Männer mich in Ruhe lassen, denn vor allem will ich erst mal meine Studien beenden.«
»Aber deine Studien haben dir doch nicht etwa das Herz geraubt, oder?«
»Rede nicht von meinem Herzen. Ich glaube, daß das Herz eines jeden Mädchens in diesem Lande krank sein wird, solange die Entscheidung auf der sentimentalen Ebene nicht uns gehört.«
»Was willst du damit sagen?«
»Das verstehst du nicht? Wo du doch das Problem ganz gut kennst: Du liebst also Bikounou, und doch weißt du jetzt schon, daß du ihn nicht heiraten wirst, wenn dein Vater und die ganze Dorfgemeinschaft damit nicht einverstanden sind. Siehst du denn nicht, daß dein Herz dein ganzes Leben lang krank sein wird, egal, welchen Mann man dir auch zum Ehemann geben wird?«
»Ja, dann aber, Myriam, warum rätst dann auch du mir, einen Mann zu heiraten, den ich gar nicht liebe?«
»Was willst du denn sonst machen? Und vor allem, was kannst du denn sonst machen? Wir haben nicht das Recht, uns gegen das Dorf aufzulehnen. Unter diesen Umständen glaube ich, daß es für dich immer noch besser ist, einen Mann zu heiraten, der vielleicht nicht deine Liebe erweckt, der dir aber wenigstens die materiellen Güter verschafft, die du brauchst.«
»Du hast recht, und auch wenn du daran zweifelst,

verstehe ich dich doch. Aber das bringt uns schon wieder von der Frage ab, die ich dir gestellt habe.«
»Ich habe mit dir doch einmal über Doumou geredet...«
»Der Koloß aus dem Palmendorf...«
»Ja, der.«
»Das ist doch der, der...«
»Ja, Nani, den würde ich gern heiraten.«
»Findest du den nicht ein bißchen zu imposant für dich?«
»Als ob ich nur Augen hätte, um ihn zu sehen? Alles, was ich weiß, ist, daß ich ihn heiraten möchte. Aber natürlich lassen mir die guten Beziehungen, die stets zwischen Effidi und dem Palmendorf geherrscht haben, wenig Hoffnung.«
»Und du hast eben noch behauptet, daß du selber nicht verliebt seist? Auf jeden Fall mußt du dir selbst schon sagen, daß du dir nach dem jüngsten Zusammentreffen zwischen den Leuten der beiden Dörfer nicht allzuviel Hoffnungen darauf machen kannst, den Koloß zu heiraten.«
»Es würde in der Tat niemanden verwundern, wenn die Leute von Effidi mir untersagen würden, weiter zu ›jenen Wilden zu gehen, die fern aller Zivilisation leben‹. Aber vor allem, in meinem besonderen Falle, um einen Mann ohne jede Bildung wie Doumou zu heiraten, also das ist etwas, was keiner der Meinen verstehen, viel weniger noch zulassen würde. Siehst du, jene, die sie ›das gebildetste Mädchen des Landes‹ nennen, kann allein einen Mann heiraten, der mindestens so gebildet ist wie sie selbst.«
»Und ich glaube, sie haben recht, meinst du nicht?«
»Nani, wie kannst du ihnen beistimmen? Erstens ist Doumou nicht ganz ohne Bildung, weil er wie alle die Schule in deinem Dorf besucht hat. Und selbst wenn er

gar nichts gelernt hätte, was sollte mich daran hindern, ihn zu heiraten, und zwar just, um ihm dabei zu helfen, daß er sich bildet?«
»Wie kann denn eine Frau ihrem Mann helfen, daß er sich bildet? Hast du so etwas schon einmal gehört?«
»Ich weiß schon, daß das in unserem Land schwierig ist...«
»Das ist nicht schwierig, Myriam, das ist unmöglich. Der Mann kann seiner Frau alle möglichen Sachen beibringen. Das Umgekehrte ist nicht einmal vorstellbar. Egal, wieviel Bildung du auch anhäufst, bei deinem Mann bleibst du doch immer nur eine Frau.«
»Wenn ich denn eines Tages einwillige, mich verheiraten zu lassen.«
»Du wirst schon annehmen müssen!«
»Aber wen denn heiraten, denn bei uns und in der ganzen Region werden die Leute von Effidi doch keinen passenden Mann für mich finden, gemessen an meiner Bildung. Können sie mir denn den Mann, den ich liebe, ablehnen und mir einen anderen aufzwingen, einen, der genausowenig gebildet ist wie Doumou?«
»Es stimmt schon, es gibt keinen zweiten King Albert von Effidi, den ich dir zu heiraten anraten könnte«, erwiderte Nani lachend.
»Du bist meine Freundin«, sagte Myriam.
Nani kramte in ihrem Korb und holte zwei Eier heraus, die sie Myriam anbot. Beide verharrten einen Moment in Stille, den Blick auf die grüne Natur vor ihnen gerichtet. Die Sonne verschwand langsam hinter den fernen Bergen. Bald wurde sie zur Hälfte eines roten Kreises, mit violetten Strahlen ohne sonderlichen Glanz, doch die Strahlen eroberten zeitweilig jenen Teil des Himmels ohne Wolken. Hinter ihnen verschwand der Wald allmählich im Dunkel der Nacht. Myriam summte leise ein Lied, das sie in der Schule gelernt hatte, vor sich

hin. Nani schloß sich ihr an und sang die zweite Stimme. Und ihr Lied paßte vollkommen zu jenem Sonnenuntergang, der kein Zögern kannte. Als sie ihr Lied beendet hatten, erhoben sie sich, drückten einander die Hand und trennten sich ohne ein Wort.

8. Kapitel

oder

»Das Wasser des Flusses lehnt man nicht ab, weil der Krug, den man hat, voller Löcher ist«

In Effidi befaßte sich der Chef Ndengué nie mit banalen Dingen. Er war alt, älter noch als Belobo, den er als seinen Gehilfen betrachtete und dem er ein für alle Male seine Befugnisse übertragen hatte – seine Weisheit wollte er nur für die Lösung der dornigsten Probleme einsetzen. So war denn Belobo der Inhaber der weltlichen Macht in Effidi, während er gleichzeitig »der Delegierte des Priesters unter uns« blieb. Solange das Vorhaben Bikounous im Hinblick auf eine eventuelle Heirat mit der Tochter Toutoumas ein normales Tagesgeschäft war, war Belobo berechtigt, dieses zu einem guten Abschluß zu bringen. Aus diesem Grunde war er auch letztens nachts zu King Albert gegangen, um ihn dazu zu bewegen, daß er seine Kandidatur um die Hand Nanis zurückzöge – im übrigen hatte er ja diese Kandidatur noch keineswegs offiziell vorgetragen. Die Weigerung des Kings aber, und mehr noch der vom Vespasier und seinem Kumpel Féfé, dem Eleganten, im Palmendorf provozierte Zwischenfall, all dies aber hatte die Angelegenheit der Heirat mit Nani so sehr kompliziert, daß man nun auf den Rat vom Chef Ndengué persönlich zurückgreifen mußte.

Und der rief nun in Effidi all jene zu sich, die dort das Privileg besaßen, an den Versammlungen der erwachsenen Männer teilzunehmen. In solchen Versammlungen ließ man das Rederecht gewöhnlich den Ältesten des

Dorfes, während sich die Jüngeren damit begnügen mußten zuzuhören. Es war dies die traditionelle Methode, mit der die angestammte Weisheit des Dorfes überliefert wurde; und doch verbarg sich hinter dem Schweigen der Zuhörerschaft eine größere Aktivität, als man dies auf den ersten Blick vermutet hätte. Es stimmt natürlich auch, daß das Verhalten der Jugend durch die Einflüsse der Schule und der Stadt mehr und mehr deformiert worden war, daß derart die traditionelle Beratungsmethode mehr und mehr Schaden genommen hatte. Aber die jungen Leute waren natürlich nicht verrückt. Wenn sie merkten, daß sie für irgendein Vorhaben der Unterstützung der Älteren des Dorfes bedurften, dann unterwarfen sie sich gewöhnlich dem Geist der Tradition. Und diese Fügsamkeit ohne Fehl und Tadel war zu Beginn dieser Versammlung am späten Nachmittag im Hause von Chef Ndengué persönlich höchst beeindruckend. Und doch sollten der Respekt vor dem Alter und der Tradition an diesem Nachmittag einige schlimme Einbußen hinnehmen müssen, und zwar je weiter die Diskussion ihren Fortgang nahm. Im Kreise der jungen Leute, die alle in einer Ecke versammelt saßen, bemerkte man vor allem Zama, dem erst jüngst erlaubt worden war, an den Beratungen der Männer teilzunehmen, derjenige, »der allzu häufig den Namen Gottes in den Mund nahm« und der derart stets den Zorn des alten Belobo hervorrief; und dann war da auch Féfé, der Elegante, der in der Schule keine Chance gehabt hatte, und dessen Mund nach Ansicht vieler Dörfler so geschnitten war, daß er alle jene schlimmen Ausdrücke wiederholte, die er im Kontakt mit Bikounou, dem Vespasier, erlernt hatte. Dieser saß seinerseits in der Nähe von Nomo, der sich damit beschäftigte, den Warzenschweinen Fallen zu stellen, und der den Ruf eines frühreifen Jünglings genoß, in der Nähe auch von

Binzi, den man den Nichtstuer nannte; und Bikounou hörte sich wie all seine Freunde an, was man über ihn redete.
»Also, ich dachte mir zunächst, daß Albert ein Opfer bringen müßte«, gab Belobo zu verstehen. »Deshalb habe ich ihn in seinem Hause besucht und ihm gut zugeredet.«
»Das hast du uns doch schon erzählt«, unterbrach ihn Elias, der Vater Myriams. »Das wissen wir doch schon, und warum wiederholst du uns das noch einmal?«
»Mein Bruder, du darfst nicht immer nur an dich allein denken. Sieh doch selbst, zwei unserer Brüder sind gerade erst angekommen, und die waren darüber noch nicht informiert.«
»Das stimmt...«
»Das stimmt«, murmelte die Versammlung zustimmend.
»Und ich bin immer noch der Ansicht, daß unser Bruder Albert nicht verhindern sollte...«
»Belobo, ich verhindere nichts, ich wiederhole, daß ich nichts verhindere.«
»Nun laß mich endlich ausreden, Albert! Weshalb unterbrecht ihr mich eigentlich, ihr alle, wo der Chef mir doch das Wort erteilt hat?«
»Nun laßt Belobo endlich ausreden!« befahl Chef Ndengué voller Autorität.
Belobo ließ seinen Blick über das Rund der Versammlung schweifen, bevor er fortfuhr:
»Also ich sage euch, ich bin immer noch der Ansicht, daß unser Bruder Albert einen unserer jungen Leute nicht daran hindern sollte, eine junge Frau zu heiraten, die ganz seinem Alter entspricht. Das will keineswegs heißen, daß Albert zu alt wäre, aber als ich ihn besuchen ging, war ich der Ansicht, daß er sehr wohl eine Frau finden könnte, die besser als die Tochter Toutoumas

seinem Alter entspricht. Und diese Ansicht hätte ich hier voll und ganz verteidigt, und gegen alle, wenn in der Zwischenzeit nicht etwas anderes vorgefallen wäre.«
»Ich muß schon sagen«, warf Elias ein, »daß ›dieser besondere Zwischenfall‹, von dem unser Bruder Belobo spricht, überhaupt nichts mit dem Problem zu tun hat, das wir hier zu lösen versuchen.«
»Ich erlaube dir, dich zu erklären, obwohl du mich keineswegs um das Wort gebeten hast«, unterbrach ihn Chef Ndengué.
»Nur weil wir es mit diesen armseligen Typen des Palmendorfes zu tun gehabt haben, werden wir doch nicht unsere Ansichten über die Leute von Nkool ändern«, erklärte Elias.
»Entschuldige bitte«, unterbrach ihn Bomba, indem er seine kleine Schnupftabakdose eilig auf den Boden legte. »Entschuldige bitte! Die Schande Effidis . . ., die Kunde von der Schande Effidis darf Effidi nicht verlassen . . ., sie darf nicht über Effidi hinausdringen. Ich habe gesprochen.«
Er hatte sich erhoben, um zu sprechen, und er unterstrich das Ende eines jeden seiner Sätze mit dem Zeigefinger der rechten Hand, indem er eine Kurve in der Luft zeichnete und schließlich den Finger zum Boden hin zeigte. »Ich habe gesprochen.«
»Die Schande Effidis«, antwortete Elias, »die ist doch am gleichen Tage wieder weggewaschen worden . . .«
»Aber Effidi war in der Schande«, insistierte Bomba. »Die Kinder von Effidi waren im Palmendorf festgesetzt. Und du willst mir sagen . . ., daß eines dieser Kinder . . . eines dieser Kinder . . . Effidi in Nkool vertreten soll?«
»Die Leute von Nkool kennen diese Wilden des Palmendorfes doch. Sie haben doch selbst bereits mehrere Male mit ihnen zu tun gehabt.«

»Und trotzdem haben sie uns nach diesem Zwischenfall sofort beleidigt, mit ihren Trommeln, die uns als Affen bezeichneten.«
»Aber diese Trommeln waren doch nur in Nkool zu hören«, gab Belobo zu bedenken.
»Und meine Ohren«, fragte Bomba, »und was hörten meine Ohren in dieser Nacht? Ich habe doch nicht geschlafen, ich habe nicht geträumt. Als ich die Trommeln hörte, da wußte ich sofort, es waren unsere Nachbarn, die uns in der Nacht lächerlich machten. Wer von uns hat eigentlich diese Beschimpfungen aus dieser Richtung nicht gehört?«
»Aber darum geht es doch gar nicht bei unserem heutigen Treffen«, unterbrach Chef Ndengué. »Ich habe euch zusammengerufen, damit wir gemeinsam eine Lösung finden für das Problem, das durch den Wunsch zweier der Unseren, dieselbe Frau zu heiraten, entstanden ist. Daß diese Frau aus einem Dorf stammt, das uns beschimpft, ist eine ganz andere Angelegenheit. Darauf können wir später immer noch zurückkommen, wenn wir dies für nützlich halten. Aber ich möchte unseren Bruder Belobo bitten, mit seiner eben begonnenen Erklärung fortzufahren.«
»Meine Brüder, alles ist bereits gesagt worden. Alle Aspekte des Problems sind bereits erwähnt worden, und die Diskussion, die sich daraus ergeben hat, hat euch deutlich gezeigt, daß ich nicht in der Lage war, das Problem ganz alleine zu lösen. Chef Ndengué, ich möchte noch folgendes sagen: Ich, Belobo, ich trete für die Gerechtigkeit in unserer Dorfgemeinschaft ein. Und deshalb meinte ich, es sei nur gerecht, den jungen Bikounou die Tochter Toutoumas heiraten zu lassen. Aber die jungen Leute müssen lernen, die Gemeinschaft zu respektieren, und dafür sorgen, daß sie von allen respektiert wird, so wie es die Tradition immer gewollt hat.

Heute bitte ich euch alle, den jungen Bikounou zu bestrafen, weil er den Namen Effidis in den Schmutz gezogen und ihn den Beleidigungen durch die Nachbardörfer ausgesetzt hat. Ich verlange von euch, Bikounou die Hand von Toutoumas Tochter zu verweigern. Wenn er eines Tages weiser geworden und unseres Respektes würdig ist, dann wird es uns immer noch möglich sein, ihm eine andere Ehefrau zu finden.«

Wie man sich leicht denken kann, verursachten diese Erklärungen eine gewisse Unruhe unter den versammelten jungen Leuten. Und doch wollten sie erst einmal die weitere Entwicklung abwarten, bevor sie irgendeine offene Reaktion zeigen würden.

»Und wer wird dann«, unterbrach Elias, »wer wird dann die Tochter Toutoumas heiraten?«

»Niemand!« schrie Bomba, nachdem er sich von einem Niesanfall erholt hatte. »Niemand, denn ich sage euch, daß das Dorf Nkool uns alle beleidigt hat. Deshalb sollten wir uns von dort keine Frauen holen gehen.«

»Das ist doch nicht wahr, das stimmt doch nicht«, gab Belobo zurück. »Wenn du mir sagen würdest, daß kein Mann aus Effidi künftig mehr nach Nkool gehen wird, um sich dort eine Frau zu nehmen, weil wir alle von diesen Wilden des Palmendorfes beschmutzt worden sind und weil diese Beschmutzung von den Einwohnern Nkools begrüßt worden ist, also dann hätte ich dir zugestimmt. Aber dein Argument von den Trommeln, die uns beleidigen ...«

»Also hör' zu, Belobo, solange du vernünftige Bemerkungen gemacht hast, bin ich dir gefolgt. Aber geh' bloß nicht so weit, mich glauben zu machen, daß man das Wasser des Flusses ablehnen muß, nur weil der Krug, den man besitzt, Löcher hat. Man braucht doch nur die Löcher zu stopfen, oder wenn man das vorzieht, einfach einen neuen Krug zu nehmen.«

Chef Ndengué war schon ein As. Mit diesem letzten Satz sprach er aus, was alle anderen der Versammelten mehr oder weniger offen dachten; aber sie hätten Stunden gebraucht, um den heißen Brei herumzureden, so sehr fürchteten sie sich vor der Reaktion der jungen Leute, und schließlich waren sie auch von dem tiefen Wunsch erfüllt, King Albert von Effidi zufriedenzustellen. Der aber sagte überhaupt nichts mehr, denn besser als irgendeiner unter den Versammelten hatte er bereits begriffen, daß die Empfehlung der Versammlung letztendlich zu seinen Gunsten ausfallen würde. Und so fiel sie denn auch aus und löste ipso facto den Zorn Bikounous und seiner Freunde aus.

»Wir wissen ganz genau«, sagte Féfé, »wir wissen ganz genau, daß wir hier kein Rederecht besitzen, aber laßt mich euch trotzdem sagen ...«

»Und da du doch weißt, daß du hier kein Rederecht hast, wer hat dich dann gebeten, hier das Wort zu ergreifen?« unterbrach ihn Elias fragend, eben jener, der kurz zuvor noch geneigt schien, Bikounou die Tochter Toutoumas zuzusprechen.

»Hör' zu, Vater«, anwortete Féfé, »die Situation wird unmöglich. Wir können nicht einerseits an der Versammlung der erwachsenen Männer des Dorfes teilnehmen und andererseits dazu verurteilt sein, in dieser Versammlung zu schweigen.«

»Das stimmt«, unterstützte ihn Zama.

»Schweig', Zama!« befahl Bomba. »Du bist doch gerade erst in unsere Versammlung aufgenommen worden, und schon bläst du deinen Brustkorb und dein Herz mit Worten auf, die wir nicht zu hören wünschen! Schweig!«

»Diese jungen Leute von heute«, fuhr Belobo fort, »die sind einfach schrecklich. Also, wenn ihr so weitermacht, das verspreche ich euch, dann werde ich mir für keinen einzigen von euch mehr irgendeine Mühe machen. Wenn

ihr nicht Effidi in die Sklaverei bei den Wilden geführt hättet, dann brauchten wir uns heute nicht soviel Mühe zu machen herauszufinden, wer denn die Tochter Toutoumas heiraten soll.«
»Stimmt schon, wir haben uns schlecht benommen«, bemerkte schließlich Bikounou, indem er sich erhob. »Stimmt schon, aber wir haben ja bereits unser Bedauern ausgesprochen, Buße getan, wir haben unser Bedauern ausgesprochen, bevor diese Versammlung überhaupt begann. Aber jetzt habe ich den Eindruck, wir haben falsch gehandelt, indem wir offen erklärten, wie sehr wir doch unser Verhalten an diesem merkwürdigen Tag bedauern. Wenn ihr jetzt beschließt, uns nicht mehr zu helfen, weil wir einfach allzu schlechte Elemente dieser Gemeinschaft sind, dann wehe uns, und wehe vor allem euch allen. Ich muß euch schon gestehen, wenn ich euch so höre, dann werde ich mir bewußt, daß es fast nichts Gemeinsames mehr zwischen euch und uns gibt. Ihr argumentiert wie alte Männer, und eure Argumente entsprechen einfach nicht mehr den heutigen Zeiten. Aber ihr werdet euch dessen wohl nie bewußt werden, denn ihr werdet mich wieder – und ich habe den Mut und die Frechheit, euch allen dies ins Gesicht zu sagen –, ihr werdet mich wieder nur für einen jungen Verirrten halten. Aber seht euch doch mal all diese alten Figuren an, die ...«
»Bikounou!« unterbrach ihn Chef Ndengué erbost.
»Chef Ndengué, du bist wie mein Vater, und allein schon die Erinnerung an meinen Vater gebietet es mir, dir Respekt zu bezeugen. Aber erlaube mir trotzdem, dir zu sagen, daß du über einen Haufen alter Ideen gebietest, die nichts mehr mit unserer heutigen Welt zu tun haben. Hier in Effidi wißt ihr nicht einmal, daß die Erde sich dreht und daß ...«
»Bikounou!« unterbrach ihn Chef Ndengué wie-

derum gebieterisch. »Man hat mir sehr wohl hinterbracht, was du gewöhnlich zu den Alten des Dorfes zu sagen pflegst. Ich wollte es nie glauben, aber ich habe wohl nicht gut daran getan, daran zu zweifeln, was man mir hinterbrachte. Hör' mir gut zu, mein Sohn!«
»Zuhören?« trotzte Bikounou auf. »Wem denn? Euch, den Alten? Ihr tut doch nur so, als ob ihr euch ernsthaft mit unseren Angelegenheiten beschäftigt, und in Wirklichkeit ruft ihr uns nur zusammen, um uns merken zu lassen, daß ihr hier das Sagen habt ...«
»Ganz richtig so, du hast recht!« warf Zama ein.
»Also, hör' zu, Zama«, warf der Fallensteller Nomo ein, »nur weil du mit deinem Freund Bikounou einer Meinung bist, weil der dich auf seiner Vespa mitnimmt, weil ihr zusammen sauft und zusammen mit Mädchen pennt, nur deshalb kannst du unsere Väter noch lange nicht glauben machen, daß wir alle mit euch beiden einer Meinung sind!«
»Schweig, du lausiger Fallensteller, das ist doch das einzige, wozu du fähig bist! Und im übrigen bist du einfach unfähig zu begreifen, worüber wir gerade reden«, warf ihm Bikounou voller Verachtung entgegen. »Und weil du schon gerade dabei bist, unser Markenzeichen zu definieren, will heißen, daß wir Säufer sind und mit Mädchen pennen, da will ich euch ganz offen sagen: Ihr werdet schon noch was erleben! Hier und heute aber habe ich begriffen, daß ich seit dem Tod meines Vaters auf niemand in diesem Dorf mehr rechnen kann.«
»Bikounou, schweig! Und auf jeden Fall hör auf, uns an unseren armen davongegangenen Bruder zu erinnern!« flehte Elias ihn an.
»Er war auf jeden Fall ein besserer Kerl als du, Bikounou«, bemerkte Chef Ndengué. »Denn er wußte die Tradition zu respektieren, ohne sich zu fragen, auf

welche Weise sich die Erde drehte oder auch nicht drehte. Du wirst ihn jedenfalls unter uns nie ersetzen können, und außerdem ist...«
»Unter euch ersetzen? Aber Chef Ndengué, so begreif' doch, daß ich keineswegs danach trachte. Wenn ich heute zu euch gekommen bin, dann doch nur deshalb, weil dieser Schwachkopf Toutouma, mag er sich auch Gewerkschafter und fortschrittlich nennen, genauso zurückgeblieben ist wie ihr alle. Hätte er mich nicht aufgefordert, erst einmal euch zu konsultieren, bevor ich um die Hand seiner Tochter anhalte, ich schwöre es euch, dann hättet ihr mich nie in einer solchen Versammlung von Idioten gesehen!«
»Also, das ist doch die Höhe!« schrien die anderen.
Und in diesem Aufschrei fand sowohl die Entrüstung über die letzten Worte Bikounous ihren Ausdruck wie auch die Überraschung darüber, daß der junge Mann es gewagt hatte, allein um die Hand eines Mädchens anzuhalten, ohne daß auch nur die Dorfgemeinschaft hiervon informiert worden wäre. Aber niemand hatte mehr die Zeit, diese zusätzliche Frage zu stellen oder auch nur irgendeine andere Bemerkung zu machen, denn Bikounou hatte die Versammlung bereits verlassen, an seiner Seite der getreue Féfé, von dem man ohne Übertreibung sagen konnte, daß er seine Kräfte aus dem extravaganten Verhalten des Vespasiers schöpfte.

Das plötzliche Verschwinden Bikounous ließ die Versammelten übereinstimmen. Die ganze Gemeinschaft der Männer von Effidi würde Toutouma um die Hand seiner Tochter zugunsten des King Albert bitten. Und der war über den Ausgang dieser Affäre um so mehr erfreut, als er nicht die geringste Anstrengung hatte zu unternehmen brauchen, um die Seinen für seine Sache zu gewinnen. Aber wer denn meinte, daß die Dinge so einfach

ihren Gang nehmen würden, der kannte den Vespasier schlecht. Und zudem darf man ja auch nicht vergessen, daß der Beschluß der Leute von Effidi noch keineswegs die Zustimmung der Leute von Nkool bedeutete, und vor allem noch nicht die Zustimmung von Nanis Vater.
King Albert und die Leute von Effidi jedenfalls bekamen vom Gewerkschafter eine wahre Dauerdusche verpaßt. Der nämlich blieb unentschlossen, er badete geradezu in einer Unentschlossenheit, in der die Wogen seiner sozialistischen Überzeugungen und seines Kapitalistenhasses und die Wogen des Stolzes, seine Tochter mit dem reichsten Mann der Region verheiratet zu sehen – und von dem von ihm so gehaßten System zu profitieren –, hart aufeinanderprallten. Und doch hatte der erste Besuch der Leute von Effidi, gewiß nach vielen Umwegen, mit einem prinzipiellen Ja geendet, einem Ja, das um so höher einzuschätzen war, als es von der Gesamtheit der Männer von Nkool ausgesprochen worden war. Wenig später aber hatte Toutouma seine Entscheidung rückgängig gemacht, und er wollte von einer Heirat seiner Tochter mit dem Händler von Effidi nichts mehr wissen. Und über Tage bewegte sich rein gar nichts mehr.
»Ich bin ein armer Arbeiter«, sagte der Gewerkschafter. »Ich will einfach nicht, daß meine Nachkommen die Mentalität der Kapitalisten annehmen. Wie ist er eigentlich so reich geworden, es sei denn, indem er andere Leute ausbeutet? Man kann einfach nicht reich werden, wenn man ehrlich ist, das ist unmöglich. Viel Geld kann man nur verdienen, indem man andere Leute für sich arbeiten läßt und sie unterbezahlt. Wenn ich durch Nani jetzt auch noch dazu beitrage, die Welt der Kapitalisten zu vergrößern, wenn meine Enkel zu dieser schmutzigen Rasse der Ausbeuter gehören sollen,

nun dann war es sinnlos, daß ich mehr als zwanzig Jahre lang Seite an Seite mit anderen Menschen, mit meinen Genossen, gekämpft habe.«

Bikounou erfuhr natürlich auch von der neuerlichen Weigerung des Gewerkschafters, und sofort stattete er Nkool immer häufigere Besuche ab. Ach so, Sie kennen das Dorf Nkool ja noch nicht. Von Effidi gelangt man über einen ordentlichen Pfad dorthin, aber der war nicht praktikabel, wenn man mit dem Fahrrad war oder irgendeinem anderen Gefährt mit zwei oder mehr Rädern. Nahm man aber den Umweg über das Dorf Zaabat, das ein wenig weiter entfernt war, dann gelangte man über einen Weg, der eher einer Straße glich, nach Nkool.

Von Effidi aus konnte Bikounou also leicht nach Nkool fahren, indem er seine Vespa nahm, zunächst nach Zaabat fuhr und dann von dort zum »Hafen des ewigen Heils«, wie die jungen Leute Nkool ironisch nannten. Und niemand in Effidi konnte sich vorstellen, daß eine Spazierfahrt auf der Vespa über die befahrbare Straße auf dem Umwege über Zaabat nach Nkool führen könnte.

Der Dorfplatz von Nkool erstreckte sich rund um die Kapelle, und nicht weit von ihr entfernt wohnten Toutouma und seine Familie. Der Lärm der Vespa war also vom Hause des Gewerkschafters aus leicht zu vernehmen, so daß Nani stets wußte, daß ihr Geliebter angekommen war. Und jedesmal, wenn das der Fall war, dann fing Toutouma an, den jungen Mann zu verwünschen, denn auch der gehörte zu jener »schmutzigen Rasse der Ausbeuter«, von der King Albert nur einen Aspekt darstellte. Und während der Vater so den jungen Beamten verwünschte, versah Nani, das Herz voller Freude, ihre häuslichen Pflichten mit einer Sorgfalt und

einer Vollendung, wie ihre Eltern dies ansonsten nicht gewohnt waren.
»Wenn du glaubst, ich lasse den hierherkommen, damit er dich sehen kann, dann hast du dich getäuscht«, sagte Toutouma zu seiner Tochter. »Das ist nicht die Sorte Mann, die du brauchst, denn er ist nicht nur ein Beamter, er hat es auch geschafft, daß die Seinen ihn alle hassen. Wenn du heiratest, meine Tochter, wo würdest du dann mit ihm leben?«
Sizana, die Mutter Nanis, antwortete dem Gewerkschafter:
»Wenn du so weitermachst, Toutouma, dann wird deine Tochter bis in ihr Alter in deinem Hause verbleiben. Und damit würdest du ihr keineswegs einen Dienst erweisen, das glaub' mir. Eine Frau ist dazu da, sich zu verheiraten und Kinder zu gebären.«
»Kinder zu gebären, Kinder zu gebären ... Und du hast mir wie viele Kinder geboren?«
»Nur weil ich nicht mehr Kinder auf die Welt gebracht habe, heißt das noch lange nicht, daß der liebe Gott meine Tochter nicht fruchtbarer gemacht hat ... Und zudem ist das noch lange kein Grund, Nani im Hause zu halten, wo sie doch so gern heiraten möchte.«
»Heiraten! ... Sieh dir doch die Ehemänner an, die sich anbieten. Da gibt es einen, den kann ich einfach nicht sehen, weil er viel zu reich ist.«
»Gewiß, aber die meisten Geschenke, die er dir gebracht hat, die hast du doch angenommen.«
»Sizana, wenn du anfängst, mich so einzuschätzen, dann werden wir uns bald fragen müssen, ob wir denn verheiratet sind oder nicht. Ich aber sage dir, daß die Heirat meiner Tochter mich sehr wohl etwas angeht, mich!«
»Möge der liebe Gott dich zu lenken wissen, Toutouma, aber laß unsere Tochter nicht leiden. Du weißt doch, daß sie gern ...«

». . . ja, diesen Nichtsnutz heiraten möchte, weil er eine Vespa besitzt und weil er in der Kolonialverwaltung arbeitet.«
»Also, diesen ›Nichtsnutz‹, wie du ihn immer nennst, den mag ich auch nicht. Aber ich wäre trotzdem geneigt, ihn unsere Tochter heiraten zu lassen, wenn das sie glücklich machen würde.«
»Glücklich, glücklich. Kann denn eine Frau nur mit einem Bürokraten glücklich sein? Sag' mir, bist du eigentlich unglücklich mit mir?«
»Darum geht es doch nicht, Toutouma, aber trotzdem . . .«
In diesem Moment konnte man vernehmen, wie sich die Vespa aus dem Dorf entfernte.
»Du kannst das Haus jetzt verlassen«, sagte Toutouma zu seiner Tochter. »Er ist davongefahren, du kannst jetzt nach draußen gehen.«
Das Hin und Her zwischen dem Haupthaus und der Hütte, in der sich die Kochstelle befand, begann wieder von neuem. Die Eltern sind schon wahrhaft amüsant. Wer hat sie eigentlich glauben machen, daß sie je ihre Töchter überwachen könnten? Die Mädchen sind doch menschliche Wesen, nicht irgendwelche Gegenstände, die man in einem Käfig gefangenhalten oder unter irgendeiner moralischen oder physischen Bewachung halten kann. Sehen Sie doch selbst, was dann passierte. Eines schönen Tages vergaß Sizana den förmlichen Befehl ihres Ehemannes, der sie verpflichtet hatte, Nani auch nicht eine Sekunde aus den Augen zu lassen. Und die profitierte davon, um ein Vorhaben in die Tat umzusetzen, daß sie und der Vespasier, natürlich in Komplizenschaft mit ihrer Schwester Kalé und Féfé, dem Eleganten, ausgeheckt hatten. Den beiden Kumpeln gelang es, Nani im Dämmerschein zu entführen, und Bikounou entjungferte sie, mit ihrer vollen Zustimmung,

in einem Maniokfeld zwischen Nkool und Zaabat. Alles wäre wohl ohne sonderliches Aufheben abgelaufen, wenn nicht einige Kinder sie gesehen hätten, während Féfé, der Schmiere stand, sich am amourösen Abenteuer der beiden vergnügte! Welch ein Abenteuer! In einem Nu war die Nachricht bekannt, sowohl in Nkool wie auch in Effidi, und King Albert empfing die Nachricht, als er spätabends nach Hause kam, wie eine Ohrfeige – und die anderen Dorfbewohner empfanden sie ebenso wie eine unverzeihliche Ohrfeige. Denn obwohl der Gewerkschafter ihnen mit seinem dauernden Meinungswechsel das Leben schwermachte, hatte doch ein jeder im Dorf die Heirat des Kings mit der Tochter Toutoumas für eine vollendende Tatsache gehalten, eines Tages gewiß, aber eines nicht allzu fernen Tages.
Dieses Mal war es Toutouma, der sich, einen Speer in der Hand, nach Effidi begab. Im ganzen Dorf suchte er nach Bikounou. »Wenn ich ihn zu sehen bekomme, ist er ein toter Mann.« Aber, Gott sei Dank, bekam er ihn nicht zu sehen. »Der Vogel und sein Kumpel sind verschwunden!« murmelte Toutouma, als er wütend nach Hause zurückkehrte. Man hätte annehmen dürfen, daß die schrecklichen Folgen dieses Zorns auf Nani herunterprasseln würden. Denn wer hat schon gehört, daß die verlorene Jungfräulichkeit ungestraft bleibt! ... Als Toutouma am folgenden Tag in Begleitung der Seinen wieder nach Effidi kam, um die Angelegenheiten mit den Ältesten des Dorfes zu bereden, da wurden sie von Leuten empfangen, die sich in keiner Weise für das verantwortlich hielten, was zuvor passiert war.
»Toutouma, du selbst bist an allem schuld. Hättest du das uns gegebene Wort respektiert und Albert deine Tochter heiraten lassen, dann wäre dieser Zwischenfall wohl kaum passiert.«
»Ihr müßt den Sohn eures Dorfes bestrafen!«

»Wen, den Sohn unseres Dorfes? Ist Bikounou denn ein Sohn unseres Dorfes? Schon seit Wochen lebt er in diesem Dorf ganz so, als ob er unter Fremden lebte. Niemand hier weiß, was er treibt... Und zudem, du selbst hast ihn ja überall gesucht. Hast du ihn etwa gesehen? Und ich sage dir, niemand hier weiß, was er treibt, noch wo er sich gerade befindet...«

»Niemand«, sagte der Gewerkschafter, »niemand, außer seinem frechen Kumpel, der meine Tochter aus meinem Haus herausgeködert hat. Ihr müßt sie alle beide bestrafen, und wenn nicht, dann müssen wir das eben selbst besorgen.«

»Bikounou und sein Freund Féfé sind Fremde unter uns. Für die sind wir Luft, und gegen die vermögen wir absolut nichts«, sagte Belobo. »Und außerdem wißt auch ihr, daß unser junger Herr Beamter eines jener Individuen ist, an das keiner rühren kann, da er nun mal in der Kolonialverwaltung arbeitet, und das bedeutet, daß er uns alle ins Gefängnis bringen könnte, wenn er es denn wollte.«

»Und zudem frage ich mich auch«, fügte Bomba hinzu, »wozu es denn nützlich wäre, wenn wir Bikounou bestrafen würden. Würde das vielleicht deiner Tochter ihre Jungfräulichkeit zurückgeben?«

»Rede bloß nicht so zu mir, wo doch einer der Euren mein Herz quält. Ich sage dir noch einmal, rede bloß nicht so zu mir.«

»Ich will ja nicht, daß du dich ärgerst, Toutouma. Aber man muß die Dinge so sehen, wie sie sind: Du hast bei dir ein Mädchen gehütet, wo du doch ein Interesse daran haben mußtest, sie zur Frau zu machen, indem du sie verheiratest, und hierfür haben wir dir eine hervorragende Gelegenheit geboten. Und jetzt kommst du zu uns, weil deine Tochter ohne deine Zustimmung Frau geworden ist, und du verlangst von uns, daß wir ein

Übel wettmachen, das wir doch gar nicht begangen haben. Findest du das etwa gerecht?«
»Also, wenn ich es recht verstehe, dann habe ich alles verloren: Meine Tochter ist nicht mehr das, was sie war, und ihr, ihr fragt euch, was wir hier eigentlich wollen, die Meinen und ich.«
»Wir können ja die Verhandlungen in bezug auf die Heirat wieder aufnehmen«, sagte Albert.
»Wie bitte«, unterbrach ihn Elias. »Du willst doch nicht etwa sagen, daß dieses Mädchen dich noch immer interessiert, Albert, nach dem, was sie angestellt hat...«
»Was hat sie denn schon angestellt«, fragte Albert zurück, und er überraschte die anderen Männer von Effidi ständig mehr. »Sie hat sich von einem unserer jungen Leute entjungfern lassen, und deshalb wollt ihr, daß wir sie zum Teufel jagen?«
»Du willst doch nicht etwa sagen, Albert, daß...«
»Doch, doch, du hast schon verstanden, was ich sagen will, Toutouma. Erinnere dich doch an jenen regnerischen Morgen, an dem ich dich besucht habe. Habe ich dich damals darum gebeten, mir eine Jungfrau zur Frau zu geben?«
»Stimmt schon, davon war damals nicht die Rede.«
»Und weshalb sollte heute davon die Rede sein? Denn deine Tochter hat doch aller Welt nur bewiesen, daß sie alt genug ist, um sich zu verheiraten.«
»Albert, nun red' nicht einfach so daher«, warf Bomba ein. »Es gibt sicher noch andere Wege, um zu beweisen, daß...«
»Gewiß, Bomba. Wenn aber Nani es geschafft hätte, sich entjungfern zu lassen, ohne daß eine Seele etwas davon gemerkt hätte, dann würden wir doch wohl noch immer zu Toutouma gehen und ihn bitten, uns seine Tochter zu geben?«
»Das wäre doch eine ganz andere Situation.«

»Wie denn? Doch nur allein deshalb, daß ich dann später gemerkt hätte, daß sie keine Jungfrau mehr ist. Und dann hätte ich sie zu ihrem Vater zurückbringen müssen, und dann hättet ihr vielleicht alle den Brautpreis und all die Geschenke, die man unserem Brauch entsprechend macht, zurückgefordert?«
Niemand wußte hierauf eine Antwort.
»Und ich sage dir, was ich jetzt fühle«, fuhr der King einen Moment später fort. »Als ich die Nachricht erfuhr, da war ich zunächst von einer wohlverständlichen Wut erfüllt. Seit gestern abend aber bin ich wieder zu mir selbst gekommen, und jetzt bin ich sogar ganz froh darüber, daß dieser Zwischenfall eingetreten ist. Sicher ist es für mich etwas peinlich, daß alle Welt weiß, was vorgefallen ist. Aber warum sollten wir Nani nicht ganz einfach als eine Frau betrachten, ganz einfach als eine Frau, anstatt sie nur als ein zu verheiratendes Mädchen zu betrachten? Eine Frau, sagt ein altes Sprichwort, ist wie ein Weg. Wenn du den beschreitest, darfst du nie an die denken, die ihn vor dir beschritten haben, noch an die, die ihn nach dir beschreiten werden – oder diejenigen, die ihn im selben Moment wie du beschreiten. Also jetzt bin ich ganz glücklich darüber, daß dieser Zwischenfall sich ereignet hat, denn ich nehme an, daß unser Freund Toutouma mir nun nicht länger die Hand seiner Tochter verweigern wird. Denn Effidi hat Nani entjungfert, und alle Welt weiß das jetzt. Toutouma kann seine Tochter also nur noch Effidi geben. Und ich, ich rühme mich, der beste Ehemann zu sein, den Effidi Nani anbieten kann.«
Die Überraschung der Anwesenden wich nur allmählich, machte dann aber einem Verständnis Platz, das von einigen Gläsern Whisky, Gin und auch Palmwein, die im Namen des King Albert reichlich serviert wurden, gefördert wurde.

Nach diesem Vorfall waren Bikounou und sein Kumpel Féfé also aus Effidi verschwunden. Einige Dörfler stießen einen Seufzer der Erleichterung bei der Idee aus, daß das Dorf nun von diesen beiden wenig empfehlenswerten Elementen befreit worden war. Die weniger optimistischen Dorfbewohner aber konnten bei aller Freude nicht eine gewisse Furcht verbergen, meinten sie doch, daß der Vespasier unmöglich auf immer und ewig verschwunden sei und mit ihm gleich auch noch Féfé, der stets als Parasit im Dorf gelebt hatte, der einmal bei dem und einmal bei jenem mitgegessen hatte und der bei den alleinstehenden Frauen jene Aufgaben erfüllt hatte, deren diese nicht verlustig gehen wollten. In Erwartung dessen, was da kommen würde, heiratete Albert nun endlich Nani, die Tochter des Gewerkschafters.

Zweiter Teil

... auf dem Weg in eine neue Welt

9. Kapitel

oder

Ein neuer Wind weht über das Land

Die Erinnerung an die Festlichkeiten, die anläßlich der Hochzeit von King Albert stattfanden, lebte bei den Einwohnern von Effidi lange fort, und darüber vergaßen sie sogar die Abwesenheit von zwei der Ihren, eine Abwesenheit, die nun schon seit Monaten andauerte. Aber man muß die Wahrheit eben dort suchen, wo sie sich befindet, und jedesmal, wenn der Fortgang der Erzählung das erfordert, muß man die Wahrheit enthüllen. Und die Wahrheit war in diesen Tagen auch in Effidi komplizierter geworden. Zunächst einmal waren natürlich nicht alle unglücklich darüber, daß Bikounou und sein frecher Kumpel von einem Freund, Féfé, genannt der Elegante, verschwunden waren. Hätte man eine Liste derjenigen Leute aufgestellt, die wünschten, daß ihre Abwesenheit für immer sei, dann hätte man auch King Albert in diese Liste aufnehmen müssen, und das aus gutem Grund. Denn hätte eine eventuelle Rückkehr des Vespasiers nicht über kurz oder lang ein Wiederaufleben des Ärgers für den Händler bedeutet, denn seine junge Ehefrau betrachtete ihn insgeheim doch weiter als einen Alten, auf jeden Fall physisch – und wer weiß, vielleicht auch physiologisch gesehen –, als einen Mann, der ihrer nicht würdig war. Die Furcht vor einer eventuellen Rückkehr des turbulenten Vespasiers nach Effidi manifestierte sich auch bei allen Männern guten Willens, die sich an ihre Söhne klammerten, die sie mit aller Gewalt an die Bräuche der Tradition zu binden suchten, weil sie nicht auch noch mitansehen wollten, wie die letzten Bastionen dieser Traditionen zerfielen. Und diese Männer dachten bei sich, daß eine Rückkehr Bikounous ins Dorf nur die schlimmsten Auseinandersetzungen, die man zu Recht fürchtete, provozieren könnte.

In Effidi, aber übrigens auch in Nkool wie in Zaabat, ja sogar im Palmendorf gab es natürlich auch junge Leute, die lebhaft die Rückkehr des Vespasiers und seines Freundes Féfé in die Heimat herbeiwünschten. Und dieser den jungen Leuten mehrerer Nachbardörfer gemeinsame Wunsch war die Grundlage gänzlich neuer Beziehungen zwischen den Bewohnern dieser Dörfer; er schuf eine gewisse Annäherung, ja ließ sogar eine gewisse Freundschaft entstehen. Also, ganz gewiß wehte ein neuer Wind über das Land; er veränderte die Mentalitäten der Leute, vereinte die jungen Leute um eine gemeinsame Sicht des Lebens; es war eine Veränderung, die dem allmählichen Entstehen der nationalen Einheit höchst förderlich war, einer Einheit, die auf einer regionalen Einheit gründete und wie sie die Alten nie zu schaffen oder auch nur sich vorzustellen vermocht hatten.

Alles hatte mit der Art und Weise seinen Anfang genommen, mit der die Ältesten von Effidi das Problem der doppelten Anwärterschaft, des Vespasiers und des Kings, um die Hand Nanis gelöst hatten. Das Verhalten Bikounous gegenüber der Tochter Toutoumas war von ihnen verurteilt worden, weil sie ohne Zögern zugelassen hatten, daß der King der von Effidi unterstützte Verlobte Nanis und dann ihr Ehemann würde. Diese Art, über die Dinge zu entscheiden, aber hatte bei den jungen eine zornige Reaktion ausgelöst, die sie im Moment nur aus Respekt vor den Alten verbargen. Denn in dieser Periode der Evolution des afrikanischen Menschen wohnten zwei Seelen in ihrer Brust, einmal der Respekt vor der Tradition, der ihre Wut zum Schweigen brachte, und dann eine modernere, vielleicht objektivere Sicht des Lebens, auf jeden Fall eine Einschätzung der

Vorgänge, die sich deutlich von der der Dorfältesten unterschied. Für diese jungen Leute gab es einfach etwas Unverständliches in der Tatsache, daß Bikounou – der sich ja nur eines traditionell hinreichend bekannten Tricks bedient hatte – gegenüber King Albert nicht den Sieg davongetragen hatte. Wollte die Tradition denn nicht, daß ein Mann, der ein Mädchen entjungfert hatte – und welch schöne Strafe war das für gewisse Leute –, daß der automatisch der Ehemann dieses Mädchens würde, wenn er einmal identifiziert war, und das war beim Vespasier ja nun der Fall gewesen? Denn der hatte ja, angesichts der Weigerung der Männer von Effidi, ihm zu helfen, die Frau zu heiraten, die er liebte, nach der bekannten Art und Weise gehandelt, etwa so wie ein Kartenspieler, der seinen letzten Trumpf ausspielt. Er hatte gehofft, die Seinen mit Gewalt dazu zu bringen, daß sie King Albert zum Aufgeben bewegten. Und als er sich nach seinem Akt versteckt hatte, da hatte er noch immer die Hoffnung gehegt, daß, hätte sich erst einmal die Wut Toutoumas gelegt – Sie erinnern sich, wie er mit einem Speer loszog, um den Dämon zu bestrafen –, hätte sich erst einmal die Entrüstung Effidis gelegt, hätten sich erst einmal die Geister beruhigt, die Dörfler wieder den Weg der Tradition beschreiten und ihn, Bikounou, als den einzigen Mann, der die Tochter des Gewerkschafters um jeden Preis heiraten sollte, anerkannt hätten. Aber Sie wissen ja, wie die Leute tatsächlich reagiert haben, und so werden Sie denn die Haltung der jungen Leute in allen Dörfern der Region verstehen, die zutiefst über die Ungerechtigkeit der Alten entrüstet waren, und die deshalb lebhaft die Rückkehr von Bikounou, dem Vespasier, in die Heimat herbeiwünschten, heimlich hoffend, daß die sich daraus ergebenden Auseinandersetzungen letztendlich der jungen Generation zu ihrem Recht verhelfen würden.

Das waren also die unterschiedlichen Aspekte der Wahrheit in Effidi und in der Region, lange Monate nach der Hochzeit von King Albert von Effidi.
Und eines Tages erschienen Bikounou und sein treuer Freund Féfé, eleganter als je, ohne Vorankündigung auf einer nagelneuen Vespa, alle vom Augenblick ihres Eintreffens auf dem Dorfplatz wissen lassend: »Hier sind wir wieder! Wir sind zurück, und wir sind glücklich, wieder bei euch zu sein! Wer ist da? Wer empfängt uns und wer gibt uns zu essen? ...« Und an diesem Tage spürte ein jeder in Effidi, daß sie dem Dorf während ihrer allzu langen Abwesenheit doch wirklich gefehlt hatten. Es war ein Samstagnachmittag, und King Albert war noch nicht aus der Stadt zurückgekehrt. Er vernahm die Nachricht bei seiner Rückkehr, kaum war er in Sichtweite von Effidi, denn die Erregung über die Ankunft der beiden hatte ihm die Nachricht entgegengetragen. Und er war keineswegs der letzte, der an dem improvisierten Fest anläßlich der Rückkehr der beiden teilnahm. So, als ob nie etwas gewesen wäre, stellte er seine Frau Nani vor: »Darf ich dir deine Tante vorstellen, Bikounou.« Und dann bot er großzügig zu trinken an, so wie das seine Gewohnheit war, immer wenn die Leute von Effidi feierten. Und die Trommeln verkündeten weit in der Runde, daß Effidi sich freute ... Effidi freute sich über die Rückkehr ... über die Rückkehr ins Dorf ... ich sage: ins Dorf ... seiner zwei heißgeliebten Söhne. Gewiß, sobald die jungen Leute der Nachbardörfer vernahmen, was die Trommeln von Effidi verkündeten, da machten sie sich auf den Weg zum Fest und machten voller Freude dabei mit. Die Alten des Dorfes boten in ihren Reden Bikounou und Féfé Vergebung an, und mit vielen Bildern beschrieben sie die Bedeutung dieser Versöhnung. Und auch Häuptling Ndengué selbst verwies auf jene Weisheit der Vorfah-

ren, wonach ein Kind Effidis nie davongeht, um auf Nimmerwiedersehen zu verschwinden. Das Fest dauerte die ganze Nacht.

Am darauffolgenden Sonntag begab sich Bikounou zum Chef Ndengué, während die anderen Dorfbewohner der Messe beiwohnten.
»Ich komme zu dir, um dir für den Empfang zu danken, den du die Leute von Effidi uns hast bereiten lassen, meinem Freund Féfé und mir selbst.«
»Mein Sohn, ich habe überhaupt nichts erlaubt. Das Dorf hat sein Herz sprechen lassen. So hast du sehen können, daß dir hier keiner übel will, im Gegenteil, daß alle hier dich gern mögen. Aber, sag' doch, wo ist denn dein Freund Féfé?«
»Ich wollte dich allein sehen, Chef Ndengué, um mit dir zu reden, während die anderen abwesend sind.«
»Was gibt es denn solch Wichtiges, daß du so geheim tust?«
»Du bist unser Chef, von uns allen, und deshalb hast du das Recht, als erster die Nachricht zu vernehmen. Die anderen werden sie später erfahren, wenn sie sie dann noch nicht kennen.«
»Bikounou, ich glaube, ich habe verstanden. Du wirst dich verheiraten ... Und das ist gut so, mein Sohn, aber du weißt auch, wie das bei uns abläuft ...«
»Ja, Chef Ndengué, ich weiß es sehr wohl. Aber das ist nicht die Nachricht, die ich dir bringe.«
»Ach so. Was willst du denn damit sagen?«
»Ich sage dir, ich komme, um von etwas ganz anderem, als von meiner Heirat zu reden. Und übrigens, du hast mich ja gerade noch einmal daran erinnert; wie könnte ich eine Heiratsangelegenheit angehen, ohne zuvor die Ältesten unserer Dorfgemeinschaft konsultiert zu haben? Man darf im Leben denselben Fehler nicht zweimal machen ...«

»Ich sehe, mein Sohn, daß deine Erfahrung gewachsen ist, und du mußt wissen, daß ich darüber höchst erfreut bin. Jetzt weiß ich, daß du zu uns zurückkehrst, um wie wir zu leben, getreu den Gesetzen unserer Tradition, und nicht mehr nach den Beispielen von Leuten, die nicht von hier sind, ob sie nun eine schwarze oder eine weiße Haut haben.«
»Chef Ndengué, möge alles, was mich an unsere Gemeinschaft bindet, von mir abfallen, wenn ich künftig nicht den Empfehlungen der Ältesten folgen sollte, Empfehlungen, die aus einer gelebten Erfahrung vieler Generationen stammen, bevor noch unsere Generation das Licht dieser Erde erblickte.«
»So sprichst du recht, mein Sohn.«
»Aber Häuptling, ich bitte euch, laßt mich euch sagen, weshalb ich heute morgen zu euch gekommen bin.«
»Ich höre dir zu.«
»Also, Chef, demnächst wird es Wahlen geben.«
»Was wird es geben?«
»Also, ich sage, demnächst wird es Wahlen geben.«
»Mein Sohn, erkläre mir bitte genau: Was soll das heißen?«
»Das will heißen: Die Weißen werden uns dazu auffordern, jemanden zu wählen, der uns vertritt.«
»Jemanden, der uns vertritt? Aber, mein Sohn, warum müssen wir denn jemanden wählen, der uns vertritt. Bin ich selbst denn nicht derjenige, den die Tradition an die Spitze unserer Gemeinschaft gestellt hat, um uns alle zu vertreten? Bin ich denn nicht der Häuptling dieser Gemeinschaft, an den man sich wendet, um dieses oder jenes zu erlangen? Derjenige, der ja oder auch nein sagt, je nachdem, ob er in seiner Antwort eine Möglichkeit sieht, der Gemeinschaft als ganzer behilflich zu sein? Sag mir, mein Sohn, was ist das für eine seltsame Geschichte, die du uns da aus der Stadt mitbringst?«

»Chef Ndengué, ich wußte, daß du mich nicht sofort verstehen würdest. Du bist der Häuptling unserer Gemeinschaft. Du bleibst unser Oberhaupt bis zu dem Tag, an dem ... an dem ... zu dem Moment, in dem...«
»... bis zu meinem Tod, mein Sohn, hab' keine Angst, das auszusprechen. Wir sind alle dazu bestimmt, einen Moment lang zu leben und dann zu sterben. Weißt du, der Mensch gleicht der Blume. Er feut sich auf das Leben, so wie die Blume sich auf den Tag freut. Und dann, am Ende seines Lebens, da schließt er die Augen, ganz so, wie die Blume den Kopf hängenläßt, um zu verwelken. Man darf vor nichts Angst haben, Bikounou. Und ich würde dich anlügen, wenn ich dir sagte, daß der Häuptling Ndengué niemals sterben wird. Und zudem würdest du mir ja auch nicht glauben.«
»Und ich sage, Chef Ndengué, du wirst an der Spitze unserer Gemeinschaft bleiben bis zu dem Tag, an dem du das Zeitliche segnest. Es geht also nicht darum, jemanden zu wählen, der dich unter uns ersetzt.«
»Worum geht es denn dann?«
»Ich werde es dir erklären. Du weißt, daß unser Land von den Weißen regiert wird.«
»Das weiß ich, das weiß ich sehr wohl. Und was haben die sich jetzt wieder einfallen lassen, diese Weißen?«
»Nichts, will heißen, sie werden sich jetzt bewußt, daß sie uns unser Land selbst regieren lassen müssen.«
»Wie, was, von welchem Land redest du, mein Sohn?«
»Von dem Land, in dem wir leben, von diesem Land, in dem sich Effidi, Zaabat, Nkool, das Palmendorf und sogar Ngala und die anderen Städte befinden.«
»Mein Sohn, was du mir da erzählst, ist vielleicht wichtig, aber du willst mich doch wohl nicht glauben machen, daß Effidi, Nkool, Zaabat, das Palmendorf und sogar Ngala Teil ein und desselben Landes sind und daß die

sich von einem einzigen Mann regieren lassen werden ... einem einzigen großen Häuptling! Denn wenn du mir sagst, daß ich an der Spitze der Gemeinschaft von Effidi bleibe, dann muß ein anderer Häuptling es ja wohl übernehmen, das ganze Land zu regieren, oder nicht?«
»Chef Ndengué, die Weißen halten unser Land schon seit langem besetzt, und sie regieren es auf ihre Weise. Wir, die gebildeten Leute unseres Landes, haben sie wissen lassen, daß wir genug davon haben und daß wir uns selbst regieren wollen, denn wir können das jetzt...«
»Und die Weißen haben das akzeptiert?«
»Ja, sie haben es akzeptiert ... ja ... will heißen ...«
»Mein Sohn, sag mir die Dinge so, wie sie wirklich sind.«
»Also, das will heißen: Sie glauben nicht, daß wir uns selbst regieren können.«
»Das sage ich mir auch.«
»Aber Chef Ndengué, schlag' dich doch nicht auf ihre Seite! Sie glauben, daß wir uns nicht selbst regieren können, aber wir, wir wollen ihnen das Gegenteil beweisen. Wir wollen ihnen beweisen, daß wir auch ohne sie leben können und daß wir uns selbst regieren können ...«
»Und dann?«
»Ja, und dann haben sie beschlossen, daß wir es mal versuchen sollen.«
»Und wie soll das geschehen?«
»Eben, indem wir Wahlen organisieren. Das ist, was ich dir sagen ...«
»Bikounou, du vermengst eben alles: das Land, die Weißen, wir anderen, die Wahlen ... Wie willst du, daß ich da etwas begreife?«
»Also, laß es mich dir noch einmal erklären, Chef

Ndengué. Dei Weißen haben also eine Art und Weise, ein Land zu regieren, die von der unseren verschieden ist. Bei uns gibt es einen Häuptling, also so einen wie dich, der über eine ganze Gemeinschaft befiehlt. Sie aber, sie setzen mehrere Personen an die Spitze eines Landes. Das sind dann Personen, die Entscheidungen zum Wohle des ganzen Landes treffen, weil sie vom ganzen Land dazu auserwählt worden sind, sie zu vertreten. Diese neue Art und Weise, ein Land zu regieren, wollen die Weißen uns beibringen, und deshalb wird es Wahlen geben.«
»Also jetzt wird es etwas klarer«, sagte Chef Ndengué.
Er versenkte sich in einige Augenblicke des Nachdenkens, und Bikounou begriff, daß er jetzt nichts sagen durfte.
»Also jetzt wird es schon etwas klarer«, fügte er hinzu. »Wenn ich es recht verstehe, dann wird jede Gemeinschaft so wie die unsere jemanden auswählen müssen, der sie dann vertritt...«
»... und zwar in einer Versammlung, in der dann unser ganzes Land vertreten sein wird«, fuhr Bikounou fort.
»Ja, ja, ich begreife schon.«
Er dachte noch einen Augenblick nach, und schlug dann vor:
»Und wenn dann Effidi eingeladen ist, jemanden auszuwählen, dann sehe ich nicht, wen denn unsere Brüder anders als mich wählen würden, um sie zu vertreten, oder etwa nicht?«
Das war ein logisches Argument, jedenfalls eines Dorfhäuptlings, der einfach die Entwicklung der gesamten nationalen Gemeinschaft, in der die Dorfgemeinschaft von Effidi nur einen kleinen Teil ausmachte, nicht begreifen konnte. Bikounou hätte wohl nicht sofort geantwortet, wenn der Chef nicht insistiert hätte:
»So also werden die Dinge ablaufen, nicht wahr?«

»Chef, wenn man von Wahlen redet, dann darf man nicht von vornherein sagen: Der oder die wird die Wahlen gewinnen.«
»Der oder diejenige? Was willst du damit sagen? Sind etwa die Frauen auch eingeladen, sich in den Wahlen aufstellen zu lassen? Und wen sollen die dann vertreten – etwa die Männer?«
»Chef Ndengué, nun laß dich davontreiben. Vielleicht gibt es ja keine so vermessene Frau, die sich in den Wahlen aufstellen lassen wird. Aber in dem neuen System, das uns die Weißen beibringen wollen, haben auch die Frauen das Recht, sich aufstellen zu lassen, ganz so wie die Männer.«
»Was, was sagst du da? Das will man uns nun verpassen, und wozu soll das gut sein?«
»Chef Ndengué, die Zeiten ändern sich. In diesem Dorf, das wegen der Straße doch immerhin näher als andere an der Stadt liegt, sind die Leute eben nicht ausreichend über die Entwicklung des Landes informiert.«
»Unser Land ist hier!« schrie Chef Ndengué. »Wenn ihr, die jungen Leute, die in der Schule der Weißen gebildeten, unser Land verkaufen wollt, dann ist das eine andere Sache. Aber, mein Sohn, ich warne dich, es gibt in Effidi genügend Leute, die eine solche Idee bekämpfen werden, wenn die euch jemals in den Kopf kommen sollte. Die Entwicklung des Landes ... die Entwicklung welchen Landes? Weißt du besser als der alte Ndengué, was das ist, unser Land, und was das bedeutet?«
»Chef Ndengué«, sagte Bikounou, indem er versuchte, ihn zu besänftigen, »du hast ja recht. Unser Land existiert so lange, wie du als unser Häuptling existierst. Das ist die Tradition unserer Vorfahren, die all dies aufgebaut hat.«
»Und warum kommst du dann ins Dorf zurück, um mir zu erzählen, was andere Leute wollen, die überhaupt

nichts damit zu tun haben, was unsere Vorfahren wollten, daß dieses Land sei? Warum gehorcht ihr alle den Fremden?«

»Chef Ndengué, laß den Zorn dich nicht übermannen, und weigere dich nicht, zu hören, weshalb ich zu dir gekommen bin. Ich verstehe schon, daß du die Frauen aus jedem Wettbewerb fernhalten willst, bei dem es um die Führung unseres Landes geht. Die Frauen sind im Dorf, um ihren Männern Kinder zu schenken, und so mit Jungen und Mädchen das Fortleben der Gemeinschaft, die der Tradition folgt, zu sichern. Das gebe ich selbst zu, und ich selbst werde jeden bekämpfen, der den Frauen die Möglichkeit geben will, auch nur die geringste Möglichkeit, sich in die Angelegeheiten der Männer einzumischen, wie zum Beispiel in die Führung unserer Gemeinschaft. Aber du weißt eben auch, daß die Zeiten sich ändern. Auf jeden Fall haben sie sich geändert, seit du durch den Willen unserer Vorfahren unser Chef geworden bist. Du mußt doch zugeben, daß du heute die Unterstützung der Weißen nötig hast, damit alle dir gehorchen.«

»Du lügst! Du lügst, Bikounou, du lügst! Welche Unterstützung der Weißen hat dich wieder ins Dorf zurückgebracht? Bist du nicht deshalb gekommen, weil du die Kraft der Vorfahren gespürt hast, die dir befahlen, zu den Deinen zurückzukehren? Und wer denn außer mir verkörpert diese Kraft der Vorfahren?«

»Ja, gewiß, gewiß war das, was ich gesagt habe, nicht ganz gerecht. Es sind natürlich nicht die Weißen, die allen Mitgliedern der Gemeinschaft befehlen, zu dir zu kommen, um ihre Streitigkeiten beizulegen oder um die für eine Heirat zu befolgende Taktik festzulegen, oder um über die künftige Aussaat, die Ernte und deren Verteilung zu beraten. Und doch hat sich eben heute bei einem Dorfchef, wie du es bist,

etwas verändert. Ich denke da vor allem an das Gehalt, das die Kolonialverwaltung dir zahlt.«
»Bof, Gehalt! Reden wir doch davon! Man entschädigt mich lediglich für die undankbare Aufgabe, bei den Meinen die Steuern einzutreiben, und das wagst du ein Gehalt zu nennen? Mein Sohn, du bist einfach zu jung, als daß ich dir meine tiefsten Gedanken enthüllen würde. Aber zwing mich bloß nicht zu glauben, daß du die Mentalität dieser Ausländer angenommen hast, die uns zwingen, in unserem Land für sie zu arbeiten, und die sich dann auch noch rühmen, uns etwas Gutes zu tun! Denn sag' mir doch mal: Wo fließen eigentlich diese Steuern hin, die ich jedes Jahr eintreibe? Wer verwendet dieses Geld eigentlich, das ich hier eintreibe? Und da kommst du noch daher, verteidigst deine Patrons, und wagst es, mich daran zu erinnern, daß ich ein Gehalt bekomme...«
Und Bikounou fragte sich, was er wohl hierauf antworten konnte. Er war mit der festen Absicht gekommen, sich unterwürfig zu zeigen, und Sie selbst haben ja bemerken können, wie diplomatisch er sich gab, um bloß den Chef Ndengué nicht zu schockieren. Und das ist wohl verständlich, denn Bikounou mag an diesem Sonntagmorgen, an dem die anderen Bewohner von Effidi wieder die Messe in Latein sangen – und sei's drum, wenn Pater Bonsot dies erfährt –, also Bikounou mag an diesem Sonntagmorgen zwar ganz unschuldig gewirkt haben, und doch oblag dem Vespasier die schwierige Aufgabe, dem alten Häuptling begreiflich zu machen, daß seine Epoche des Ruhmes und des Prestiges im Namen der Tradition ein und für allemal zu Ende war, ja schlimmer noch, daß andere, neue Chefs seinen Platz einnehmen würden, und bei deren Wahl würde man sich nicht länger auf das Gesetz vergangener Zeiten berufen. Und der junge Mann be-

griff sehr, was das für diesen Greis bedeutete, diesen alten Mann, der es gewohnt war, das, was man gewöhnlich und etwas übertrieben die »Macht« nannte, sein ureigenster Besitz war. Deshalb hatte Bikounou beschlossen, jene Dosis Gerissenheit in die Unterhaltung einfließen zu lassen, deren es bedurfte, oder besser, die absolut nötig war, um den Chef Ndengué allmählich dahin zu bringen, daß er das Prinzip von Wahlen überhaupt akzeptierte, von Wahlen, bei denen die Leute von Effidi frei sein würden zu wählen, ob nun ihn oder auch irgendeinen anderen Kandidaten.
»Also, wenn ich eben von einem Gehalt gesprochen habe, Chef Ndengué, dann bitte ich dich, mir zu verzeihen. Weißt du, die Leute im Dorf begreifen nicht ganz, welch schmutzige Arbeit die Kolonialverwaltung von dir verlangt, und da sind wir eben alle zu der Ansicht gelangt, daß du eben dafür bezahlt wirst. Ich muß schon zugeben, daß ich, ganz persönlich, es eigentlich besser wissen müßte, ich, der ich in einem Büro der Kolonialverwaltung arbeite. Und übrigens sage ich solche Dinge eher scherzhaft, aber ich merke schon, daß es falsch ist, mit einem Älteren derart zu scherzen. Bitte, vergib mir, Chef Ndengué. Ich bin zu dir gekommen, so wie ein unterwürfiger Sohn zu seinem Vater kommt, und keineswegs wollte ich dich zornig machen.«
»Jetzt redest du wohl, mein Sohn. Du läßt mich also wissen, daß es demnächst Wahlen geben wird. Aber sag' mir bloß, wenn ich nicht gewählt werde, wer wird dann gewählt werden?«
»Ich habe keine Ahnung, Chef Ndengué. Alles hängt davon ab, wer sonst noch in Effidi die Absicht hegen könnte, sich in diesen Wahlen zu bewerben, immer unter Berücksichtigung dessen, was man sein und wissen muß, um unsere Gemeinschaft eben wirksam zu vertreten.«

»Was willst du nun schon wieder damit sagen?«
»Nun ja, wie soll ich dir das erklären? Du mußt zunächst einmal wissen, daß die so gewählten Volksvertreter sich nach Ngala begeben müssen.«
»Jedes Dorf wird jemanden nach Ngala schicken müssen?«
»Ja, dort werden sich alle Volksvertreter treffen, um über die das ganze Land betreffenden Entscheidungen zu beraten.«
»Ich muß also nach Ngala gehen?«
»Wenn du eben zum Vertreter unserer Gemeinschaft gewählt wirst.«
»Gut, gut, es könnte ja passieren, daß unsere Gemeinschaft nach deinem System eben beschließen könnte, nicht mich nach Ngala zu schicken. Auf jeden Fall muß ich dir sagen: Wenn die Dinge wirklich so liegen, wie du sie geschildert hast, dann bin ich an deiner ganzen Wahlgeschichte überhaupt nicht interessiert. Ich werde mich jedenfalls nicht jeden Morgen an den Straßenrand stellen und darauf warten, daß vielleicht ein Lastwagen hält, um mich in die Stadt zu transportieren.«
Bikounou stieß einen kaum wahrnehmbaren Seufzer der Erleichterung aus. Aber Chef Ndengué war schon ein alter Fuchs, dem so leicht keine Regung seines Gesprächspartners entging. Und so bemerkte er denn sofort die nur mühsam unterdrückte Erleichterung des jungen Mannes.
»Was hast du bloß? Habe ich irgend etwas gesagt, was dir mißfällt?«
»Nein, keineswegs, Chef Ndengué. Darum geht es keineswegs. Ich frage mich nur, ob du dir wohl ganz der Schwierigkeiten, der Mühen bewußt bist, was es bedeuten würde, wenn du dich so oft in die Stadt begeben mußt, wenn du erst einmal als Vertreter Effidis gewählt bist.«

»Ich bin mir dessen schon vollauf bewußt. Und ich bin mir auch der Tatsache bewußt, daß demnächst ein anderer – wenn denn das System so funktioniert, wie du behauptest –, daß demnächst ein anderer in die Stadt ziehen wird, um dort die Orders für unsere Gemeinschaft in Empfang zu nehmen. Ja, ich verstehe jetzt, was du mir eben gesagt hast: Die Zeiten haben sich eben geändert.«

Bikounou hörte genau den pathetischen Ton dieser letzten Worte. Und doch blieb er kühl und versuchte die Befürchtungen des Greises zu besänftigen:

»Ach, Chef Ndengué, nimm die Dinge nicht von dieser Art. Vielleicht wird tatsächlich jemand anderes unsere Gemeinschaft in jener Versammlung in der Stadt vertreten, aber doch keineswegs, um uns nur die Befehle von dort zurückzubringen, jedenfalls nicht, solange du unser Häuptling bleibst.«

»Mein Sohn, du versuchst mich zu beruhigen, aber seit du mir so zuredest, habe ich die Vorahnung von noch größeren Veränderungen als jenen, die auf unsere Väter zukamen, als die ersten Weißen in unser Land kamen.«

»Eine größere Veränderung als die, die mit dem Eintreffen der ersten Weißen in unserem Land eintrat, kann es nicht geben. Das ist einfach unmöglich.«

»Du willst also damit sagen, daß diese Veränderung fortschreitet?«

»Ja und nein, Chef Ndengué. Also ja, denn wenn die Weißen nicht gekommen wären, dann wären wir vielleicht nie gezwungen gewesen zu beweisen, daß wir uns selbst regieren können. Und dann hätten wir auch gar nicht erst von Wahlen zu reden brauchen. Andererseits aber müssen wir nun halt unter uns Leute auswählen, denen wir unser eigenes Schicksal anvertrauen müssen.«

»Und daran glaubst du, mein Sohn? Glaubst du etwa,

daß die Weißen uns eines Tages über unser eigenes Schicksal entscheiden lassen werden?«
»Das verlangen jedenfalls die neuen Generationen jeden Tag mit mehr Nachdruck von ihnen. Und da werden die Weißen eines Tages schon gezwungen sein, uns allein handeln zu lassen.«
»Gezwungen sein ... gezwungen sein ... Wer kann die schon zu etwas zwingen? Diese Leute stellen doch Gewehre und Kanonen her, und die würden uns doch alle umbringen, wenn wir ihnen eines schönen Tages nicht mehr gehorchen ... Wer kann die denn zu etwas zwingen?«
»Chef Ndengué, diese Leute sind vielleicht intelligent. Die stellen Gewehre, Kanonen, Automobile, Flugzeuge her; der liebe Gott gibt ihnen alles, was sie nur wünschen. Aber eine Sache haben sie vergessen.«
»Und was wäre das, mein Sohn?«
»Die haben ganz einfach vergessen, daß sie uns das Lesen und Schreiben nicht hätten beibringen dürfen.«
»Also jetzt verstehe ich nicht mehr deiner Rede Sinn.«
»Siehst du, indem sie uns das Lesen beigebracht haben, haben sie uns die Pforte des Wissens geöffnet, und nachdem wir durch diese Pforte geschritten sind, haben wir gesehen, daß sie im Innern des Hauses von Freiheit, Gleichheit, Brüderlichkeit sprachen.«
»Ja, und dann?«
»Ja, dann müssen sie uns halt die Freiheit, die Gleichheit und die Brüderlichkeit gewähren. Das verlangen wir ganz einfach von ihnen, Chef Ndengué.«
»Und stimmt es, daß es deshalb Wahlen geben soll?«
»In Wirklichkeit werden uns diese Wahlen natürlich noch nicht die Freiheit bringen, aber die Volksversammlung, die aus diesen Wahlen hervorgeht, die wird die Unabhängigkeit unseres ganzen Landes vorbereiten.«

»Mein Sohn, und ich sage dir, unser Land, das ist Effidi«, murmelte der Häuptling erbost.
»Du hast zwar recht, Chef Ndengué, aber laß dir auch gesagt sein, daß die Zeiten sich ändern. Und seit die Zeiten sich zu ändern begonnen haben, ist unser Land auch größer geworden.«
»Willst du damit etwa sagen, daß auch diese Wilden aus dem Palmendorf, daß auch die einen Vertreter in die Stadt entsenden werden?«
»Die werden schon das Recht dazu haben.«
»Wie wir? Ohne jeden Unterschied?«
»Wie wir, aber vielleicht sind wir auch gezwungen, uns einen Vertreter außerhalb des eigenen Dorfes auszusuchen.«
»Und warum das etwa?«
»Nun ja, Chef, es ist eben nicht damit getan, daß der Vertreter des Volkes sich häufig in die Stadt begeben muß. Der Vertreter des Volkes muß auch gebildet sein, nun ja, wenigstens muß er die Politik verstehen, und jemand, der ...«
»Was, was sagst du da?«
»Die Politik ...«
»Und die Poli ... Poli ..., also diese Sache da, was ist das?«
»Eben genau das, eben Politik werden die Vertreter des Volkes machen, wenn sie versammelt sind.«
»Sie werden also nicht miteinander reden?«
»Doch, Chef Ndengué, ganz im Gegenteil. Sie werden sogar viel reden. Genau das will heißen, Politik zu machen. Man redet und redet und redet. Und dann sagt man schließlich: Gut, es wird eine Straße nach Nkool gebaut oder eine Straße zum Palmendorf ...«
Chef Ndengué lachte laut los, und ein feiner Sonnenstrahl, der durch ein Loch in der Mauer nach innen gedrungen war und der auf dem festgestampften Boden

einen Leuchtkreis zeichnete, lachte auch los und ließ viele tausend Staubkörner bunt wie einen Regenbogen tanzen. Bikounou fragte sich, was er wohl Belustigendes getan oder gesagt haben könnte.
»Mein Sohn«, sprach Chef Ndengué schließlich, »wundere dich nicht, daß du mich so lachen siehst. Weißt du, ich habe mir doch eben Sorgen um nichts gemacht, und erst jetzt werde ich mir meiner Dummheit bewußt.«
»Das verstehe ich nicht«, gab der Vespasier offen zu.
»Dann werde ich es dir erklären«, antwortete der Häuptling, indem er zu seinem üblichen ernsten Ton zurückkehrte. »Hier also der Grund, weshalb ich lache. Seit du anfingst, mir von diesen Wahlen zu erzählen, war ich fest davon überzeugt, du wolltest mich darauf vorbereiten, daß mich demnächst ein anderer an der Spitze unserer Gemeinschaft ersetzen würde, natürlich mit Hilfe deiner Freunde, der weißen Kolonialbeamten. Und jetzt merke ich erst, wie dumm ich war, so zu denken ... Denn die Poli ... die Poli ... Also, was sagtest du eben noch, was die Volksvertreter demnächst in der Stadt treiben werden?«
»Politik.«
»Ja, gewiß das. Wenn die Poli ... Poli ..., also wenn die darin besteht, zu reden und dann zu beschließen: Es wird eine Straße gebaut, ja, dann wird das doch überhaupt keine Auswirkungen auf Effidi haben, denn wir haben ja schon unsere Straße. Stimmt das etwa nicht, mein Sohn?«
Die ernste Stimme des Chefs zeigte an, daß er eine Bestätigung für seine Ansicht suchte.
»Das heißt ... also, ich will sagen, Chef Ndengué, nun ja, du hast recht, jedenfalls teilweise, antwortete der Vespasier, ganz deutlich eine Spur Verwirrung in seinem Tonfall. Ich habe aber vom Bau einer Straße nur als einem Beispiel gesprochen. In Wirklichkeit

aber beinhaltet die Politik natürlich viele, viele andere Dinge.«
»So?«
»Ja, gewiß, und just deshalb habe ich dir ja erzählt, daß wir Voksvertreter wählen müssen, die sich darin auskennen. Und weil ich im Palmendorf niemanden sehe, der sich auskennt, nehme ich an, daß diese Leutchen schon gezwungen sein werden, sich ihren Vertreter anderswo als im eigenen Dorf zu suchen.«
»Welche Schande!«
»Ich nehme in der Tat an, daß sie nicht sonderlich stolz sein werden, wenn sie demnächst nach Effidi kommen und uns bitten, ob wir ihnen, bitte, jemanden ausleihen, der sie in der Versammlung in der Stadt vertritt.«
»Und wenn sie dann kommen, sag' mir, mein Sohn, du, der du dich ja auskennst, sag' mir, was wir diesen Dummköpfen dann antworten sollen?«
»Ich weiß ja selbst noch nicht ganz genau, wie die Dinge sich abspielen werden. Aber ich glaube schon, daß wir sie mitvertreten werden müssen, denn auf jeden Fall wird nicht jedes einzelne Dorf einen Vertreter in die Versammlung entsenden können.«
»Also, deine Angelegenheit ist reichlich kompliziert, mein Sohn. Und ich hoffe, daß wenigstens du das alles durchschaust, damit wenigstens wir uns nicht in den Augen unserer Nachbarn lächerlich machen. Du weißt ja, daß die nur auf die geringste Gelegenheit warten...«
»Ich werde schon aufpassen, Chef Ndengué.«
Die Unterhaltung befaßte sich mit allen möglichen Einzelheiten, bis schließlich die anderen Dorfbewohner von der Messe zurückkehrten. Dem Chef gehörte das Privileg, den anderen die Nachricht von den kommenden Wahlen, so wie Bikounou sie ihm zugetragen hatte, mitzuteilen. Er tat es feierlich im Verlauf einer für den Abend einberufenen Dorfversammlung.

Und die Nachricht wurde auf ebenso vielfältige Weise aufgenommen und kommentiert, wie es Männer in der Versammlung gab. Denn die Männer von Effidi, die sich nicht wenig auf ihre Intelligenz einbildeten, wollten mit aller Gewalt beweisen, daß sie sehr wohl begriffen hatten, was man ihnen da erzählt hatte, und daß sie sehr wohl verstehen würden, das neue, ihnen aus der Stadt zugetragene Spiel zu spielen. Und natürlich löste sich so manche Zunge bei dem Gedanken, daß die Einwohner der Nachbardörfer im Konkurrenzkampf der Dörfer der Region wieder einmal ins Hintertreffen geraten würden, weil eben ihre Söhne unfähig seien, mit denen Effidis zu konkurrieren. Die braven Leute von Effidi waren mit einer geradezu unzerstörbaren Fähigkeit zur Selbstbefriedigung ausgestattet, und so wagten sie sich denn auch bereits in Voraussagen über die Zusammensetzung der künftigen Regierung der Region. Hatte das Dorf nicht einen Beamten, eine künftige Krankenschwester und einen reichen Händler aufzuweisen, und wie konnte da ein anderer als ein Bewohner Effidis auch nur davon träumen, den Vertreter der gesamten Region zu werden. Ganz der ruhmvollen Zukunft gewiß, machten sie sich denn auch daran, außerhalb des eigenen Dorfes lauthals die Nachricht von den nahen Wahlen zu verbreiten, obwohl diese Nachricht ja, Sie werden sich daran erinnern, noch keineswegs den offiziellen Segen erhalten hatte. Nur ein winziges Detail vergaßen die Leute von Effidi; wenn es denn in der gesamten Region eine Person gab, die etwas vom Geheimnis der Politik verstand, dann durfte man diese Person keineswegs in Effidi suchen, sondern eher in Nkool. Denn dort wohnte bekanntlich ein bei der Eisenbahn beschäftigter Arbeiter, ein Gewerkschafter – den einige Leute auch einen Kommunisten nannten –, und gläubiger Christ war er zudem, es war Toutouma, der Vater Nanis...

10. Kapitel
oder
Wie das Fieber Effidi packte

Als das Fieber Effidi packte, blieb niemand verschont. Die Alten und die weniger Alten, die Frauen und die Kinder, ja alle Welt atmete die vergiftete Luft jener Wahlen ein, die nun offiziell bestätigt worden waren. Würden wir aber feststellen, daß nur Effidi daran erkrankte, dann würden wir lügen, denn in dem Maße, in dem die offiziellen Anweisungen nach und nach die einzelnen Dörfer erreichten, wurden auch die anderen Dörfer der Region vom Wahlfieber angesteckt. Im übrigen lebte das gesamte Land plötzlich nur noch im Rhythmus der Wahl seiner Volksvertreter, was um so überraschender war, als das Land diese Erfahrung ja zum erstenmal machte. Im Grunde wußten die Leute zwar nicht so ganz genau, was sie da treiben sollten, es sei, daß sie eines schönen Tages zum Kolonialbeamten sagen würden: »Hier ist also der Mann, den wir eurem Wunsch entsprechend ausgewählt haben.« Nach und nach aber lernten sie, wie sie dem weißen Chef ihre Wahl antragen würden, und dann schlitterten sie allmählich in jene unvermeidliche Phase hinein, die man den Wahlkampf nennt. Die begann ihrerseits auf eine höchst unerwartete Art und Weise, und dies um so mehr, als bis dahin sich noch niemand, weder in Effidi noch sonstwo, ernsthafte Gedanken darüber gemacht hatte, wer denn eventuell als Stellvertreter der Region auserwählt werden könnte. Denn inzwischen hatte man doch begriffen, daß nicht ein jedes Dorf, sondern die gesamte Region – will heißen, eine Gruppe von Dörfern – einen einzigen Repräsentanten in die Volksversammlung würde entsenden können. Und was wurde nun aus der Vision eines Chefs Ndengué, jetzt, da der Stolz und der Ehrgeiz über die Grenzen des Dorfes Effidi hinauswuchsen, da sie eine große Zahl von Einzelpersonen beflügelten. Würde ein Sohn Effidis als Sieger hervorgehen aus jenem Kampf, der unvermeidlich erschien? Chef Ndengué und seine Vertrauensmänner waren höchst unruhig, und ihre Unruhe war um so verständlicher, wenn man weiß, daß sich allein schon in Effidi zwei Kandidaten würden präsentieren können, will heißen, King Albert und Bikounou, der Vespasier. Jeder der beiden besaß genügend Attribute, um als der geeigneteste Kandidat zur Vertretung der Region auf Landesebene bestehen zu können. Aber das brauchen wir wohl nicht mehr im einzelnen zu erklären, denn Sie kennen beide ja bereits bestens. Den King und seine nächsten Mitarbeiter beunruhigte vor allem die Furcht vor einer möglichen Konfrontation zwischen dem King und dem Vespasier. Und doch wußten die Alten des Dorfes nicht, wie denn eine solche Konfrontation zu verhindern sei, lange bevor noch die anderen Kandidaturen bekanntgeworden waren.

Und deren gab es in Hülle und Fülle. Natürlich präsentierten sich so ernstzunehmende Persönlichkeiten wie der King, der Gewerkschafter, oder der Vespasier, oder sogar der Katechist von Nkool, aber niemand konnte zudem verhindern, daß die Kandidatenliste sich um Namen anfüllte, die allgemeine Belustigung hervorriefen. Wie bitte? Auch ein gewisser Tobias aus dem Dorf Zaabat, der seinerzeit aus seinem Job als Nachtwächter in der Stadt hinausgeworfen worden war, auch der wagte es, seine Kandidatur anzumelden? Ganz einfach deshalb, weil er wußte, wie Ngala nächtens lebte? Wie? Auch dieser armselige Kikwolo wagte es, sich zu bewerben, wo er doch erst recht spät im Leben lesen und schreiben gelernt hatte, und daß auch nur dank der großzügigen Mithilfe der Kinder seines Dorfes, die in Nkool zur Schule gingen, und die ihm allabendlich beibrachten, was sie tagsüber in der Schule gelernt hatten, auch der war so vermessen, sich für wählbar zu halten? Und selbst der Koloß des Palmendorfes, Sie erinnern sich sicherlich an Doumou, diesen Giganten, der seinerzeit den Vespasier korrigiert hatte, als er ihn und seinen Freund besoffen auf dem Dorfplatz gefunden hatte, selbst der wagte es? Selbst Doumou mit seinem winzigen Kopf, der in keinem Verhältnis zur Masse seines Körpers stand, selbst dieser Doumou präsentierte sich als Kandidat? Die Leute lachten lauthals, und sie bemerkten, der weiße Kolonialbeamte habe das Land keineswegs aufgefordert, eine Versammlung von Boxern zu wählen.

Aber Doumou hielt seine Kandidatur ungeachtet der Witzeleien der anderen aufrecht, denn so sagte er sich: »Da präsentiert sich doch so ein Typ wie Bikounou. Soll der uns vielleicht demnächst befehlen?« Die Wahlen machten auf jeden Fall deutlich, daß im Lande eine neue Zeit anbrach. Denn zum erstenmal in ihrem Leben fühlten sich die Dörfler von den Zwängen der Tradition befreit – nun ja, jedenfalls zeitweise, denn welches im Dorf lebende Individuum kann schon von sich behaupten, sich gänzlich und für immer von der Tradition befreit zu haben? Die Dörfler also verspürten zum erstenmal, und ein jeder ganz persönlich, das Recht, eine neue Art von Häuptlingstum anzustreben, wenn auch keiner es wagte, das so offen auszusprechen, fürchtete doch ein jeder sich davor, die traditionellen Häuptlinge und all jene Bewohner, die ganz der Tradition anhingen, zu verletzen. Wie dem auch sei, es gab jedenfalls keines dieser Treffen bei den Dorfältesten, bei denen man »den« Kandidaten im Namen der Dorfgemeinschaft gekürt hätte. Im übrigen wissen wir ja auch, daß eine solche Kür in Effidi äußerst schwierig, ja geradezu unmöglich gewesen wäre, weil eben die Mentalität der beiden wichtigsten Kandidaten so unterschiedlich war. Und wir müssen noch hinzufügen, daß nach der Heiratsaffäre von King Albert und den schlimmen Folgen, die diese nach sich gezogen hatte, niemand noch einmal miterleben wollte, wie die Tradition von der Dorfjugend in den Dreck gezogen würde. Und dies wäre unzweifelhaft der Fall gewesen, hätte etwa eine Versammlung bei Chef Ndengué beschlossen, daß allein King Albert Kandidat bei den anstehenden Wahlen sein sollte. So ließen denn die Dorfältesten den Dingen ihren freien Lauf.

Und doch gab man sich zu Beginn der Wahlkampagne einem allzu großen Vertrauen in die Jugend hin, weil man annahm, daß diese gegenüber den Dorfältesten vereint bleiben würde. Denn die jungen Leute der verschiedenen Dörfer waren keineswegs die letzten, die sich ganz von diesem neuen Spiel mitreißen ließen. Ihre ureigensten Ambitionen waren bei ihnen wie bei den Älteren viel zu stark, als daß sie diesen gegenüber eine vereinte Front hätten bilden können. Ja, sie stellten sogar eine gewisse Neigung zur Uneinigkeit unter Beweis, und diese Zerstrittenheit sollte dann der Entwicklung eine Wendung geben, wie wir sie in der Folge werden beobachten können. Überflüssig hinzuzufügen, daß die gleichzeitige Bewerbung von jungen und weniger jungen Leuten schließlich eine merkliche Verschlechterung jener Beziehungen bewirkte, die sich etwa in dem Verhältnis zwischen dem King und Bikounou in jüngster Zeit nach und nach zum Guten hin entwickelt hatten.

Mit jedem Tag, der ins Land ging, gewannen die Kandidaten jedoch an Erfahrung in ihrem zeitweisen Beruf, und sie bedienten sich, um die Dörfler zu überzeugen, einer immer geschickteren Taktik, die nicht nur aus Worten und Taten bestand, sondern sie bedienten sich auch eines gewissen Äußeren, das dann schließlich gewisse Namen aus der ursprünglich so langen Kandidatenliste herausfallen ließ. In der Tat besaßen ja nicht alle Kandidaten ein Fahrrad oder gar eine Vespa, Fortbewegungsmittel, die, wie man sich leicht denken kann, ihren Eindruck auf die Wählerschaft keineswegs verfehlten, zumal sie es möglich machten, die Massen schneller zu erreichen. Gleichzeitig aber galten sie auch bereits als ein Beweis für die zu erwartende Effizienz dessen, der gewählt würde. Sie erinnern sich doch sicherlich noch an die Art und Weise, wie Chef Ndengué sich kürzlich selbst aus der Liste der möglichen Kandidaten herauskatapultiert hatte, als Bikounou ihn hatte wissen lassen – und das war damals ja noch ein Geheimnis –, als er ihn hatte wissen lassen, daß ein Gewählter sich häufig in die Stadt begeben müsse und daß der Gewählte keineswegs auf das eher zufällige Vorbeikommen eines Lastwagens auf der Straße von Effidi rechnen durfte.

Toutouma erwarb ein nagelneues Fahrrad, ein wahres Wunderwerk, das die Lästerzungen sofort zum Schnattern brachte. Wie unser Gewerkschafter sich doch zum Kapitalisten mausert! Reihte ihn dieses Fahrrad nicht bereits ein unter jene, die er haßte, obwohl er zwischenzeitlich die Chance genutzt hatte, seine Tochter mit allem Pomp mit dem bekanntesten Kapitalisten der Region zu verheiraten? Diese Heirat stellte im übrigen plötzlich ein erstes Hindernis in der Wahlkampagne des Gewerkschafters dar. Nicht nur, daß seine angeblichen Genossen ihm seither den Rücken zuwandten; bedenken Sie zudem seine Situation im alltäglichen Leben dieser Tage: Nani, seine Tochter, war nun einmal die Ehefrau Alberts. Wie konnte er sich da in Wahlen als

Kandidat aufstellen lassen, wo doch sein eigener Schwiegersohn auch kandidierte? Seine Freunde rieten ihm, sich mit dem King zu verständigen, sei es, daß dieser seine Kandidatur zurückzöge, sei es, daß er selbst aufgäbe. Aber der Gewerkschafter wollte hiervon nichts wissen. Gewiß befand sich Nani in der größten Verlegenheit. Und deshalb beschloß sie schließlich, mit ihrem Vater darüber zu reden.
»Du bist meine Tochter«, sagte Toutouma zu ihr, »und deshalb kannst du mir keine Ratschläge erteilen. Und was du auch sagst, ich werde dir nicht folgen.«
»Aber Vater, du hast mich doch mit King Albert verheiratet ...«
»Hättest du nicht damals diese Dummheiten begangen, dann hätte ich dich nie diesem schmutzigen Kapitalisten zur Frau gegeben. Du weißt genau, daß ich ihn nicht mag, und da verlangst du von mir, daß ich zusehe, wie er der King unserer ganzen Region wird!«
»Aber Vater, aber du kannst ihn doch nicht weiter einen ›schmutzigen Kapitalisten‹ nennen, jetzt, da er mein Ehemann ist.«
»Soll ich ihn etwa ›meinen Freund und werten Ehemann meiner Tochter‹ nennen? Oder vielleicht sogar ›meinen Bruder‹? Und würde ich mich etwa in den Wahlen gegen ihn stellen, wenn ich ihn wirklich als meinen Bruder betrachte. Hör zu, Nani, du hast Nkool verlassen, und das ist gut so. Deinem Mann fehlt nichts, alle Welt weiß das sehr wohl. Da hat er es doch nicht nötig, zu allem, was er sonst schon ist, nun auch noch der Stellvertreter unserer ganzen Region zu werden. Wenn du dich noch immer als meine Tochter fühlst, dann geh' zu deinem Mann und sag' ihm, er soll seine Kandidatur zurückziehen. Das ist das einzige, was du mir Gutes antun kannst ... Was mich angeht, so werde ich mich weiter zur Wahl stellen, denn ich weiß schließlich, was Politik

ist ... Sag' mal, dein Mann von einem Händler ..., der ist vielleicht intelligent – so sagen es jedenfalls die Leute, um ihm zu schmeicheln ..., aber hat der auch nur die geringste Idee, worum es denn in der Politik geht?«
»Ich bitte dich, Vater, ich bitte ...«
»Geh' jetzt endlich! Ich habe alles gesagt, was zu sagen war. Geh' jetzt endlich.«
Nani erzählte ihrem Ehemann nicht nur nichts von dem, was Toutouma ihr geantwortet hatte, ja, sie verriet ihm nicht einmal, daß sie ihren Vater besucht hatte, aber ihr Ehemann erfuhr es doch, denn im Dorf gehen die Nachrichten Wege, die nur sie selbst kennen. So war der King denn zutiefst davon überzeugt, daß der Gewerkschafter von Haß oder Stolz erfüllt war, dessen er sich nicht entledigen konnte, und daß der Haß ihn dazu trieb, seine Kandidatur um jeden Preis aufrechtzuerhalten. In den Augen des Kings kandidierte Toutouma ganz gezielt gegen ihn, und mit dieser Ansicht lag er nicht einmal weit von der Wahrheit entfernt. Aber er selbst war ebenfalls keineswegs geneigt, nachzugeben. Ganz im Gegenteil, je weiter die Wahlkampagne voranschritt, desto heftiger wurde sein Wunsch, um jeden Preis zu siegen. Sei der Mensch auch noch so reich und noch so berühmt, nie kann er den Hals vollbekommen. Albert war also voll in die Arena des Wahlkampfes hineingestiegen, hatte alle Regeln des Kampfes akzeptiert, entschlossen, das Spiel voll durchzuspielen.
»Bleib' jetzt hier«, befahl Albert Nani, »ich will nie mehr hören, daß du nach Nkool gegangen bist, und sei es auch nur für eine Minute. Wenn du da noch einmal hingehst, dann kannst du für immer dort bleiben, und wir werden ja sehen, wie die Leute von Nkool dich dann verheiraten werden.«
Und diese Drohung war eine recht massive. Eine einmal verheiratete Frau kehrt nicht ohne ernsthaften Grund

zu ihren Eltern zurück. Und dieser Grund muß schon direkt mit dem Ehemann zusammenhängen. Das aber war in dieser Vorwahlzeit nicht der Fall, und Nani begriff, daß da ein mächtig erboster Ehemann zu ihr sprach. Und innerlich malte sie sich diese endgültige Heimkehr nach Nkool aus, wie sich die gesamte Dorfgemeinschaft über sie lustig machen würden. Wer würde schon noch mit ihr reden, »mit derjenigen, die ihr Ehemann davongeschickt hat, so wie man einen Domestiken wegschickt, dessen Dienste man nicht mehr benötigt«? Vor allem aber ließ die Drohung King Alberts Nani begreifen, was sie alles verlieren würde, müßte sie plötzlich nach Nkool zurückkehren: Das schöne Haus des Kings und alles, was sich an materiellen Reichtümern darin befand, aber gewiß auch die große Zuneigung von Alberts Mutter für die Schwiegertochter sowie der Eifer, mit dem Alberts Mutter der jungen Frau half, »einen guten Start ins Leben zu nehmen« ... All dies würde Nani schrecklich fehlen, sähe sie sich gezwungen, ins Haus ihrer Eltern zurückzukehren. Und diese würden die Rückkehr ihrer Tochter hart zu spüren bekommen, denn ungeachtet der Haltung des Gewerkschafters gegenüber dem King war letzterer nicht gerade kleinlich mit einer Vielzahl von Geschenken für seine Schwiegerfamilie. Und just hieran dachte wohl der King, als er schließlich hinzufügte:
»Er mag zwar die Kapitalisten nicht, aber wenn ich ihm Geschenke schicke, dann schickt er die nie zurück. Der denkt vielleicht, daß die Leute das nicht merken! Soll er sich doch zur Wahl stellen, dann werden wir schon sehen, wie er aus denen als Sieger hervorgeht. Und wenn ihm denn sein neues Fahrrad in den Kopf steigt, dann soll er nur ein wenig abwarten, er wird schon sehen.«
Kurz gesagt, King Albert war angesichts der nahen

Wahlen ein Effidier wie alle anderen geworden. Er mochte zwar in der sozialen Hierarchie »aufgestiegen« sein, um einen von den Seinen häufig gebrauchten Ausdruck zu verwenden, jetzt aber war er wieder ganz nah bei den Seinen, will heißen, in der Art und Weise, wie er argumentierte. Und die, man muß es schon sagen, glänzte nicht gerade durch eine besondere Intelligenz. Er sagte sich, daß der Stolz seiner Gegner allein durch einen noch stärkeren Stolz besiegt werden könnte, und so beschloß er denn ein Fortbewegungsmittel zu erwerben, daß die Masse stärker als ein Fahrrad, ein Motorrad oder irgendein anderes zweirädriges Fortbewegungsmittel beeindrucken würde. So wollte er seine Überlegenheit auf der materiellen Ebene unter Beweis stellen – aber, so darf man sich fragen, mußte eigentlich noch jemand im weiten Umkreis überzeugt werden, daß der King reich war –, und er wollte damit zugleich beweisen, wie effizient er als eventueller Volksvertreter der Region sein werde. Er würde die Leute ganz einfach zur Einsicht zwingen, daß sie nur ihn wählen konnten. So kehrte denn King Albert wenige Tage später an Bord eines 2 CV Citroën ins Dorf zurück, am Steuer ein Chauffeur, der hierfür eigens vom Besitzer eingestellt worden war. Dieser 2 CV war dazu bestimmt, in der Region »Lärm zu machen«. Auf jeden Fall aber verschaffte er dem King viele Freunde, die in diesem Fahrzeug gern mal eine kleine Promenade machen wollten. Also diese Szene hätten Sie sehen müssen...
Schon am nächsten Morgen waren Erwachsene wie Kinder aus allen Nachbardörfern auf dem großen Dorfplatz versammelt, wohin der King den neuen Wagen hatte fahren lassen, damit auch bloß jeder Dörfler das neue Wunderwerk bewundern konnte. Es war ein schöner 2 CV, in einem bläulichen Grau, und unter einer hauchdünnen Schicht roten Staubes, mit der die Straße

das Fahrzeug am Vorabend belegt hatte, glänzte es brandneu. Der Windschutzscheibe aber hatte der Staub nichts anhaben können, und dank dieser durchsichtigen Scheibe konnte der Wagen jedes Wetter herausfordern. Im übrigen war der Chauffeur des Kings bereits dabei, über all jene Teile, die den Wagen vorzeitig altern lassen könnten, mit einem trockenen Lappen hinwegzugehen. Und als er das beendet hatte, wirkte das Fahrzeug in den Augen der Bewunderer wieder wie ein wahres Wunderwerk. Die Kinder näherten sich, und natürlich streckten sie die Arme aus, um das neue Ding mit den Fingern zu berühren, zum Beweis dafür, daß sie nicht träumten. Dann gab es auch noch jenen Chauffeur, der eigens dafür auf Erden nieder gekommen zu sein schien, die Kinder daran zu hindern, daß sie das neue Fahrzeug King Alberts berührten. Der Wagen glänzte an allen Ecken, und er roch nagelneu, vom geschlossenen Segeltuchdach bis zu den Reifen, die dazu verurteilt waren, unter dem ständigen Angriff der Steine der ungeteerten Straße schneller als alle anderen Teile zu altern. Und an diesem Morgen machte der Wagen unter den Augen seiner Bewunderer ganz vergessen, welch kurioser Anblick das doch war, dieses Fahrzeug unter dem Baobab des großen Dorfplatzes, eines Dorfes im afrikanischen Wald.
Dann traf schließlich der Besitzer, von Hochrufen und Beifallklatschen und von Nani, seiner Ehefrau, begleitet ein. Nani würde jetzt dieses Fahrzeug, mit dem sie gar nicht gerechnet hatte und das auch für sie eine der größten Überraschungen im Leben war, taufen. Der King wechselte einige freundliche Worte mit den wichtigen Personen, die einen Teil der Menge ausmachten, stieg dann in den 2 CV, ließ sich auf der hinteren Sitzbank nieder, während Nani sich vorn, neben dem Fahrer, niederließ. Bevor er den Wagen bestieg, ließ er es sich nicht

nehmen, der Menge das zu erklären, was sie ohne Zweifel von allein sah und begriff:
»Das also ist der Wagen von King Albert aus Effidi! Sein Dach ist aufklappbar; und jetzt werde ich das Dach aufklappen.«
Er öffnete das Dach. Dann erhob sich der King von seinem Sitz im Fond des Wagens, sein Oberkörper ragte aus dem Fahrzeug hervor, und er begann unter großen Arm- und Handbewegungen zu reden, worauf die Masse so übermütig applaudierte, daß sie nicht einmal mehr vernehmen konnte, was er denn sagte. Das aufklappbare Dach des Wagens war wirklich eine großartige Sache. Ich werde dem Herrn Citroën schreiben und ihn dafür beglückwünschen, daß er das aufklappbare Dach genau an die Stelle plaziert hat, wo der Oberkörper des Kings auftauchte, so daß er in der denkbar günstigen Position für seine Wahlreden war.

Von diesem Tage an nahm die Wahlkampagne für den King einen gänzlich anderen Verlauf. Von jetzt an fuhr man stets in Begleitung mehrerer Anhänger von Platz zu Platz und von Dorf zu Dorf. Und wenn der King, vom Reden ermüdet, sich im Innern des Wagens niederließ, dann nahm einer seiner Anhänger seinen Platz ein, und während der 2 CV mit zehn Kilometern pro Stunde dahinrollte, erklärte der, wie an jenem Morgen in Zaabat, vor einer aufgeregten Menge:
»Das hier ist der Wagen des King Albert von Effidi. Er hat ein aufklappbares Dach, und das ist jetzt aufgeklappt, wie ein jeder von euch selbst sehen kann. Hier im Innern befindet sich der King, euer Mann, der einzige, den ihr zu eurem Stellvertreter wählen könnt. Und ich sage euch, hier drinnen habe ich den King Albert von Effidi, der einzige Kandidat, der eures Vertrauens würdig ist! Der geht nicht zu Fuß. Auch über das Fahrrad

ist er längst hinaus! Mit diesem Wagen kann er sich überall hinbegeben. Damit kann er jeden Tag nach Ngala fahren, ja sogar in der Nacht, wenn ihr das wünscht. Er ist einfach der einzige Kandidat, der dazu in der Lage ist. Zeigt mir doch einen unter uns, der in der Lage wäre, all das zu tun, was der King schon für euch getan hat und was er in Zukunft noch für euch tun wird ... Wenn ihr den als euren Vertreter wählt, dann wäre ich ja zufrieden. Dann hättet ihr den Mann gewählt, den ihr braucht. Hier ist also sein aufklappbarer Wagen, der jetzt aufgeklappt ist. Paßt jetzt gut auf, denn King Albert wird sich erheben, um zu euch zu sprechen ... Achtung, Achtung, hört ihm gut zu ... Hier ist er!«
Aus der Menge heraus explodierte der Applaus. Die Leute, alle möglichen Leute, in Wickeltücher, Kleider, Hosen, lange Hemden, ja manchmal sogar in Westen gekleidet, in einer lärmenden und bunten Stimmung wie bei einer wohlvorbereiteten Fête, sie alle wollten den King Albert von Effidi sehen. Viele hatten schon von ihm erzählen gehört, aber viele hatten ihn bis dahin noch nicht in natura sehen können.
Der King schickte sich gerade an, sich aus dem jetzt angehaltenen Fahrzeug zu erheben, als genau in diesem Moment die berühmte Vespa Bikounous auf dem Dorfplatz auftauchte. Der Vespasier und sein Freund Féfé, die bekanntlich stets gemeinsam auftauchten, waren gekommen, um den King herauszufordern, gewissermaßen, um seinen Wahlkampf zu stören, und sie stützten ihre Herausforderung auf die Verleumdung des Rivalen. Bikounou hatte seinen Coup an diesem Tag gut vorbereitet, denn bei der Ankunft King Alberts befand sich bereits eine große Anzahl seiner Anhänger auf dem Dorfplatz. Das Ganze war so gut organisiert, daß man nicht einmal genau wissen konnte, ob der Beifall nun dem King oder den beiden Kumpels galt.

»Hier sind wir!« rief Bikounou aus. »Herzlichen Dank euch allen, daß ihr so zahlreich auf uns gewartet habt. Ihr werdet nicht enttäuscht werden, denn wir haben euch eine Menge zu sagen ... Interessante Dinge, wie ihr sehen werdet.«
Er ließ Féfé seine Maschine halten, dann ging er auf die versammelte Menge zu, die halb überrascht, halb wütend war – während einige junge Leute loslachten, so wie Spielverderber, die sich über ihren Trick freuen – dann fuhr der Vespasier fort:
»Soso, ihr habt also jetzt Autos in Zaabat? Aber sagt mir bloß, meine Brüder, wenn ihr heute schon reich seid, dann habe ich, euer Volksvertreter, ja künftig fast nichts mehr zu tun! Wie wollt ihr, daß ich um Geld, Kleidung und den Fortschritt für euch bitte, wenn ihr das doch schon alles habt?«
Er tat natürlich so, als ob er nicht wisse, daß das Auto dem King gehörte, woran ihn jedoch einer von dessen Anhängern in wutvollem Ton erinnerte:
»Bikounou, wir wissen sehr wohl, daß du gekommen bist, um die jungen Leute für dumm zu verkaufen, indem du ihnen erzählst: Mich braucht ihr als euren Vertreter. Aber laß dir sagen: Falls du es noch nicht wissen solltest, dieser Wagen gehört einem deiner Älteren, dem du Respekt schuldest, denn es handelt sich um King Albert.«
»Ach so! Unser King ist also jetzt Autobesitzer? Und ein brandneuer Wagen ist es auch! Und ihr, ihr braven Leute, ihr versammelt euch wie die Schafe um seinen Wagen, um euch seine Albernheiten anzuhören!«
»Bikounou«, antwortete der Anhänger des King, »Albernheiten, die weißt doch allein du von dir zu geben. Der King ist einfach viel zu intelligent, um seinen Brüdern das Blaue vom Himmel herunter zu erzählen ...«
»Schweig' doch still, du alter Arsch! Du hast dich

doch nur zu diesem Alten, der auf jung macht, gesellt, weil du gern mal in seinem Wagen fahren möchtest, und du wagst es, die Dörfler von Zaabat zu belügen, indem du ihnen erzählst, Albert sei ihr Bruder ... Wer hat schon je gesehen, daß ein Mann, der ein schönes Haus, einen großen Laden in der Stadt und jetzt sogar einen brandneuen Wagen hat, daß der ... wer hat schon je gesehen, daß ein solcher Mann sich als der Bruder aller anderen Leute, die nicht so sind wie er, betrachtet hätte? Also, hört schon, ihr anderen, ihr braven Leute, ihr, die ihr die Söhne und Töchter meiner eigenen Mutter sein könntet, ich sage euch...«
»Ich weiß zwar nicht, wo deine Mutter ist, Bikounou, aber laß dir gesagt sein: Wenn du die mit deinen schmutzigen Geschichten in Verbindung bringst, dann sehen wir uns leider gezwungen, die genauso zu beschimpfen, wie wir dich selbst beschimpfen. Also, ich warne dich, paß genau auf, was du sagst.«
»Meine Mutter wird sich jedenfalls nicht das Gesicht beschmutzen, indem sie ein Individuum deiner Sorte auch nur ansieht«, antwortete der Vespasier beiläufig, und unmittelbar darauf fuhr er fort: »Euch allen, die ihr hier versammelt seid, sage ich: Nur ich, Bikounou, euer Sohn, kann euch den Fortschritt, das Wohlleben und den Wohl...«
»Und ich hoffe denn auch, daß deine Mutter nicht einen einzigen Sitz im Dorf Zaabat beschmutzen wird, indem sie ihren schmutzigen Hintern darauf setzt, ihren Hintern von einem Affenweibchen..., den sie überall durch den Dreck und die Hurerei zieht.«
»Also, das! Hör' bloß auf, solche Dummheiten zu sagen, du Dummkopf. Weißt du denn nicht, daß die Mutter Bikounous seit langem verstorben ist?«
»Was? Seine Mutter ist tot, und da erlaubt er es sich, ihren Geist hier vor der versammelten Menge, hier auf

dem Dorfplatz, zu beschwören? Hört zu, meine Brüder, ihr seht schon selbst, wie verrückt man sein muß, um solche Dinge auszusprechen. Weshalb vergeuden wir eigentlich noch unsere Zeit damit, diesem Idioten zuzuhören?«
»Idiot! Ein Idiot, das bist doch du«, erklärte lauthals einer der Anhänger Bikounous.
Die auf dem Dorfplatz versammelte Menge hatte sich ganz von selbst in zwei feindliche Lager geteilt. Die Freunde des Vespasiers und von King Albert unterschieden sich deutlich durch die Art ihrer Bemerkungen, die jetzt immer schneller aufeinanderprasselten und die eine Atmosphäre des totalen Durcheinanders entstehen ließen. Und während ihre jeweiligen Anhänger einander immer heftiger beschimpften, sahen der King und sein junger Gegenspieler einander aus mehreren Metern Abstand wortlos an; ihre Augen von Haß erfüllt, standen sie sich wie zwei sprungbereite Panther gegenüber. Der King hatte sich vom Hintersitz seines Wagens erhoben, und dieser »aufklappbare und jetzt aufgeklappte« 2 CV, aus dem jetzt der Oberkörper unseres vermögenden Mannes hervorragte, verlieh dem King eine deutliche Überlegenheit über den Vespasier. Die stumme gegenseitige Inaugenscheinnahme dauerte noch einige Sekunden fort. Dann aber stieß Bikounou, beide Hände herausfordernd in die Hüften gestützt, in einem Elan höchsten Stolzes hervor:
»Du, mein Greis, du hast geglaubt, mir im Leben alles nehmen zu können, aber ich werde dir zeigen, daß du dich mächtig getäuscht hast. Du hast mir die Frau genommen, die ich liebe und die mich liebt und die mich stets lieben wird, aber ich, ich werde dich in diesen Wahlen Staub fressen lassen. Du wirst schon sehen ... Mit deinen eigenen Greisenaugen wirst du deine Niederlage sehen, ich, Bikounou, der Vespasier, verkünde es dir hiermit.«

»Du kleiner Hirnloser!« schrie der King. »Wer wird denn je die Einwohner dieser Region glauben machen, du seiest würdig, sie in der Volksversammlung zu vertreten? Sie brauchen dir doch nur zuzuhören, um zu begreifen, daß du ein Nichtsnutz bist.«
»Der Nichtsnutz, der ich bin, und das sollst du alte Kakerlake wissen, dieser Nichtsnutz, der Vespasier, der hat deine Frau vor dir wieder und wieder gebumst! Und noch nachher! Merk' dir das bloß, du alter Bock!«
Diese Bemerkungen lösten bei einem Teil der von den beiden Kandidaten angelockten Menge ein »Ohlala« der Entrüstung aus. Der King wollte gerade etwas auf diese ihm zugedachte Beleidigung antworten, als ein junger Mann, ganz offensichtlich ein Freund Bikounous, dazwischenkam, ja dem King sogar die Hand auf den Mund legte, um diesen am Sprechen zu hindern:
»Schweig' doch! Schweig' doch, du alter Bock!« schrie er den King an.
Dieser aber riß sich los und versetzte dem jungen Frechling einen so heftigen Schlag, daß er fast aus dem Wagen herausgefallen wäre. Der Wagen war einfach nicht für den Zweck getestet worden, bei dörflichen Kämpfen als Startrampe für Faustschläge zu dienen. Aber was bis dahin ein Schlagabtausch mit Worten gewesen war, hatte sich plötzlich bereits zu einer Prügelei entwickelt, einer jener Auseinandersetzungen, in deren Verlauf die mechanischen Maschinen meist ebensosehr wie die menschlichen Wesen zu leiden haben. Bikounou rief sich dies in Sekundenschnelle ins Gedächtnis, und er schaffte es, sich zusammen mit seinem treuen Freund Féfé auf seiner Vespa quer durch die wütende Menge davonzuretten. Der King aber ließ sich abrupt in seinem Wagen nieder und befahl dem Chauffeur loszufahren. Die um den Wagen stehenden Dörfler waren bereits dabei, aufeinander loszudreschen.

Als sie das Anlassen des Motors vernahmen, bekamen einige von ihnen Angst und entfernten sich, vergaßen den Anlaß des Streites. Andere aber umgaben das Fahrzeug und waren fest entschlossen, den Mann, durch dessen Schuld ein Bruderkrieg in Zaabat ausgebrochen war, nicht so einfach davonfahren zu lassen. Und obwohl einer der Gefährten des Kings sie inständig darum bat, lehnten die Leute es ab, sich aus dem Wege, den das Fahrzeug nahm, zu entfernen. Einige der Umstehenden hielten das Fahrzeug sogar fest, indem sie sich an die Stoßstangen hinten und vorne klammerten, obwohl man sie aus dem Inneren des Fahrzeugs inständig darum bat, der brandneuen Maschine bloß nichts anzutun. Plötzlich hörte man, wie ein dumpfer Schlag auf das Hinterteil der Karosserie niederging, die sich unter dem Schlag eindellte. Der King begriff sofort, daß er sich auf feindlichem Territorium befand, und er befahl seinem Chauffeur noch einmal, sofort loszufahren.

»Schnell, los! Die sollen sich doch aus dem Wege machen, also, laß uns losfahren, laß uns endlich losfahren!« sagte er.

Der Chauffeur führte den Befehl aus. Das Auto fuhr langsam vorwärts, nicht ohne Schwierigkeiten, während die Angreifer immer mehr Schläge auf das Fahrzeug niederprasseln ließen. Schon beim Verlassen des Dorfes Zaabat war der nagelneue 2 CV des King Albert von Effidi nicht mehr wiederzuerkennen, so sehr hatte die Menge »dieser Wilden, die noch nicht einmal in der Lage sind, sich ein einfaches Fahrrad zu kaufen«, das Fahrzeug malträtiert. Niemand an Bord des Fahrzeugs begriff noch so recht, was denn eigentlich vorgefallen war, noch wie die Dinge sich bis zu diesem schlimmen Punkt hatten entwickeln können, nachdem die Wahlkampagne doch am Morgen in einer Atmosphäre der Freude und der guten Laune begonnen hatte. Fürs erste konnte man allein die Schäden konstatieren, die das arme Fahrzeug davongetragen hatte, und zu diesen Schäden gehörte vor allem die zerbrochene hintere Scheibe des Wagens, die im dicksten Kampfe das Opfer eines großen Steines geworden war.

Fürs erste war dies der größte feststellbare Schaden, denn noch hatte keiner der Insassen das Fahrzeug verlassen, um zu sehen, wie sehr der Feind das Fahrzeug heimgesucht hatte. Und zunächst fuhr das Fahrzeug erst einmal den Demonstranten davon, und auf der für Autos schlecht vorbereiteten Piste fuhr der Wagen schnell davon, glücklich darüber, die Kraft und die Vitalität seines Motors gewahrt zu haben. Die Verfolger, die sich auf eine verrückte Verfolgungsjagd begeben hatten, waren schon um einige zwei- oder dreihundert Meter abgehängt worden.

An diesem Tage aber war das Glück keineswegs mit King Albert. Denn was bei einer nahen Wegbiegung dann geschah, war noch schlimmer als alles, was wenige Minuten zuvor im Dorfe passiert war.

Tobias war gerade auf dem Heimweg nach Zaabat, eine gutgewachsene Häsin in seinen Armen. Er pflegte jeden Morgen zu früher Stunde das Dorf zu verlassen, um die vielen Fallen, die er im Walde aufgestellt hatte, zu überprüfen, nicht etwa, um die Tiere im Walde auszurotten, sondern vielmehr, um sein eigenes Überleben und das seiner Brüder, der anderen Dorfbewohner, zu sichern. Und wie hätte der Chauffeur des King Albert ihm aus dem Wege fahren können, kannte er doch nicht die Gewohnheiten von Tobias; zudem war der Weg durch den Wald sehr schmal, und die Sicht war bei jeder Kurve zudem durch dichte Hecken eingeschränkt.

Der Schock war schrecklich. Tobias stieß einen lauten Schmerzensschrei aus, den selbst das Brummen des Motors nicht übertönte; er brach zusammen, sein Kopf fiel

in eine dichte Grasnarbe, und Tobias ließ den noch lebenden Hasen vor die Räder des plötzlich zum Stillstand gekommenen Wagens fallen.
Während das Tier zu fliehen versuchte, obwohl seine beiden Hinterbeine fest zusammengebunden waren, verließen die vier im Wagen sitzenden Personen den 2 CV.
»Um Himmels willen!« rief King Albert aus. »Gott sei uns gnädig! Gott, womit bestrafst du mich heute? Gott, der du alle Welt liebst, was habe ich nur getan, daß soviel Unglück auf einmal mich an einem einzigen Morgen heimsucht?«
Die Mitfahrenden waren schon bei Tobias, den sie zu beleben versuchten, indem sie ihn schüttelten, ihm entweder die Wangen mit den beiden Händen rieben, während ein anderer die Fußsohlen des auf dem Boden liegenden Tobias mit den Fingernägeln aufkratzte. Aber keine dieser Anstrengungen hatte irgendwelchen Erfolg. Und obwohl sich King Albert noch ganz zuversichtlich gab, hörten seine Begleiter, und hier vor allem der Chauffeur, nicht auf, laute Wehklagen auszustoßen.
»Wir müssen ihn sofort ins Krankenhaus bringen«, beschloß der King.
»Ins Hospital sollen wir ihn bringen, um was zu tun? Siehst du denn nicht, daß unser Bruder bereits am Sterben ist? Ich würde eher sagen, daß wir ihn ins Dorf zurückbringen müssen, damit er wenigstens unter den Seinen stirbt«, warf einer der Mitfahrer ein.
»Du weißt nicht, was du sagst. Wenn wir diesen Mann nach Zaabat zurückbringen, dann wird der liebe Gott ihm vielleicht gnädig sein und ihn überleben lassen, aber wir, wir werden nicht lebend aus dem Dorf herauskommen. Hast du denn nicht gesehen, was sie mit dem Wagen Alberts angestellt haben?«
Die vier Männer richteten ihre Blicke auf den 2 CV. Er

befand sich wirklich in einem erbärmlichen Zustand, aber sie begriffen natürlich auch, daß das Leben von Tobias wichtiger war als die Karosserie eines von Menschen hergestellten Fahrzeuges.
»Schnell jetzt, auf zum Krankenhaus«, befahl der King.
Der Chauffeur des Kings war von Angst erfüllt, fürchtete, wieder das Lenkrad zu ergreifen, ängstlich, daß er noch einen Unfall verursachen könnte, aber er begriff doch, daß das Überleben von Tobias zu wesentlichen Teilen von seinem Mut abhing.
Als sie aber im Krankenhaus der Stadt anlangten, mußten sie feststellen, daß der arme Tobias nicht mehr atmete. Eine bis dahin noch gehegte Hoffnung war unwiederbringlich zerstoben.
»Er ist tot«, erklärte ihnen der diensthabende Arzt, »beerdigt ihn, diesen armen Kerl.«

11. Kapitel

oder

Was sich seither in Effidi geändert hat

Als sie den Leichnam von Tobias in das Dorf Zaabat zurückbrachten, stellten der King und seine Begleiter zu ihrer Überraschung fest, daß alle Welt schon darüber informiert war, was vorgefallen war. Kaum hatten sie die schlimme Nachricht vernommen, waren sogar die Leute aus den umliegenden Dörfern herbeigeeilt. Und gegen alle Erwartung setzten die Leute von Zaabat keineswegs alles daran, sich am King und seinen Gefährten für Tobias zu rächen, keineswegs. Ihr Empfang war sogar sehr bewegend, und niemand dachte daran, von Albert Rechenschaft zu verlangen. In dieser Stunde der großen Trauer war das Dorf Zaabat ganz anders als das Dorf, das es noch am Morgen dieses Tages gewesen war, als ein erbarmungsloser Streit Anhänger und Gegner der jeweiligen Kandidaten im Wahlkampf gegeneinander aufgebracht und die Flucht provoziert hatte, die ihrerseits den plötzlichen Tod des armen Tobias verursacht hatte.

Noch mehr aber überraschte King Albert die Abwesenheit seiner Frau vom Ort der Trauer, wo doch Dutzende Menschen aus Effidi herbeigeeilt und die Nachricht bereits in der ganzen Region bekanntgeworden war. Die Abwesenheit von Toutouma, dem Gewerkschafter, war verständlich; er arbeitete ja bei der Eisenbahn-Direktion in Ngala, und obwohl die Wahlkampagne in vollem Gange war, konnte er sich manchmal nicht von der Arbeit wegbegeben. Und zudem hatte er sicherlich noch nicht vernommen, daß das neue Auto des King Albert den Tod von Tobias verursacht hatte. Er konnte also

gar nicht in Zaabat sein. Warum aber war auch seine Tochter nicht dort?
Der King hatte ja einigermaßen wilde Geschichten über Nani gehört, als dieser hirnlose Bikounou am Morgen des gleichen Tages vor aller Welt zu erzählen gewagt hatte, daß sie ihn liebte, und nur ihn, und daß er sich weiterhin mit ihr traf, ja sogar seit dem Zeitpunkt, an dem sie die Ehefrau Alberts geworden war. Albert hatte sich natürlich geschworen, dieser Sache nachzugehen, sobald in den Dörfern wieder Ruhe eingekehrt wäre, und am besten nach Abschluß der Wahlen. Wir müssen übrigens noch hinzufügen, daß diese Wahlen, obwohl es sich bei ihnen um ein völlig neuartiges Abenteuer handelte, doch alle Welt auf die Beine gebracht hatten, ob es sich nun um die Kandidaten, ihre Anhänger oder auch nur um die einfachen Dorfbewohner handelte. Die Leute waren von den Wahlen derart eingenommen, daß selbst eine Affäre wie die behauptete Untreue Nanis, die zu anderen Zeiten als ein ernster Vorgang betrachtet worden wäre, in diesem Augenblick des Wettrennens der Kandidaten um einen Platz in der Volksversammlung als völlig nebensächlich betrachtet wurde. Auch King Albert würde gezwungen sein abzuwarten. Aber obwohl er sich entschlossen hatte, erst einmal abzuwarten, fragte er sich doch: »Wo kann Nani bloß sein?« Sein Denken schweifte plötzlich von den Vorgängen um ihn herum ab. Da war der Leichnam Tobias', den man auf einem Bambusbett inmitten eines nur schwach erleuchteten Zimmers aufgebahrt hatte, mit einem weißlichen Bettlaken bedeckt. Die Männer, die in das Zimmer eintraten, bekreuzigten sich und stellten sich dann entlang der Mauern auf. Die Frauen weinten, und beim Verlassen des Raumes führten sie Begräbnistänze auf. Die Kinder stießen vor der Türe Trauerschreie aus, sie schrien geradezu auf den Tod. Da war die Hitze, die

man in dem von Menschen überfüllten Raum geradezu
schneiden konnte; doch King Albert von Effidi vergaß
dies alles ganz plötzlich, als er seinen Blick zunächst
über die im Raum versammelten Menschen, dann die
zahlreiche Gemeinde außerhalb hatte schweifen lassen
und feststellen mußte, daß Bikounou, auch der, nicht in
Zaabat anwesend war. Und der King erblickte auch den
nicht, den man den Schutzengel des Vespasiers nannte,
Sie verstehen schon, damit ist sein Freund Féfé gemeint.
Albert wechselte mit gedämpfter Stimme noch einige
Worte mit dem Häuptling von Zaabat, dann bat er
seinen Chauffeur, ihn sofort nach Effidi zu fahren. Als
seine Mutter ihn zu dieser Nachmittagsstunde zurück-
kommen sah, fing sie sofort an zu weinen. Auch sie hatte
bereits alles vernommen, was seit dem Morgen dieses
Tages vorgefallen war.
»Mein Sohn, o mein Sohn, du hast deinen Laden in der
Stadt geschlossen, weil du Gouverneur unseres Landes
werden willst. Beim Namen meiner Mutter, oh, beim
Namen der Mutter meiner eigenen Mutter! Mein Sohn,
ich habe dir immer gesagt, laß' die Finger von dieser
Gouverneurssache. Aber du hörst mir ja nicht zu, mein
Sohn, du hörst mir überhaupt nicht zu ... Hast du es
darauf angelegt, deine alte Mutter umzubringen? Dein
Laden ist jetzt geschlossen, und woher soll nun das Geld
kommen? Du hast einen Mann von Zaabat getötet, sage
mir, mit welchem Geld du die Leute von Zaabat ent-
schädigen willst? O Mutter, o Mutter meiner eigenen
Mutter! Welch Unglück beschert mir doch mein eigener
Sohn, der nicht auf mich hört ...«
Und obwohl ihr Sohn sie zu trösten versuchte, klagte
und weinte sie noch eine ganze Weile weiter. Schließlich
hielt es sie nicht länger, und sie warf ihm entgegen:
»Ich bin hier allein, mein Sohn ... allein ... allein.
Hast du denn nicht eine Frau zum Weib genommen,

damit sie mir diese Einsamkeit nehme? Aber jedesmal, wenn du weggehst, verschwindet auch deine Frau. Und heute, wo ist sie heute hingegangen?«
»Nani ist also nicht zu Hause?«
»Dann zeig sie mir doch, mein Sohn. Hast du sie etwa gesehen?«
Der King blieb ohne Antwort. Er entfernte sich von seiner Mutter, obwohl diese ihm zu essen anbot. Sie dachte nämlich, er habe Hunger, da ihn die Ereignisse des Tages sicherlich daran gehindert hatten, etwas zu sich zu nehmen. Ohne auch nur ein weiteres Wort mit seiner Mutter zu wechseln, begab sich der King zum Hause des alten Belobo, des Delegierten. Den traf er beim Gebet, den Rosenkranz in der Hand. Als ihn die Nachricht erreichte, hatte er sich nämlich nicht nach Zaabat begeben, sondern er bemühte sich im geheimen darum, den Frieden des Himmels für die ewige Ruhe von Tobias zu erbitten.
»Vergib mir, Belobo, wenn ich dich störe. Ich bin auf der Suche nach meiner Frau. Hast du sie vielleicht gesehen?«
»Wen, Nani, ist die etwa verschwunden?« fragte er voller Verwunderung.
»Sie ist nicht zu Hause, und Mutter weiß auch nicht, wo sie ist.«
»Dann wird sie sich sicherlich nach Zaabat begeben haben, wie die meisten der Dorfbewohner.«
»Da komme ich doch her, Belobo, und ich weiß, daß Nani dort nicht ist.«
»Also, Albert, beruhige dich! Du siehst auf einmal ganz seltsam aus! Nach allem, was dir heute widerfahren ist, wird doch wohl das momentane Verschwinden deiner Frau dich nicht durcheinanderbringen!«
Beide verblieben einen Moment lang schweigend. Dann sagte der King:
»Belobo, ich werde dich um eine Gefälligkeit bitten.«

»Eine Gefälligkeit?«
»Wirst du mit mir kommen?«
»Aber ... aber ... wohin denn bitte?«
»Komm einfach mit. Du hilfst mir einfach, wenn du mitkommst.«
Belobo war voller Unruhe, ohne aber sagen zu können, warum er unruhig war. Er folgte King Albert. Zusammen begaben sie sich zum Vespasier. Als sie beim Haus des Vespasiers eingetroffen waren, sagte Belobo, der nun endlich erraten hatte, worum es ging, zum King:
»Siehst du, Bikounou ist auch nicht zu Hause. Und zudem, ganz ehrlich gesprochen, ich verstehe wirklich nicht, was dir in den Kopf gekommen ist, deine Frau hier zu suchen. Wenn Bikounou hier wäre, dann stünde doch seine Vespa draußen. Alle Welt kennt doch seine Art, seine Vespa nie nach drinnen zu holen, wenn er zu Hause ist. Was hast du bloß für Vorstellungen, welche ...«
»Schweig', Belobo«, sagte der King mit gedämpfter Stimme, »Schweig' und hör doch zu. Hörst du denn gar nichts?«
Belobo hörte zunächst wirklich nichts.
Beide bewegten sich langsam ohne jeden Lärm vorwärts. Plötzlich vernahmen sie aus dem Innern von Bikounous Haus ein leises Gelächter. Es war das Lachen eines Mannes, ein Lachen, das man zu unterdrücken sucht, weil man es in diesem Augenblick für unangebracht hält. Der King und sein Begleiter sahen sich wortlos an. Sie gaben sich jetzt noch vorsichtiger und bewegten sich mit Wolfsschritten vorwärts. Das Dorf lag verlassen da, die meisten Einwohner waren nach Zaabat gegangen. Man konnte bereits den nahenden Abend spüren, und alles war ruhig in Effidi, ganz so wie an einem jener ruhigen Abende, an denen selbst der Wind sich weigert zu wehen. In jenem kleinen Innenhof

von Bikounous Haus wirkten der King und der Delegierte in ihrem vorsichtigen Vordringen nach dem Geheimnis wie zwei merkwürdige Spione ohne jede Berufserfahrung. Sie schafften es bis zur Veranda, und da sie immer deutlicher Worte und Stöhnen vernahmen, ließen sie sich immer stärker mitreißen und preßten sich ganz nahe an das geschlossene Fenster, aus dem die Stimmen drangen. Mit wild schlagendem Herzen fragte sich der King, was wohl aus ihm selbst und seiner Ehefrau werden würde, wenn das Dorf Effidi und auch die umgebenden Dörfer erführen, daß Nani in flagranti beim Ehebruch im Hause des Vespasiers überrascht worden ist.

Einen Moment lang begriff er, daß er sich der Lächerlichkeit aussetze, weil er selbst Belobo als Zeugen hinzugerufen hatte. Denn jetzt gab es ja keine Garantie mehr dafür, daß die Angelegenheit geheim bleiben würde, wenn sich denn der Ehebruch als eine Tatsache erweisen sollte. Letztlich hatte Bikounou es sich ja noch am Morgen dieses Tages erlaubt, vor der versammelten Menge von Zaabat die Nachricht zu verbreiten, daß Albert dank seiner Person ein Hahnrei sei; hätte der King sich da nicht besser damit trösten sollen, das dies die Worte eines Konkurrenten im Wahlkampf waren. Aber die Entrüstung der Menge war derart gewesen, daß der King den Worten Bikounous Glauben geschenkt hatte. Und dann hatte ihn die gleichzeitige Abwesenheit Nanis und des Vespasiers von Zaabat, während alle anderen Dörfler dort versammelt waren, doch dazu bewogen, nun endlich festzustellen, ob es sich hierbei um einen simplen Zufall handelte oder nicht. Und jetzt befand er sich also hier, sein Herz schlug wild wie das eines Schülers, der sein Prüfungsergebnis erwartet, der im tiefsten seines Herzens erhofft, daß sich seine eigenen Vermutungen als unbegründet erweisen. Belobo seinerseits hatte sich bereits von der Wirklichkeit entfernt und malte sich vor seinem geistigen Auge bereits die Auflösung dieser erlebten Geschichte aus, die, man muß es schon sagen, im Leben eines Mannes, der sich tagtäglich mit der Verwirklichung der christlichen Prinzipien beschäftigte, höchst ungewöhnlich war. Und indem er den Fortgang des Romans vor seinem geistigen Auge fortstrickte, nahm dieser bereits tragische Ausmaße an. Er stellte sich zum Beispiel jenen peinlichen Moment vor, in dem er den Chef Ndengué herbeirufen würde, damit der höchstpersönlich feststelle, daß Bikounou auf Nani lag und daß die beiden gerade dabei waren, das zu treiben, was allein Ehemann und Ehefrau zusammen treiben dürfen. Und er, Belobo, wohnte einer der pikantesten Szenen des Lebens bei, wenn ein Mann und eine Frau von der gesamten um sie versammelten Dorfgemeinde gezwungen werden, in der Position des Ehebruchs zu verbleiben, damit der Chef Ndengué die juristische Feststellung des Vergehens treffen kann, ohne die natürlich kein absoluter Beweis gegen die beiden vorliegen würde.

Während diese Überlegungen noch die Köpfe der beiden Männer füllten, ging das Leben im Innern des Hauses seinen Gang. Das Haus vibrierte von einem diskreten Lachen, das in Seufzer überging, einem freudigen Röcheln, das mehr oder weniger gedämpft wurde. Es waren zwei mühsam unterdrückte Freudenschreie, die unseren beiden Spionen letztlich ihre eigene Dummheit bewiesen:

»Hast du das gehört?« flüsterte der King Belobo zu.

»Ach, schweig' doch, Albert! Wer hat dir eigentlich gesagt, daß du solchen Schweinereien Aufmerksamkeit schenken sollst?« – Er tat ganz so, als ob er selbst nicht im geringsten hingehört hätte.

»Aber«, fuhr der King fort, »du hast es doch genau gehört, oder etwa nicht?«

»Komm, laß uns von hier weggehen. Wenn uns die Leute in diesem Moment hier sähen, was würden sie dann bloß erzählen!«
Und doch verließen die beiden Gevattern den Ort nicht sofort; sie blieben dort wie angewachsen, als ob eine seltsame erotische Klammer sie daran hinderte, wegzugehen. In jedem von uns gibt es halt einen schlafenden Voyeur. Und doch besaßen der alte Belobo und King Albert noch genügend gesunden Menschenverstand, um zu erkennen, daß sie auf ihrer detektivischen Suche vielleicht doch nicht auf der richtigen Fährte waren:
»Das ist nicht die Stimme Bikounous«, flüsterte Belobo dem King ins Ohr.
»Was sagst du da?«
»Und ich sage dir, das ist nicht die Stimme Bikounous«, antwortete Belobo, indem er ein wenig lauter sprach.
»Und es ist auch nicht die Stimme Nanis, die ich da eben gehört habe«, antwortete Albert.
Und dann sahen sich die beiden wortlos an. Ein immenses inneres Lachen zeichnete sich auf ihren Gesichtern ab und wäre fast lauthals explodiert. Der King nahm Belobo bei der Hand und bedeute ihm, daß man jetzt besser davongehe. In Innern des Hauses war offensichtlich die Ruhe des Kriegers auf die pathetischen Momente gefolgt. Unsere beiden Gevatter schlichen sich deshalb mit Wolfsschritten davon und verließen die Veranda. Sie waren bereits im Hof angelangt und schritten mit großen Schritten aus, als plötzlich die Tür des Hauses geöffnet wurde. Nomo trat hinaus und schrie:
»Was treibt ihr bloß hier, ihr Banditen! Ich habe euch doch gehört. Störe ich euch etwa bei euch zu Hause, ich?«
Er hatte kaum genügend Zeit gehabt, um die Identität der beiden Spione festzustellen, und dies erklärte den lebhaften Ton seiner Bemerkung. Aber just in dem Mo-

ment, in dem er eilig das Zimmer verließ, verfing sich sein schlecht geknotetes Wickeltuch am unteren Teil der Türe und wickelte sich auf, als er auf diejenigen zustürzen wollte, die er die Banditen nannte. Und so befand sich denn der Mann, der gewöhnlich den Wildschweinen Fallen stellte, splitternackt auf der Veranda, höchst überrascht feststellen zu müssen, daß es sich bei den beiden Fliehenden um niemand anders als King Albert und den Delegierten handelte. Nomo machte plötzlich kehrt, um sein Lendentuch einzusammeln, aber er hatte eben noch Zeit genug gehabt, um mit einem Blick die beiden »Alten« zu erkennen.

»Ich habe sie nur von hinten gesehen, aber ich habe sehr wohl gesehen, wie sie sich zu retten versuchten, ganz so wie zwei auf frischer Tat ertappte Bengel. Antoinette, hast du das schon mal erlebt?«

Er schäumte vor Wut. Antoinette gab keine Antwort. Vom Gedanken daran erschreckt, daß jetzt vielleicht im Dorf ein neuer Skandal ausbrechen würde, war sie bereits dabei, sich fieberhaft schnell anzukleiden. Als sie fertig war, neigte sie sich zu Nomo, der auf der Bettkante saß:

»Was meinst du, werden die jetzt anfangen?« fragte sie ihn.

»Was können die schon anfangen? Was meinst du, können die schon anstellen? Ich bin es doch, der . . .«

»Nomo, du weißt doch ganz genau, warum ich diese Frage stelle. Du weißt doch, daß sie zur Gruppe der Dorfältesten gehören, so daß sie immer recht haben, egal, wie die Dinge auch liegen mögen.«

»Die Ältesten, die Ältesten, die benehmen sich doch wie Spione . . .«

»Beruhige dich . . ., beruhige dich bloß. Du weißt doch, daß ich bereits verlobt bin und daß . . .«

»Gut, reden wir von deiner Verlobung. Wenn du deinen

Verlobten wirklich lieben würdest, wenn die Ältesten deines Dorfes sich nicht mit dem einzigen Ziel zusammengefunden hätten, um dich ins Unglück zu stürzen, indem sie dir einen Verlobten aufzwangen, den du gar nicht liebst, würdest du dann etwa jetzt und hier vor Angst zittern?
Denn letztendlich sehe ich nichts Unnatürliches darin, daß mir Bikounou mal für einen Mittag seine Bude ausleiht, wenn du nicht davor Angst hättest, daß alle Welt davon erfährt, wie du zu mir gekommen bist, nun ja, dann wären wir eben in meinem Hause beisammen geblieben! Und dann hätten wir wohl kaum den Besuch dieser zwei alten schwachköpfigen Schweinehunde gehabt! Diese alten Säcke, diese alten Säcke .., diese verdammten Alten, die die Jugend daran hindern, so zu leben, wie sie es will. Diese verdammten alten Säcke..., wann werden die endlich krepieren, diese alten Säcke!«
Antoinette versuchte Nomo mit allen ihr zur Verfügung stehenden Mitteln zu besänftigen. Warum wütete er bloß so gegen die Alten? Wußte er denn nicht, daß auch er eines Tages alt werden würde und daß er...
»Und du meinst etwa, daß ich dann die jungen Leute, die sich in aller Ruhe lieben und die niemanden stören, belauschen gehen werde?«
»Reg' dich nicht so auf. Du hast doch gesehen, wie sie sich davongestohlen haben, als sie dich sahen; du selbst hast es mir doch so geschildert.«
»Als sie mich sahen? Glaubst du, Antoinette, glaubst du wirklich, daß sie mich gesehen haben?«
»Was? Hast du jetzt etwa Angst, daß sie dich gesehen haben könnten?«
»Aber, Antoinette, ich war doch splitternackt!«
»Das stimmt nun auch schon wieder, Nomo, das stimmt in der Tat.«
Und sie lachte so laut los, mit einem so ansteckenden

Lachen, daß auch Nomo seinen Humor, den er einen Moment lang verloren hatte, wiederfand.
»Du mußt zugeben, daß wir schon Glück gehabt haben«, fügte er schließlich hinzu, und auch er lachte schallend los. »Denn stell dir nur vor, irgendein anderer Dorfbewohner hätte mich in dem Moment splitternackt auf der Veranda gesehen! – Ah, dieses Lendentuch ... und dann diese vertrackte Tür ...«
»Also, die Tür kann nun wirklich nichts dafür. Du, Nomo, weißt einfach nicht, wie man ein Lendentuch richtig um die Hüfte wickelt. Da liegt das Problem.«
Und sie lachte noch lauter los.
»Also, eins ist ganz sicher«, bemerkte schließlich Nomo, »niemand werde ich etwas von dieser ganzen Geschichte erzählen, weder Bikounou, noch irgend jemand anderem.«
»Und die Alten?«
»Sei's drum. Wenn die eines Tages die Frechheit besitzen sollten, mich daran zu erinnern, was heute vorgefallen ist, glaub' mir, dann werden diese es ganz schön schwer haben zu beweisen, daß sie wirklich mich gesehen haben. Du aber, du versprichst mir, niemand etwas von dieser Geschichte zu erzählen, das versprichst du mir, nicht wahr?«
»Versprochen.«
Die beiden trennten sich, und sie kehrte im Schutze der Dunkelheit, die inzwischen hereingebrochen war, nach Hause zurück.

Zu normalen Zeiten hätte Belobo es abscheulich gefunden, daß die jungen Leute von heute es sich erlaubten, »solche Dinge am hellichten Tage zu treiben«, indem sie von der Abwesenheit der anderen Dorfbewohner profitierten. Und dann dieser Bikounou, der Nomo netterweise sein Haus zur Verfügung gestellt hatte, damit der

in Effidi Dinge trieb, wie sie sonst nur vom Teufel, und nur von dem getrieben wurden ... Instinktiv machte er das Kreuzzeichen, und das machte nun sogar den King Albert lächeln. Sich vor einem Becher Palmwein zu bekreuzigen, am Ende eines Spionageabenteuers, das denn aber auch überhaupt nichts mit den Dingen des Himmels zu tun hatte, also das wirkte denn auch in den Augen Alberts reichlich komisch.
Gewiß, zu normalen Zeiten hätte der Delegierte den Akt an und für sich verdammenswert gefunden, und er hätte Bikounou, Nomo und die Frau ohne Zweifel deutlich verurteilt. – »Aber wer war das denn noch, wer konnte das sein?« fragte sich Belobo, indem er noch einen Schluck Palmwein zu sich nahm. In diesem Falle aber gab er sich mit dem glücklichen Ende ihres Abenteuers zufrieden: Immerhin war es ja nicht der Vespasier gewesen, den sie in dem Zimmer gehört hatten, den sie splitternackt auf der Veranda gesehen hatten. Es war Nomo gewesen, der Mann, der den Wildschweinen Fallen stellte. Also tatsächlich, den hatten sie wirklich gesehen, und sie hatten ihn sehr wohl erkannt. Zu normalen Zeiten hätten sie, weil sie eben zum Kreise der Dorfältesten gehörten, hieraus einen Skandal von dörflicher, ja sogar regionaler Dimension machen können. Heute aber war ihre Erleichterung so total, daß sie darüber sogar die Todsünde vergaßen, die darin bestand, »nicht einmal die Nacht abzuwarten, um ein Komplize Satans auf dem Wege der Seele ins Unglück und die unverzeihliche Sünde zu werden«.
»Ich danke dir, Belobo«, sagte der King, indem er sein Glas auf den Tisch stellte.
Dem Delegierten gegenübersitzend, las er in dessen Gesicht eine Seelenruhe, die ihn zutiefst bewegte. Und schließlich hatte Belobo bewiesen, wieder einmal bewiesen, daß alles, was ihn, Albert, berührte, ihn selbst kei-

neswegs unberührt ließ. King Albert war dem alten Belobo dafür von Herzen dankbar.
Die leeren Gläser wurden wieder gefüllt. Eine auf dem Tisch plazierte Sturmlampe gab an Licht her, was sie nur hergeben konnte. Der King bemerkte, daß das Glas der Lampe noch die Spuren der vorherigen Nacht aufwies, die Spuren des Petroleums, das der Docht nur unvollständig verzehrte. »Das Glas der Lampe ist heute nicht einmal gesäubert worden«, dachte Albert bei sich, »will heißen, daß Nani sich nicht einmal die Mühe gemacht hat, die wenigen häuslichen Aufgaben, die sie hat, zu versehen. Und das an einem Tag, da mir Unglücke aller nur denkbaren Art widerfahren ... Wo kann sie bloß stecken?«
Belobo erriet, was sich hinter der sorgenvollen Stirn Alberts abspielte. Doch er fuhr fort, seinen Palmwein wortlos zu trinken. Indem die Nacht tiefer hereinbrach, hatte sich draußen Effidi langsam wieder bevölkert. Vom Innenhof des Nachbargehöfts konnte man das Singen von Kindern vernehmen. Eines der Kinderlieder ging über die untreue Frau, »die, kaum hatte ihr Mann das Haus verlassen, zu Fuß durchs Dorf lief, von Haus zu Haus, um die Männer um Geld anzubetteln«. Am Abend kehrte sie dann zu ihrem Hause zurück, freundlich wie eine Unschuldige, machte ihren Mann glauben, daß sie den ganzen Tag im Hause verbracht hätte. »Aber nein, aber nein, sie lügt, sie lügt ... bedauernswerter Ehemann. Glaub' ihr bloß nicht! Sie lügt, sie lügt wie gedruckt.« Das war schon ein seltsames Kinderlied! Aber in Effidi hatte sich tatsächlich etwas verändert, das spürte ein jeder, ohne daß man es laut ausgesprochen hätte. Es hatte sich mächtig was verändert, vor allem seit das Wahlfieber die Einwohner gepackt hatte. Das Kinderlied war schon reichlich seltsam, wirkte besonders so an einem Tag, an dem der King just von den Sorgen

eines Ehemanns um das Verhalten seiner Frau gequält wurde. Von allen Kinderliedern war es natürlich dieses, das die ganze Aufmerksamkeit des Kings und seines Besuchers in Anspruch nahm. Und seltsamerweise betrat Nani just in dem Moment das Haus, als der Refrain des Kinderliedes erklang: »Armer Mann, glaub' ihr nicht, sie lügt, sie lügt.«
Der King und der Delegierte schreckten gleichzeitig auf; man war versucht zu glauben, sie hätten sich abgestimmt.
»Ah, da seid ihr beiden ja endlich«, sagte sie.
Dann zu Albert gewandt:
»Den ganzen Mittag bin ich hin und her gerannt, um dich zu suchen, um herauszufinden, was dir wohl widerfahren ist. Ich bin todmüde. Wo warst du denn bloß?«
Der King sah sie an, ohne zu begreifen, dann wandte er sich wortlos zu Belobo. Der Alte senkte die Augen, als ob er von allem nichts wüßte. Und dieser Moment der Stille erschien Nani endlos lang.
»Warum siehst du den Delegierten so an? Ich frage dich, wo du heute nachmittag gewesen bist, und du verstummst?«
»Nani«, hob Belobo langsam an, »du weißt, daß heute ein Unglück über deinen Mann gekommen ist. Da kannst du doch nicht von ihm verlangen, daß er gesprächig wie eine Quelle ist. Also, ich muß dir schon sagen, daß auch er, seit dieses Unglück passierte, sich beständig gefragt hat, wo du denn wohl abgeblieben bist. Du weißt doch, daß ein Mann in einer solchen Situation der Unterstützung seiner Frau bedarf . . .«
»Ja, so ist es, so ist es in der Tat«, fügte die Mutter Alberts hinzu, die in diesem Moment stöhnend ins Zimmer kam. »In der Tat braucht der Mann in solch einer Situation die Unterstützung seiner Frau. Auch ich hatte heute deine Unterstützung nötig. Den ganzen Tag habe ich

auf deine Rückkehr gewartet, aber ich habe vergeblich nach dir Ausschau gehalten. Gewartet habe ich auf dich, um mit dir meinen Schmerz zu teilen, um in deiner Nähe zu weinen, und ich habe vergeblich auf dich gewartet. Wo warst du bloß?«
»Mutter«, unterbrach Albert, »ich glaube, du hast noch Arbeit in der Küche zu tun. Laß mich diese Angelegenheit allein mit Nani bereden.«
»Red' ihr gut zu, mein Sohn, red' ihr gut zu. Hat man jemals eine solche Schwiegertochter gesehen? Sie verläßt mich für einen ganzen langen Tag, ohne mir auch nur zu sagen, wo sie hingeht ... Und dann muß ich das Essen zubereiten ..., ich muß trauern, wenn dir ein Unglück widerfährt ..., ich muß dafür Sorge tragen, daß es dir an nichts fehlt ..., und währenddessen geht meine Schwiegertochter seelenruhig spazieren ..., und dann kommt sie auch noch an, und will dich glauben machen, daß sie den ganzen Nachmittag auf der Suche nach dir war, also, das ist doch die Höhe ...«
»Mutter«, versuchte der King noch einmal, »versteh doch endlich, daß dies meine Angelegenheit ist, und ganz allein die meine.«
»So ist es, genau so ist es, ich habe jetzt endlich begriffen, daß ich hier nichts zu melden habe, weil du die Prinzessin von Nkool geheiratet hast.«
»Mutter, so hör doch, ich bin nicht die Prinzessin von Nkool, ich bin nicht ...«
Aber die Mutter des Kings hatte schon das Zimmer verlassen.
»Woher kommst du jetzt?« wagte Albert endlich zu fragen.
»Ich komme aus Zaabat, wo ich lange auf dich gewartet habe, lange auf dich gewartet habe, nachdem ich zuvor in Nkool gewesen war ...«
»In Nkool? Habe ich richtig gehört, hast du gesagt, du

warst in Nkool? Habe ich dir nicht untersagt, nach Nkool zu gehen?«
»Aber ich mußte doch meine Mutter und meinen Vater wissen lassen, daß dir etwas Schlimmes widerfahren war!«
»Also, deine Mutter, die mag ja noch angehen, aber dein Vater, ich habe dir doch verboten, ihn überhaupt noch einmal zu sehen. Und zudem habe ich dir untersagt, noch je nach Nkool zu gehen, bis dein Vater endlich begriffen hat, daß es ihm nichts nützt, wenn er gegen mich antritt. Und du, also du, kaum drehe ich dir den Rücken zu, und schon ...«
»Erklär mir, erklär mir ein für allemal, warum du mich daran hindern willst, meinen Vater zu besuchen, meinen eigenen Vater?«
»Weil du meine Frau bist und weil du mir gehorchen mußt!«
»Vergiß nicht, daß ich seine Tochter bin, vor allem seine Tochter...«
»Was bedeuten soll?«
»Das will heißen, daß du ganz einfach nicht das Recht hast, mich daran zu hindern, den Menschen zu besuchen, ohne den ich nicht am Leben wäre.«
»Ich bin ermüdet von einem Tag, der mir aber auch kein Unglück erspart hat. Und du, meine Frau, anstatt mir zu helfen, all diese Schwierigkeiten zu überwinden, gefällst dir darin, mir Antworten zu geben, denen ich entnehmen muß, daß dich nicht im geringsten schert, was mir heute alles passiert ist...«
»Und du selbst, du untersagst mir deshalb, meinen Vater zu sehen?«
»Nani, du bist eine schlechte Ehefrau«, schrie Albert los.
Der Schlagabtausch wurde immer lauter und hitziger. Die Nachbarn, die inzwischen ihre Häuser verlassen

hatten, streckten neugierig ihre Ohren, und ohne Mühe konnten sie genau vernehmen, was im Hause Alberts gesagt wurde. Es war das erste Mal, daß man King Albert sich so brutal äußern hörte, in einem Ton, der seine Wut auch nicht ein bißchen zu verhüllen vermochte.
»Beruhige dich«, versuchte Belobo eher schüchtern einzuwerfen.
Aber Albert hörte ihn kaum.
»Und im übrigen bin ich nicht mal sicher, daß du wirklich nach Nkool gegangen bist. Du ver...«
»Was sagt sie«, fragte die Mutter Alberts, die gerade wieder aus der Küche hervorkam, in der Hand eine Kalebasse voller roter Palmkerne. »Was sagt Nani? Sie behauptet, in Nkool gewesen zu sein? Aber wer hat sie denn heute in Nkool gesehen? Waren denn die Leute von Nkool, genauso wie die von Effidi, heute nicht alle in Zaabat?«
»Mutter«, schrie der King jetzt, »habe ich dich nicht gebeten, deine Arbeit in der Küche zu beenden?«
Die Mutter, die zuvor neugierig schnell aus der Küche gekommen war, nahm sich alle Zeit, um dorthin zurückzugehen.
»Gut denn«, bemerkte Nani zustimmend, »ihr wollt mir also nicht glauben, wenn ich sage, daß ich heute nachmittag in Nkool war. Ihr werdet ja sehen. Jetzt sofort werde ich zu meinen Eltern nach Nkool zurückgehen. Ich gehe weg...«
»Und du wirst nicht weggehen«, antwortete Albert fest.
»Nein, du wirst nicht weggehen!« fügte Belobo hinzu, wobei er sich erhob und Nani an einem Ärmel ihres Kleides festhielt.
Aber die junge Frau war bereits im Hof des Anwesens. Furchtlos schleuderte sie allen, den Neugierigen, die plötzlich dort versammelt waren – selbst Chef

Ndengué war inzwischen angelangt –, ihnen allen schleuderte sie erregt entgegen:
»Wenn ihr mich als Lügnerin bezeichnet, dann beleidigt ihr damit auch meinen Vater, der mich großgezogen hat. Hier kann ich nicht länger bleiben.«
Indem sie loslief, suchte sie sich vor den Leuten von Effidi zu retten. Die jungen Leute des Dorfes nämlich, die dem Schlagabtausch, der der Flucht vorausging, beigewohnt hatten, hielten es für ihre Pflicht, das Davonlaufen Nanis zu verhindern. Für sie war Nani immer noch die Frau Alberts, und sie würde es bleiben, und sei es, daß man dafür die Kraft der Arme einsetzen mußte. Just in dem Moment aber, als sie zur Verfolgung Nanis ansetzen wollten, vernahmen sie die Stimme des Kings, der ihnen zurief:
»Laßt sie in Ruhe, laßt sie doch gehen, wenn sie es so will!«
Und so ließen denn die jungen Leute des Dorfes Nani in ihr Geburtsdorf zurückkehren. Einige Minuten später hatte die Ruhe der Nacht bereits wieder von Effidi Besitz ergriffen, als man plötzlich das Motorengeräusch der Vespa vernahm, womit sich die Rückkehr Bikounous ankündigte. »Was er bloß sagen wird, wenn er dieses Schlachtfeld in seinem Heimatdorf vorfindet?« fragte sich der King innerlich, und er fand auch sofort eine Antwort auf seine Frage: »Ach, dieser Scharlatan wird niemand überzeugen können, daß er nicht doch ein Komplize in dieser ganzen Angelegenheit war!«

12. Kapitel

oder

Tobias wird begraben

Dieser so ereignisreiche Tag hatte den King zwar mächtig ermüdet, und doch fand er erst spät in der Nacht zu dem so arg benötigten Schlaf. Denn kaum hatte er das Abendessen in Gesellschaft Belobos zu sich genommen, da mußte er auch schon den Besuch aller erwachsenen Männer des Dorfes empfangen; sie kamen, um ihm, dem Brauch entsprechend, ihr Mitgefühl für das von ihm erlittene Ungemach auszusprechen. Alle waren ganz auf seiten des Kings, versicherten ihn ihrer moralischen Unterstützung, ja ihrer physischen Unterstützung, sollte er die nötig haben. So halfen sie ihm, die Ereignisse des kommenden Tages mit Klarsicht und Ruhe ins Auge zu fassen. Und der King selbst sagte sich, als er dann endlich schlafenging, daß ihr Besuch ganz ohne Zweifel einen heilsamen Effekt auf ihn gehabt hatte ...
Der folgende Tag aber begann mit einer totalen Überraschung. Der erste nämlich, der am nächsten Tag an die Tür des Kings klopfte, war ... nein, sie werden es kaum erraten.
Der King öffnete die Tür und fand sich von Angesicht zu Angesicht Toutouma, dem Gewerkschafter, gegenüber. Einige Schritte hinter Toutouma standen drei eher unentschlossene Frauen: Nani, ihre Schwester Kalé, und deren Mutter.
»Laß uns eintreten, Albert.«
Der King bemerkte sehr wohl die Erregung in der Stimme seines Besuchers.
»Tretet ein, tretet alle ein«, sagte er zu ihnen.
Sie ließen sich in jenem Teil des Hauses nieder, der zu-

gleich als Salon und als Eßraum diente. Der King öffnete ein Fenster, dann setzte er sich dem Gewerkschafter gegenüber nieder.

»Ich hätte dich ja eigentlich gleich gestern abend besuchen können, aber weißt du, Albert, ich habe mir gesagt: Die Leute von Effidi ziehen es sicher vor, sich allein bei dir zusammenzufinden. Wie dem auch sei, ich hoffe, du wirst verstehen, daß auch ich, zusammen mit Kalé und ihrer Mutter, an jenem Unglück mittragen, das dich gestern ereilt hat. In solch einer Situation muß man eben die Rivalitäten, die einen trennen, vergessen, und ...«

»Aber«, unterbrach der King, »du hast nur von dir selbst gesprochen, von Kalé und von ihrer Mutter. Hast du denn nur eine Tochter?«

»Nani war einmal meine Tochter. Seit geraumer Zeit aber ist sie deine Ehefrau. Sie ist nicht mehr Teil unserer Familie, und du hast es doch nicht nötig, daß ich dir beibringe, was unsere Tradition besagt, Albert!«

»Nani hat vergessen, daß sie meine Frau ist, sonst hätte sie es sich nicht erlaubt, mich vor dem ganzen Dorf zu blamieren, indem sie zu ihren Eltern davonlief.«

»Um so schlimmer für Nani, wenn sie vergessen will, wer sie ist. Ich bringe sie dir trotzdem zurück. Und ich denke schon, daß ich dich gut genug kenne, daß du also kaum noch einmal alles, was gestern zwischen euch vorgefallen ist, Revue passieren lassen willst, daß du eher dazu neigen wirst, ihr alles zu vergeben.«

Genau in diesem Moment betrat der Fahrer des Kings zögernd den Raum:

»Ich bin da, Chef«, sagte er.

»Schon gut, Kilikot«, so pflegte der King den Namen Grégoires stets zu verballhornen, »schon gut, warte im Wagen auf mich. Übrigens frage ich, was denn noch von diesem Wagen übriggeblieben ist.«

»Also, was zu reinigen war, das habe ich gereinigt«, ant-

wortete Kilikot, »aber, Chef, es sind ein paar Reparaturen fällig geworden.«
Und er verließ wieder den Raum.
»Siehst du, Toutouma, du hast recht: Wir haben ganz einfach keine Zeit, um das, was gestern abend passiert ist, noch einmal durchzuhecheln. Hier ist schon mein Fahrer, um mich daran zu erinnern, daß mir ein weiterer anstrengender Tag bevorsteht. Heute wird Tobias beerdigt ... Da bin ich vollauf mit beschäftigt. Wenn der liebe Gott es will, wird alles gut ablaufen. Und wenn Nani ... und wenn Nani denn bei euch zu Hause ein Wort über ihre Rückkehr nach hier fallenlassen wollte, dann würde mir dies, ich will es offen gestehen, eine große Hilfe sein, die Prüfungen des heutigen Tages zu überstehen.«
»Also, Nani, hörst du«, flüsterte Kalé ihrer Schwester zu, »hörst du, was King Albert sagt? Wenn du den Mut aufbringst, ihn jetzt um Entschuldigung zu bitten, bin ich sicher, wird die ganze Angelegenheit sofort vergessen sein.«

Es gab nicht einen einzigen Einwohner von Effidi – ich meine von denjenigen, die aufgrund ihres Verhaltens wirklich den Namen »Kinder von Effidi« verdienten – es gab nicht einen einzigen Bewohner von Effidi, der nicht über die Rückkehr Nanis am Tage nach ihrer Flucht aufrichtig erfreut gewesen wäre. In freudigeren Tagen, anders gesagt, wenn es nicht in Zaabat einen von einem »Kinde Effidis« verursachten Trauerfall gegeben hätte, an glücklicheren Tagen also, sage ich, wäre die Rückkehr Nanis ganz gewiß wieder als »Beweis für die Überlegenheit unseres Dorfes über die anderen« interpretiert worden. Sie kennen ja jetzt bereits unsere Freunde, die Promptheit, mit der sie »den ganzen Erdball«, mit Hilfe ihrer Trommeln, mit Beweisen ihrer

Größe, ihrer Intelligenz, ihres Reichtums beglückten. Heute aber ließ ihnen eine natürliche Zurückhaltung das Schweigen geboten erscheinen, wenn auch ihr Stolz ihre Herzen schwellen ließ, aber da blieb ihr Stolz denn doch im Verborgenen.

Kilikot ließ den Wagen des Kings im wankelmütigen Schatten eines Mangobaumes auf dem großen Dorfplatz von Zaabat stehen, genau dort, wo am Vortage die Auseinandersetzung zwischen den Anhängern Bikounous und denen Alberts ausgebrochen war. Alle Bewohner des Dorfes begleiteten Tobias zu seiner letzten Ruhestätte. Und die Zeremonie auf dem kleinen Friedhof, auf dem sich die Menschen dicht drängten, war in höchstem Maße bewegend. Und sie dauerte auch sehr lange, denn immer wieder wurden die langen Gebete und die lange Predigt von den Tränenwellen der Frauen unterbrochen. Nicht ein Bewohner verließ den Friedhof vor dem Ende der Zeremonie. Der Tag neigte sich bereits dem Ende zu, als die letzten aus der Menge die letzten Blumen auf dem bereits geschlossenen Grab niederlegten, den Friedhof verließen und sich auf den Weg zu ihrem Dorf machten.
Niemand sprach auch nur ein Wort. Selbst die Klagefrauen schwiegen. Der Tag machte in diesen grauen Stunden des Übergangs Raum für eine Nacht voller Traurigkeit. Immer noch schweigend, erreichten die Mitglieder der Trauergemeinde ihr Dorf. Da konnte Kilikot, als er das Auto seines Chefs sah, sich nicht länger zurückhalten; er stieß einen lauten Schrei aus, der die lange Stille zerstörte und alle Welt dazu bewegte, ihn erschreckt anzusehen:
»Aaaaah, au wei...!«
Er verbarg sein Gesicht in seinen Händen und schloß die Augen. Die Aufmerksamkeit der Dorfbewohner war

jetzt ganz auf ihn gerichtet. Und als er wenig später wieder die Augen öffnete, ließ er einen Blick über die Runde schweifen; immer noch unter dem Eindruck einer Überraschung, die die anderen nicht begriffen, wandte er sich fragend an sie:
»Ihr reißt die Augen weit auf, um mich anzusehen, aber weshalb seht ihr mich an? Um Gottes willen! Schaut lieber dorthin. Und sagt mir, ob ich träume!«
Ja, gewiß, »dort unten«, unter dem großen Mangobaum, konnte jetzt jeder den 2 CV des Kings wahrnehmen; er war nicht nur von den Beulen des Vortages gezeichnet, sondern jetzt fehlten ihm noch die vier Räder. Allgemeine Bestürzung. Kilikot träumte keineswegs.
»Was? Wie konnte das passieren? Das ist doch ... das ist doch mein Wagen, ist dieser Kadaver wirklich noch mein Wagen?«
Auch Albert konnte es nicht begreifen.
»Aber sag, sag mir, sag mir, Kilikot, wo bist du nur gewesen, als man mir die Räder gestohlen hat? ... Wo warst du bloß?«
»Chef, du weißt doch, daß auch ich, wie alle, auf dem Friedhof war! Wie konnte ich einen Bruder davongehen lassen, ohne ihn zur letzten Ruhe zu begleiten?«
Alle Welt hatte sich dorthin gestürzt, wo der »Kadaver« ruhte. Es hatte sich eine Ansammlung gebildet, die Menschen waren aufrichtig entrüstet, und sie gaben ihrer Entrüstung lauthals Ausdruck. Die Zungen, bis dahin noch von der Trauer des Tages gefesselt, lösten sich: Drohungen, Beleidigungen wurden ausgesprochen, an die Adresse des Unbekannten, der dieses Verbrechen begangen hatte. »Dieser Unwürdige hat genau den Moment des Begräbnisses unseres Bruders abgewartet, um Schande über Zaabat zu bringen!« Schon wurden Vermutungen über den möglichen Täter gehandelt, doch die verloren sich in einem immensen Durcheinander, in dem

sich die Worte kreuzten, ohne auch nur einen logischen Schluß erkennen zu lassen. Und doch ergab sich aus diesem offensichtlichen Durcheinander, aus dieser wachsenden Wut der erregten und bestürzten Menge, ein einhelliges Urteil: Derjenige, der »dies« angestellt hatte, würde »dafür zahlen müssen ...« ... und er »würde teuer dafür bezahlen müssen«.
Diese Einhelligkeit kontrastierte deutlich mit dem, was am gleichen Ort am Tag zuvor vorgefallen war. Erinnern Sie sich doch an jenen Streit, vor dem der King die Flucht ergriffen hatte und ohne den Tobias nicht den Tod gefunden hätte. Genau am gleichen Ort, angesichts des jetzt ohne Räder armselig wirkenden Autos, waren alle Menschen, alt und jung, aus welchem Dorf auch immer sie stammen mochten, von der gleichen Entrüstung erfüllt, »über jene jungen Leute, die das Gute im Herzen der Menschen umgebracht und statt dessen dort den Neid, den Haß und das Verbrechen, die wir früher nicht kannten, eingepflanzt haben...«.
»Also, hört zu«, warf Belobo ein, als er die Bemerkungen dieser Art vernahm, »glaubt ihr etwa, daß die Zeitläufte es sind, die jene schlechten Menschen geboren haben, die heute die Räder eines Autos stehlen? Habt ihr denn vergessen, daß alle Menschen Geschöpfe Gottes sind?«
»Alle Menschen, egal, wie sie geartet sind, Vater Belobo«, wagte ein junger Mann einzuwerfen.
»Alle Menschen, jawohl, alle Menschen. Dabei bleibe ich.«
»Das heißt«, hob der Katechist von Nkool neu an, »will heißen, alle Menschen, die, bevor sie auf die Welt kamen, nicht von der Hand des Teufels berührt worden sind. Ich werde euch mal erklären, woher denn die Kriminellen kommen. Wenn ein Kind im Leib seiner Mutter ist, dann ist der liebe Gott es, der es dorthin pflanzt, mit seinen eigenen Händen. So und nicht an-

ders. Gut. Das Kind ist also im Leib seiner Mutter. Die Tage vergehen. Sie gehen dahin. Die Tage vergehen nach und nach. Und das Kind ist noch immer im Leib seiner Mutter. Es versteht das Leben noch nicht. Und die Tage gehen dahin. Wenn dann viele, viele Tage vergangen sind, dann öffnet das Kind die Augen im Leibe seiner Mutter. Und sobald das Kind sieht, was um es herum vorgeht, da fangen auch schon seine Sorgen an. Denn, das mußt du wissen, Satan ist da, der Teufel hält sich hinter dem Rücken der Mutter versteckt. Nur sieht die Mutter ihn nicht. Sie geht durch's Dorf, und Satan geht hinter ihr her. Sie geht in den Wald, um Reisig zu sammeln, und Satan ist stets hinter ihr. Sie sieht ihn aber nicht. Aber, weißt du, das Kind im Leib seiner Mutter besitzt zwei Paar Augen, mit denen es alles sehen kann. Und jeden Tag sieht das Kind Satan. Sobald das Kind Satan sieht, will es sich retten, indem es davonläuft, worauf die Mutter vor Schmerzen stöhnt und sagt: »Mein Kind läuft in meinem Leib.« Sie weiß eben nicht, daß das Kind beim Herannahen Satans zu fliehen versucht. Doch das Kind läuft immer schneller als dieser verdammte Satan. Und eines Tages verläßt das Kind dann den Leib seiner Mutter, ohne daß Satan es geschafft hätte, das Kind mit seinen krummen Fingern zu berühren. Dieses Kind wird nun nie ein Krimineller werden, weil Satan es nicht geschafft hat, von ihm Besitz zu ergreifen.«
»Ja und«, hakte der junge Mann nach, »wie wird man denn nun ein Krimineller?«
»Das ist doch unerhört«, rief Belobo aus, »du redest ja gerade wie jemand, der mit aller Gewalt ein Krimineller werden will.«
»Nein, Belobo, sag das bloß nicht, laß mich diesem jungen Mann lieber erklären, was sich unterdessen abgespielt hat. Also, das Kind ist immer noch im Leib seiner Mutter. Alles geht ganz gut, bis zu dem Tage, da das

Kind die Augen öffnet, um sich seine Umwelt anzusehen. Es bemerkt, daß Satan da ist, daß der Teufel ihm böse will und es ständig verfolgt. Eines Tages nun begibt sich die Mutter zum Markt in die Stadt. Sie trägt das Kind immer noch in ihrem Leib, aber sie vergißt es. Sie hat nur noch Augen für die schönen Kleider, die schönen Kopftücher, die schönen Schuhe, ganz so, als ob sie eine weiße Frau wäre. Aber wo bekommt sie nur das Geld her, um all diese schönen Dinge zu kaufen? Vergiß nicht, daß Satan nur auf solche Augenblicke lauert. Und dann flüstert er der Frau ins Ohr: »Wenn du dieses schöne Kopftuch haben willst, laß dich doch mit dem Verkäufer ein! Wenn du unbedingt dieses Kleid haben willst, dann treib es doch mit dem Verkäufer. Und wir sehen, bald gehört das Kleid dir ... und du weißt, das Kleid wird dir phantastisch stehen, glaub mir bloß.« Die Frau vernimmt die Worte des Teufels, der aus glühendem Mund spricht, aber die Hitze seiner Worte mit Regenwasser kühlt, damit sie sich um so besser bei der Frau einschleichen ... Wenn die Mutter nun schwach wird und sich mit dem Verkäufer einläßt, dann wird auch das Kind geschwächt. Es kann nicht mehr so schnell wie früher laufen. Gut für Satan, der nun ohne Mühe Hand an das Kind legen kann. Von dem Moment an ist ganz sicher, daß das Kind später ein Krimineller wird. Du siehts also, Belobo hatte recht: Nicht die heutigen Zeiten schaffen die Kriminellen, sondern es ist vielmehr der Teufel, der sich in seinem Handwerk der Frau bedient.« Arme Frau! Wenn sie sich doch nur damit zufriedengegeben hätte, in einer ruhigen Ecke ganz allein ihren Apfel zu essen, dann würde wenigstens die Hälfte der Menschheit im ewigen Glück des irdischen Paradieses baden.
Zwecklos, vertuschen zu wollen, daß die Abwesenheit Bikounous bei der Beerdigung von Tobias unter

den Dörflern schlimme Vermutungen auslöste. Und auch sein treuer Gefährte Féfé wurde zugleich zur Bande der Kriminellen gezählt, weil auch er nicht, wie sonst alle Dorfbewohner, in Zaabat anwesend gewesen war. Selbst wenn die beiden zugegen gewesen wären, so hätte man sie trotzdem hinter jenem Komplott vermutet, durch das der 2 CV King Alberts seiner vier Räder verlustig gegangen war. Gegen die schlüssige Logik der Dörfler war einfach nicht anzukommen; denn hatte Bikounou nicht deutlich seine Gegnerschaft zum King unter Beweis gestellt – und mit welcher Frechheit zudem, erinnern Sie sich doch an die Szene, die er dem King am Vorabend auf eben diesem Platz geliefert hatte –, er mußte in den Augen der Dorfbewohner selbst der Anführer oder doch zumindest der geistige Vater des Streichs gegen den Händler sein. Prompt stellte ein jeder die nicht wegdiskutierbare Verbindung zwischen Ursache und Wirkung her und fand es eine »Schande für die ganze Region, daß etwas so Fremdes wie diese verwünschten Wahlen zu einer solchen Verlotterung der Sitten der Jugend führen konnte«. Aber Gott sei Dank gab es in der Region ja noch einige junge Leute, die das, was Bikounou angestellt haben sollte, nicht guthießen. Allein deren Entschluß, sich im Namen King Alberts zusammenzuschließen, um den Schuldigen zu bestrafen, verhinderte die Verwirklichung jener Idee, die einige Erwachsene laut ausgesprochen hatten, nämlich die kommenden Wahlen zu boykottieren, »um so zu beweisen, daß wir sehr wohl ohne jene Seltsamkeiten leben können, die doch nur Uneinigkeit unter uns schaffen«.
Wir dürfen jedoch auch eine andere Wahrheit nicht verschweigen: Diese totale Kehrtwendung, wie sie die empörten und noch ganz der Tradition verpflichteten jungen Männer an den Tag legten, war der Gund für eine

tiefe Enttäuschung auf seiten der Frauen, und nicht nur in Effidi, sondern in allen Dörfern der Umgebung. Seit Beginn der Wahlkampagne nämlich waren die Brüste so mancher Frau in Effidi und anderswo paarweise mächtig gewachsen, hatten zunächst die Größe gepfropfter Mangos erreicht – Sie wissen sicher, daß diese Sorten Mangos größer sind als die gewöhnlichen –, um dann die Größe kleiner Kalebassen zu erreichen, die nur auf die Sonne und die späten Monate des Jahres warten, bevor sie ohne jede Scham und voller Saft reifen. Brüste sind launenhaft. Sie reifen hochgereckt, neigen überreif zum Boden hin, weisen gegen Ende der Erntezeit mit ihrer Spitze zum harten Boden hin. In den Dörfern ahnte man, daß Bikounou, der Vespasier, irgendwie etwas zu tun hatte mit jener reifen Keckheit, die im übrigen durch ein unerklärliches Zusammentreffen mit einem allmählichen Anschwellen der Bäuche verbunden war. Die Frauen haben wirklich nur noch Augen für die Wahlkandidaten. Und wenn dann ein solcher Kandidat nicht nur den Mut hat, sich aufstellen zu lassen, sondern auch noch offen einen Mann von der Statur King Alberts von Effidi herauszufordern, also dann gehören alle Frauen ihm, solange wie er eben die Oberhand behält.
Aber wie dem auch sei, die neue Einheit der jungen Männer von Effidi und der anderen Dörfer bedeutete ganz plötzlich den Verlust eines großen Teiles der Wählerschaft für den Vespasier, ganz wahrscheinlich zugunsten eines Konkurrenten, auf dessen Seite sich nun alle Welt schlug. Doch für jenen arroganten und unehrlichen Beamten dachte man sich noch eine ganz andere Strafe aus:
»Den werden wir aus seinem Büro herauszerren, und wir werden ihm sogar vor den Augen seines weißen Chefs zeigen, was wir von ihm halten ...«
Aber die Dörfler brauchten ihn nicht einmal aus seinem

Büro herauszuholen. Denn schon am folgenden Abend kam Bikounou von selbst nach Effidi, betrunkener als je zuvor, laut gegen jene bösen Zungen im Dorfe wetternd, die lauter idiotische Bemerkungen bezüglich seiner Person gemacht hatten, und dies in der alleinigen Absicht, die Wahl eines alten, dummköpfigen und ungebildeten Händlers zu begünstigen.
»Aber die werden schon sehen, diese Leutchen, die werden schon noch was erleben!«
Er stoppte den Motor seiner Maschine, und nachdem er sie wie üblich auf der Veranda seines Hauses abgestellt hatte, wollte er gerade eintreten, als sich ihm Nomo in den Weg stellte.
»Bikounou, komm' mit uns, wir haben dir was zu sagen.«
»Laß mich in Ruhe, laß mich bloß in Ruhe. Du bist doch nur ein armseliger Fallensteller. Und ich habe dich für einen Freund gehalten, aber weit gefehlt, nichts davon! Ich habe dir sogar mein Zimmer und mein Bett ausgeliehen, damit du darin pennen könntest mit den ... «
»Bikounou ..., Bikounou ..., Bikounou«, ertönten plötzlich die Stimmen anderer junger Leute, die von beiden Seiten des Hauses her auftauchten.
»Und ich sage dir: Komm' mit uns«, beharrte Nomo.
Der Vespasier sah sie alle einen Augenblick lang an, wie jemand, der gerade wach wird, sich plötzlich einer drohenden Gefahr bewußt werdend. Er rieb sich die Augen mit dem Handrücken. Und während diese Konfrontation andauerte, traf auch Féfé ein. Er begriff zunächst gar nicht, wie er und der Vespasier so plötzlich umringt waren von den Gefährten Nomos – die immer zahlreicher von Gott weiß woher auftauchten. Deren Minen hatten heute abend denn auch gar nichts Freundschaftliches. Sie zwangen die beiden Kumpel mit ihnen zusammen das Dorf zu verlassen. Es war Nacht, so daß ihr Vorgehen

die Aufmerksamkeit der anderen Dorfbewohner nicht im geringsten erweckte. Nun muß man aber hinzufügen, daß Nomo und seine Freunde die Rückkehr Bikounous vom Morgen an bis zum Abend abgewartet hatten. Alles war sorgfältig vorbereitet worden. Dann führten sie den Beamten und seinen Freund in jenen kleinen Wald, in dem, Sie erinnern sich wohl, Bikounou seinerzeit Nani, die Tochter Toutoumas, damals schon mit King Albert verlobt, entjungfert hatte.
Ihre Erklärungen waren kurz, das Urteil wurde schnellstens vollstreckt, die Rückkehr zum Dorf lief ohne Lärm ab. Bikounou und sein treuer Freund sollten in der Stille der Nacht dahinsterben; der Gerechtigkeit war Genüge getan, der Respekt für die Tradition wiederhergestellt, die nahen Wahlen konnten in Ruhe ablaufen.

13. Kapitel
oder
Lachen gleich pfundweise

Lachen ist eine unvergängliche Ware. Es läßt sich im Schatten langweiliger Tage aufbewahren, in den grautrüben Tagen der Regenzeit, im Schutze lauter Spötterei. Und wenn dann das Lachen eines Tages wieder aufbricht, dann spürt man es, man erkennt es deutlich wieder. Man hält sich die Seiten, indem man das Elfenbein der Zähne bloßlegt, man gibt sich selbst der Spötterei hin und fühlt sich ungemein wohl. Nichts drückt so deutlich und so perfekt das eigene Wohlgefühl aus, wie ein Lachen.

Halten Sie sich von jenem nervösen Lachen fern, das sich manchmal Ihrer bemächtigt, um tiefe Traurigkeit in eine völlig unirdische Freude zu verwandeln. Sie befinden sich in Todesgefahr und brechen in Lachen aus, was sich keiner der gewöhnlichen Sterblichen um Sie herum erklären kann. Nein, nicht von dieser Sorte Lachen ist hier die Rede. Wir sprechen von jenem anderen Lachen, dem gesunden und reinen, dem direkten Lachen, ausgelöst von einem Ereignis, einem Vorfall des täglichen Lebens. Diese Sorte Lachen ist meist uneigennützig, was seinen Sinn noch verschönert und vergrößert. Weil jemand anderes auf einer Bananenschale ausrutscht und auf die Schnauze fällt, ist unser Lachen herzlich und direkt. Dieses Lachen ist zweifellos etwas, was wir unseren Mitmenschen ganz großzügig gewähren, jedes Mal, wenn die Lebensumstände daran denken lassen, ihnen etwas zu offerieren. Nicht genug damit, daß es für den, der es empfängt, umsonst ist, hat es obendrein noch den Vorteil, jene natürlichen und künstlichen Grenzen lächerlich zu machen, unter denen die menschlichen Rassen – außer in Augenblicken des Gelächters – die allersouveränsten darstellen. Pah! Was ist das nur für eine dumme Phrasendrescherei, das Ganze!

Aber trotzdem, wenn ich Händler wäre, würde ich Lachen paketweise verkaufen, in Tüten, Schüsseln, Trögen, händevoll, löffelweise, in Schalen, Tellern, Krügen, ganze Terrinen davon, per Kubikmeter, in Dutzenden von Kubikmetern. Gott, wie reich ich dann werden würde. Mein Gott, wäre das lustig!

14. Kapitel

oder

Die Trommeln von Nkool

Tag um Tag verströmten die Bewohner von Nkool vom frühen Morgen bis zum späten Abend im Wald das Lachen ihrer Trommeln. Man konnte schon gar nicht mehr unterscheiden, wer denn die glücklicheren waren, die Menschen oder die Trommeln, die sie schlugen. Aber man muß sie halt verstehen.

Sie werden sich erinnern, daß Nkool zwar als »die Pforte zum Himmel« angesehen wurde, weil es die Kapelle der Mission beherbergte, sich aber in höchstem Maße benachteiligt fühlte, seit jenem Tage unseligen Angedenkens, als die steinige und staubige Straße des Monsieur Baudruchon aus Effidi den Vorposten der gesamten Region gemacht hatte, die Schwelle zur Zivilisation der Weißen.

Gewiß, die guten Leute von Nkool, ehrbare Christenmenschen – wenn auch häufig polygam –, sie hätten sich ohne Zweifel wohl in die über die Jahre vom Katechismus gepredigte Resignation ergeben und hätten geduldig auf das Kommen der neuen Zeit im Jenseits gewartet, »wo auch Nkool seine eigene Straße und seine eigenen Lastwagen, die die Passagiere bis in die Stadt transportieren, haben würde...«, wenn nur der allzu große Stolz der Einwohner von Effidi sie nicht leider immer wieder daran erinnert hätte, daß das Warten auf das Durchschreiten der Himmelstüre eben nicht die Probleme hienieden auf Erden löste. Aus diesem Grunde, und vielleicht nur aus diesem Grunde, waren die Trommeln ertönt, hatten sich die Münder geöffnet, die Zungen gelöst, sobald Nkool eben jenes herzhafte Lachen abzu-

geben hatte. Und jetzt klang der ganze Wald davon wider.
»Wir dürfen ihnen auf keinen Fall antworten«, stellte Chef Ndengué fest.
»Auf keinen Fall dürfen wir ihnen antworten, Chef hat gesagt, wir sollten ihnen auf keinen Fall antworten«, tönte Belobo, der Delegierte, wieder.
So schwieg denn Effidi; es zehrte von seinem unerschöpflichen Vorrat an Stolz und tröstete sich damit, daß der gewählte Abgeordnete, der eben nicht der Gemeinschaft von Chef Ndengué angehörte, daß der eben lauthals verkünden konnte, er habe es leicht gehabt.
Ja, aber ... verstehen Sie denn immer noch nicht? Haben Sie denn noch nicht die Nachricht vernommen? Hören Sie sich doch die Trommeln von Nkool an:
»Kinder von Nkool ... Frauen und Männer von Nkool ... freut euch ... freut euch ... lacht aus vollem Herzen ... und teilt euer Lachen mit all euren Freunden ... Kinder von Nkool ... wißt, daß das Lachen nie verschimmelt ... freut euch ... singt ... tanzt ... und vor allem: lacht vor Freude ... denn hört ... hört nur gut zu ... einer der Unsern hat jetzt das Sagen ... einer der Unsern befehligt jetzt die ganze Welt ... die ganze Welt ... Kinder von Nkool ... ich habe gegen niemanden etwas ... also wirklich: gegen niemanden ... wer sich aber angesprochen fühlt ... der aber ... wer sich angesprochen fühlt ... nun der, der wird schon begreifen, freut euch ... freut euch ... lacht aus vollem Herzen ... das Lachen ... also, das Lachen verschimmelt nicht ...«
»Die haben eben Glück gehabt«, murmelte der alte Belobo erbost, »und sie beglückwünschen sich selbst zu einem Sieg, den sie gar nicht verdient haben. Chef Ndengué, wir können doch nicht unser Leben lang dazu

stillhalten und schweigen. Das Sprichwort sagt doch: die Trommel spricht nicht nur mit einer Seite...«
»Belobo, unter uns gesagt: du gibst uns da eine schlechte Interpretation dieses Sprichwortes. Es besagt eben nicht, daß eine Trommel einer anderen antworten müßte, sondern lediglich, und laß mich dir die Wahrheit sagen, daß man hinhören muß, um zu vernehmen, was eine jede der beiden Seiten einer Trommel sagt, anstatt sich darauf zu beschränken, nur die eine Seite der Trommel anzuhören.«
»Du hast schon recht, Chef Ndengué. Aber in diesem Falle muß die zweite Seite der Trommel die der Trommeln von Effidi sein. Die ganze Welt hat nun sattsam gehört, was diese Wilden zu sagen haben, und wir müssen...«
»Belobo, die sind doch keine Wilden; vergiß nicht, daß eine ihrer Frauen uns hier in Effidi sogar entzweit hat. Die können doch keine Wilden sein, denn wir sind doch zu ihnen gegangen, um uns bei ihnen Ehefrauen zu nehmen. Und zudem muß ich dir gestehen, daß ich ein wenig unruhig bin, denn ich weiß eben nicht, welchen Gebrauch sie nun von ihrer neuen Machtfülle machen werden, ob sie die zum Guten oder zum Bösen verwenden werden.«
»Aber, Chef Ndengué, du willst mich doch wohl nicht glauben machen, daß diese neue Machtfülle, die ihnen doch nur von außen verliehen worden ist, etwas an unserem Leben verändern wird?«
Der alte Häuptling lächelte, legte dann sein Kinn in die linke Hand, winkte mit der anderen Belobo, der auch prompt begriff, sich niederließ, um zuzuhören.
»Siehst du, Belobo, ich glaube, du täuschst dich bodenlos. Zu mir ganz persönlich hat Bikounou als Erstem von dieser mir damals noch gänzlich neuen Angelegenheit gesprochen, also von diesen Wahlen, die im Lande stattfinden

sollten. Bikounou mag vielleicht ein verrückter Typ sein, aber er ist zugleich auch ganz schön gerissen. Also, an jenem Tag hat er versucht, mir die wahre Bedeutung zu kaschieren, und ich muß schon zugeben, daß er mir nach einiger Zeit jene Furcht wieder nahm, mit denen mich seine ersten Sätze erfüllt hatten. Aber indem die Zeit verging und die Dinge deutlichere Formen annahmen, begann ich auch zu begreifen, welch tiefgreifenden Wandel die Wahl eines Repräsentanten unserer Region unser aller Leben geben würde. Belobo, du hast doch selbst gesehen, wie die Gewalt und das Verbrechen rasch in der gesamten Region um sich gegriffen haben, sobald die Leute sich vorzustellen begannen, daß vielleicht sie demnächst die Macht in Händen halten würden, sie, die zuvor noch nie davon zu träumen gewagt hatten. Ich werde ja bald sterben, aber wenn du dich eines Tages im Jenseits zu mir gesellen wirst, dann wirst du mir erzählen, was nach meinem Tode vorgefallen ist. Ich sage dir, diese Macht, die von außen kommt, wie du selbst gerade bemerkt hast, ... also diese Macht, die sieht mir ganz anders aus, so als ob sie auf immer und ewig bei denen bleibt, die sie einmal haben.«
»Du meinst also, daß von jetzt an die Leute von Nkool uns befehligen werden?«
»Genau das weiß ich eben nicht, und deshalb bin ich ja so unruhig. Ich weiß eben nicht, welchen Gebrauch sie von der neuen Machtfülle machen werden. Aber ich will dich schon wissen lassen, was ich weiß. Die Weißen sind sehr gerissen. Siehst du, sie wollten mir nicht offen ins Gesicht sagen: Ndengué, du bist zu alt, du kannst nicht länger Häuptling von Effidi sein, räume deinen Platz für einen anderen. Und nur aus diesem Grunde haben sie Wahlen veranstaltet.«
»Das verstehe ich nun gar nicht. Denn wenn sie nur dich an der Spitze unserer Gemeinschaft ersetzen wollten,

warum haben sie sich dann nicht direkt an die Einwohner von Effidi gewendet, anstatt uns mit den anderen in einen Topf zu werfen und uns so in die Schande zu stürzen?«
»Belobo, erinnere dich doch an das, was Bikounou uns seinerzeit erklärte. Es geht halt nicht mehr bloß um unsere Gemeinschaft allein, sondern um das ganze Land.«
»Aber wer sagt denn, daß unser Land auch all jene kleinen Dörfer im Innern des Landes umfaßt, all jene Kaffer, deren Einwohner nicht in die Stadt gelangen können, ohne Effidi zu durchqueren?«
»Belobo, die Zeiten haben sich geändert. Begreif es endlich. Wenn dir vor Jahresfrist jemand gesagt hätte, daß unser Bruder Albert eines Tages das Gefängnis von innen kennenlernen würde, hättest du das damals geglaubt?«
Der Delegierte war sprachlos.
Denn in der Tat hatte eines der Ergebnisse der Wahlen, oder sagen wir besser, ihrer Wahlvorbereitungen Effidi in tiefe Trauer gestürzt. All die jungen Leute, die Bikounou und seinen Freund Féfé fast zu Tode geprügelt hatten, waren hinter Schloß und Riegel gebracht worden. Und was den King selbst angeht, nun gewiß, die ihm auferlegte Strafe war geringfügig, denn er hatte ja keineswegs die Bestrafung des jungen Beamten angestiftet, und er hatte ja auch nicht an der Strafaktion gegen die beiden teilgenommen, aber die Tatsache, daß er ins Gefängnis geworfen wurde, die berührte das ganze Dorf denn doch zutiefst.
»Belobo, die Zeiten haben sich geändert«, wiederholte Chef Ndengué nach einer längeren Pause, während der sie sich noch deutlicher vernehmbarer die getrommelten Lästersprüche aus der Richtung von Nkool anhören mußten. »Die Zeiten haben sich geändert, und die

Trommeln von Effidi müssen sich nun dareinfügen,
schweigen und diejenigen von Nkool reden lassen.«
Just in diesem Moment trat Albert ein. Er setzte sich,
und er begann eine lange Unterhaltung mit den beiden.

King Albert von Effidi war vierzehn Tage zuvor aus
dem Gefängnis entlassen worden, nach einem vollen Monat im Knast. Von den Seinen war er mit großer Zuneigung empfangen worden, jedoch ohne daß seine Rückkehr
Anlaß gegeben hätte zu jenen Feierlichkeiten, mit denen
die Bewohner des Waldes den normalen Lauf des Lebens zu beleben pflegen. In der Tat hatten die Vorgänge,
die Vorgänge, die sich vom Beginn der Wahlkampagne
bis zur Bekanntgabe der Wahlergebnisse in Effidi zugetragen hatten, die Stimmung der gesamten Dorfgemeinschaft merklich abgekühlt. Und die Tatsache, daß
sich einige junge Leute des Dorfes immer noch im Knast
befanden, regte niemanden im Dorfe dazu an, zu Ehren
King Alberts zu singen oder zu tanzen. Letzterer hatte,
während er selbst eingesessen hatte, genügend Zeit gehabt, um nachzudenken, seinen Mut zu sammeln und
dann der Realität offen ins Gesicht zu schauen. Und er
hatte auch genügend Zeit gehabt, um sich mit der Vorstellung abzufinden, daß Toutouma, der Gewerkschafter,
nun der Vertreter der Region werden würde, dieweil er
selbst aus dem Rennen ausgeschieden war – immer vorausgesetzt, daß die Leute der Region sich einen Rest
gesunden Menschenverstandes bewahrt hatten. So vernahm er denn auch die Nachricht von der Wahl seines
Schwiegervaters und Konkurrenten ohne jede Bitterkeit. Gewiß, noch zwei Wochen nach Bekanntgabe des
Wahlergebnisses verbreiteten die Trommeln von Nkool
immer noch täglich und mit lautfrechem Lachen die
Nachricht vom Sieg des Gewerkschafters, aber Albert
suchte seine frühere Seelenruhe allein durch den Wieder-

einstieg in seine Geschäfte zu erreichen. Nani, die sich in den Wochen seines Gefängnisaufenthaltes als eine Bilderbuch-Ehefrau erwiesen hatte, war die ganze Zeit in seiner Nähe. Und sie hütete sich, nach dem Wahlsieg ihres Vaters nach Nkool zu gehen, weil sie ganz einfach nicht wußte, wie ein solcher Besuch von der einen oder der anderen Seite interpretiert werden würde.
So war sie denn auch an jenem Sonntagmorgen mächtig überrascht, als ihr Ehemann, nachdem er seinen berühmten Sonntagsstaat angelegt hatte, sie bat, sich ebenfalls sonntäglich zu kleiden und mit ihm zur Messe zu gehen. Und ein jeder in Nkool nahm ihr Kommen als eine sehr angenehme Überraschung auf.
Die Überraschung erreichte jedoch ihren Gipfel, als Albert Nani nach der Messe bei der Hand nahm und sie zum Hause Toutoumas führte. Und der wußte nun nicht mehr, wie ihm geschah. Der lebte nämlich immer noch ganz im Gefühl der großen Stunden des Kampfes um das, was die Bewohner der Region etwas großspurig »die Macht« nannten; und seit seiner Wahl hatte er sich noch nicht entschließen können, welche Haltung er denn nun gegenüber seinem Schwiegersohn einnehmen sollte. Vor allem aber war er felsenfest überzeugt, daß der King ihm seine Wahl übelnahm.
»Ich beglückwünsche dich, Toutouma, und zwar von ganzem Herzen. Aber laß mich dir sagen, daß das, was mich heute zu dir führt, noch viel wichtiger ist.«
Er hatte sich neben seiner Frau niedergelassen. Kalé und ihre Mutter betraten ebenfalls den Raum, und nachdem sie den King und Nani begrüßt hatten, ließen auch sie sich neben Toutouma nieder. Zunächst breitete sich eine etwas verlegene Stille aus, bis der King sich erhob.
»Nani ist also hier«, wandte er sich an den Gewerkschafter. »Wenn sie es so wünscht, und wenn du damit

einverstanden bist, dann wird sie künftig hierbleiben, hier bei dir, ganz so wie früher.«
Toutouma sah ihn an, ohne ihn zu begreifen.
»Versteh doch, ich bringe dir deine Tochter zurück, Toutouma. Bist du einverstanden, daß sie jetzt hierbleibt?«
»Aber Albert, ich verstehe nichts mehr ... Ich glaubte doch ... Ich glaubte doch, daß die Angelegenheit ein für allemal geregelt sei! Nur wegen dieser Wahlen wird es doch ...«
»Nein, Toutouma, nein. Es ist nicht wegen der Wahlen, und es ist auch nicht deshalb, weil die Leute deines Dorfes nicht müde werden, ihre Trommeln zu schlagen ... Ich glaube, die Leute von Nkool wüßten einen Sieg mit mehr Würde zu nehmen, das muß ich schon sagen, aber, ich wiederhole es, es ist keineswegs deshalb.«
»Also dann, Albert, dann verstehe ich dich um so weniger.«
Genau, stimmt genau. Es stimmt.
»In der Tat. Wir verstehen wirklich nicht, was du damit sagen willst«, fielen nach und nach die drei Frauen ein. Und Nani war die erste, die ihr Unverständnis bekundete.
Denn ihr Ehemann hatte sie zuvor nicht wissen lassen, was er vorhatte. Um der Wahrheit die Ehre zu geben: sie war noch tiefer überrascht als ihre Mutter und ihre Schwester.
»Also, die Sache ist so«, fuhr der King schließlich fort. »Während meiner Zeit im Gefängnis habe ich lange nachgedacht. Ich habe all die Ereignisse der vergangenen Monate vor meinem inneren Auge vorbeiziehen lassen ... Nein, besser würde ich sagen, die Ereignisse der letzten Jahre ...
Ich habe mich der Wirklichkeit gestellt, mit der ungetrübten Sicht eines Menschen, der sich nicht in das Getümmel begibt, um gewählt zu werden. Ich bin auch

nicht länger der Verliebte, der mit aller Gewalt eine Frau ehelichen möchte, selbst wenn diese viel jünger als er selbst ist und sie vielleicht einen anderen liebt. Und ich habe mit den Meinen gesprochen. Nani ist meine Ehefrau, weil wir alle, ihr und die Leute meines Dorfes, sie gezwungen haben, meine Frau zu werden. Aber in Wirklichkeit liebt sie mich überhaupt nicht. Die Zeiten haben sich eben geändert, und du, Toutouma, weißt dies noch besser als ich. Wir dürfen unsere Mädchen nicht länger zwingen, die Männer zu heiraten, die wir für sie ausgesucht haben...
Bikounou verläßt morgen das Krankenhaus. Und ihn liebt Nani. Sie hat mich mit ihm betrogen, das weiß ich, aber...«
»Das ist einfach nicht wahr! Das ist nicht wahr!« protestierte Nani energisch.
Der King, der immer noch aufrecht dastand, drehte sich langsam nach ihr hin um:
»Wenn es denn nicht wahr ist, Nani, dann danke ich dir. Aber«, fuhr er zu Toutouma gewandt fort, »ihr Herz gehört doch Bikounou. Sollen die beiden doch heiraten.«
»Bikounou? Diesen Hirnlosen?« erboste sich der Gewerkschaftler. »Niemals!«
»Bikounou ist kein Hirnloser, Toutouma. Er ist intelligent genug, um all das anzustellen, was er bis heute angestellt hat. Wenn wir ihn besser verstanden und ihm den Weg gewiesen hätten, wenn wir uns früher bewußt geworden wären, daß die Zeiten sich geändert haben...«

Noch am Abend dieses Tages kehrte Nani nach Effidi zurück. Zu dieser Tageszeit, da die Nacht allmählich den Tag ablöste, schien ihr das Dorf noch trauriger als am Tage. »Aber was soll's«, sagte sie sich. »Was

soll's, auch Myriam wohnt ja hier. Warum dann nicht auch ich?«
Sie betrat das Haus von King Albert, der im Halbdunkel des Salons saß. Ohne ein Wort zu sagen, suchte sie die Sturmlampe, zündete sie an und stellte sie auf das niedrige Tischchen, so daß sie das Gesicht Alberts beleuchtete. Auch der blieb sprachlos. Dann verließ sie den Raum wieder.
Als sie zwei oder drei Minuten später wieder den Salon betrat, war sie von Alberts Mutter gefolgt.
»Setz' dich, Mutter«, sprach sie zu ihr.
Und als sie sich schließlich, mit einiger Erregung in der Stimme, an die beiden wandte, brachte sie nur diese Worte vor:
»Ich komme zurück, um für immer hier zu wohnen. Ich liebe diesen Mann, weil er die Dinge des Lebens versteht. Mit ihm will ich zusammenleben, und nur mit ihm.«
Das Licht der Sturmlampe schien plötzlich doppelt so hell zu leuchten. Das Gesicht King Alberts von Effidi heiterte sich auf, in seinen Augen begann ein Schimmer neuer Hoffnung aufzuleuchten.
Die Mutter sagte nichts, wartete einen Augenblick, erhob sich dann, machte das Kreuzzeichen und verließ den Salon.

Nachwort
Armin Kerker

»Ich will der sein, der ich bin«

I. Kamerun
Geschichte einer nachhaltigen Kolonisation

> »Sie kleiden sich bereits in die Tracht der weißen Herren und gehen in Hosen herum, was ihnen den Namen ›Hosenneger‹ eingetragen hat, wobei weniger die Hose selbst, als die Art, wie sie getragen wird, gegeißelt wird. Je weiter die Zivilisation in Kamerun vorschreitet und mit Straßen, Autos und Eisenbahnen in den Busch eindringt, um so schneller greift dieser Zustand des ›Hosennegertums‹ um sich ...«
> Eva Mac Lean: »Unser Kamerun von heute«, München 1940.

Kann man, darf man überhaupt so anfangen? Sollte, müßte das nicht tunlichst vergessen, oder doch wenigstens nicht zur Sprache gebracht werden, wenn es um Dialog, um künftiges, besseres Verständnis geht? Die Antwort ist: Ja; man darf nicht nur, man muß sogar so beginnen. Wir haben eine zu lange, zu ausgeprägte Übung im Vergessen, Verdrängen und Nicht-zur-Sprache-Bringen, als daß wir uns sie weiter leisten könnten, und sie hat nirgendwoanders hingeführt als zum Vergessen, Verdrängen, Verschweigen. Es gibt keinen Dialog auf der Grundlage historischen Verschweigens und kein Verständnis, das die Realität – die vergangene wie die gegenwärtige – vergessen machen kann. Sprechen wir also von der Geschichte, das heißt in diesem Falle von der Geschichte Kameruns, der Heimat von »King Albert« und seinem Autor Francis Bebey.

Kamerun ist für die meisten Deutschen »terra incognita«, fast unbekanntes Niemandsland, von dem man allenfalls noch weiß, daß es in Afrika liegt und früher einmal deutsche Kolonie war. Dabei hat das Land eine lange und bewegte Historie, an deren jüngerer Entwicklung wir nicht ganz unbeteiligt sind. Zum ersten Mal wird das Küstengebiet des erst viel später so genannten Kamerun um 500 v. Chr. in frühen Berichten Reisender aus dem antiken Mittelmeerraum erwähnt. Das nächste, was man weiß, liegt schon wieder eineinhalb Jahrtausende später, als ab etwa 1 000 n. Chr. islamisierte Fulbe-Nomaden vom Norden her ins Land einwandern. Im 13. Jahrhundert erfolgt der langanhaltende Treck der Bantus nach Süden, sie kommen auch in das heutige Kamerun. Rund um den Tschadsee entstehen die historischen afrikanischen Reiche Sao, Bornu und Kanem. 1472 landen die ersten portugiesischen Seefahrer an den Flußmündungen im Golf von Guinea. Die Ströme – vor allem in der Bucht von Douala – sind voller Krabben. Die Portugiesen nennen sie »Rios dos Camarões« und taufen den Landstrich »Camarão« (gesprochen: Kamaróng), nach dem portugiesischen Wort für Garnele. Die frühimperiale Ausbeutung der westafrikanischen Küste durch westeuropäische Händlerkonsortien, denen schon bald die ersten Missionare folgen, setzt ein: Elfenbein, Palmöl und nicht zuletzt Sklaven gegen Bibel, Schnaps und Flinte sowie den üblichen Flitterramsch. 1578 landen auch die Holländer in dieser Küstengegend und beteiligen sich an dem gewinnbringenden Geschäft; 1806 kommen die Engländer dazu, aus »Camarões« wird »The Camaroones«; und als 1849 zum ersten Mal ein Deutscher, der reisende Afrika-Forscher Heinrich Barth, bis in den Norden des Landes, nach Mandara und in das Fulbereich Adamaua vordringt, kommt es bereits zu Machtkämpfen zwischen

Engländern, Franzosen und Deutschen um die Aufteilung des kolonialen Kuchens. Denn natürlich hatten alle diese »wissenschaftlichen Expeditionen« der »Forschungsreisenden« ins Innere Afrikas auch eine realpolitische Aufgabe zu erfüllen: die Sicherung von Einflußgebieten durch Abschluß entsprechender Verträge. »Nachdem nun so das Besitzrecht des Fremden anerkannt worden«, heißt es es etwa bei Barth in fast gleichlautender Regelmäßigkeit, »trafen Herr Overweg und ich eine Auswahl von allen diesen Gegenständen ... und übergaben am Morgen des 9. Mai dem Vezier, am Nachmittag dem Scheich die für sie ausgesuchten Gegenstände ... Während wir so in offizieller Weise den Charakter der Mission aufrechterhielten, brachten wir zugleich den Vertrag zur Sprache, dessen Abschließung der Fürsorge unseres Gefährten ganz besonders übertragen worden.«[1]

Rund zwanzig Jahre später gründen deutsche Handelsfirmen, unter denen sich besonders die Hamburger »Woermann & Co« und »Jantzen & Thormählen« hervortun, die ersten sogenannten »Faktoreien« an der Douala-Küste. Ein harter Konkurrenzkampf zwischen Deutschen und Engländern entwickelt sich um den Abschluß der meisten und besten Verträge mit den regionalen Stammesherrschern, wobei die Entscheidung an der Küste deutlich zugunsten Englands ausfällt. Bis 1876, als die Douala-Könige Bell und Akwa die englische Queen Victoria formal um einen Protektions-Vertrag bitten, gibt es bereits eine ganze Reihe britisch-»kameruner« Einzelverträge. Nachdem dies Abkommen in der gewünschten Form aber dann doch nicht zustande

---

1 Heinrich Barth: »Die große Reise. Forschungen und Abenteuer in Nord- und Zentralafrika 1849–1855«, Tübingen 1977, S. 253 f.

kommt, schließt King Manga Bell 1884 für die Doualas mit dem deutschen Generalkonsul Gustav Nachtigall den entscheidenden Vertrag. »The Camaroones« wird »Kamerun« und deutsches »Schutzgebiet«, Gustav Nachtigall hißt die deutsche Flagge. Die Doualas unterstellen sich in diesem »Schutzvertrag« der deutschen Herrschaft, wobei jedoch betont wird, daß die von ihnen »angebauten Ländereien, und die Gegenden, auf denen Dörfer stehen, Eigentum der jetzigen Besitzer oder von deren Nachfolgern bleiben«. Was von jetzt an bis zum Verlust im Ersten Weltkrieg, 1916, folgt, nämlich die Geschichte Kameruns unter deutscher Kolonialherrschaft, ist bis heute in die meisten offiziellen Darstellungen, Geschichts- und Schulbücher als das Märchen von der friedlichen deutschen Kolonialidylle eingegangen. Es ist ein durch und durch verlogenes Märchen, die Idylle hat es in Wirklichkeit nie gegeben. Der deutsche Kolonialismus in Kamerun – das waren vielmehr dreißig Jahre brutalster Herrschaft und Unterdrückung im Geiste preußischer Zucht und Ordnung auf der einen Seite und eine ebenso lange Zeit anhaltenden Widerstandes auf der anderen. Von Anfang an hat es in Kamerun – blutig niedergeschlagene – Aufstände gegen die deutschen Kolonialherren gegeben, und die Namen der Zintgraff, Leist, von Morgen, von Puttkammer, Dominik u. a., von denen die meisten bei uns immer noch als »große Afrikaforscher und -Reisende« gehandelt werden, sind in der Geschichte Kameruns verbunden mit kolonialen Untaten, Greueln und Massakern. Bereits im Dezember 1884 kommt es zur ersten »Strafaktion«:

»... Unter heftigem Feuer landete die Abteilung in Belltown und stürmte einen hundert Fuß hohen Abhang mit Verlust von einem Toten und sieben Verwundeten. Sechzig Mann hielten das Plateau zwei Stunden lang gegen 400 aus Buschwerk und englischen Missionen feuernde Feinde. Die Munition wurde knapp, als Unterstützung vom ›Bismarck‹ anlangte: Foßtown wurde mit Hurrah gestürmt und niedergebrannt. Nach Verlust von zwanzig Toten und vielen Verwundeten, darunter vier Häuptlinge, entkam der Feind ins Innere.«[2]

Voll Stolz meldet die »Deutsche Kolonialzeitung« im Januar 1885 dazu:

»Diese erste Waffenthat unserer Marine zum Schutze und zur Ehre der Deutschen Flagge in Kamerun hat glücklicherweise nur den Verlust *eines* Matrosen und wenige Verwundungen auf unserer Seite zur Folge gehabt.«[3]

Zwanzig Tote unter den schwarzen »Feinden« gelten selbstverständlich nicht als »Verlust«, wieso auch. Über eine »Friedensexpedition« im Hinterland berichtet dieselbe Zeitung am 12. 5. 1888:

»Wir durchzogen ein Land mit einer sehr zahlreichen, friedlichen Bevölkerung, die überall ihrer Freude und ihrem Erstaunen, daß weiße Leute in ihr Land kamen, in der lebhaftesten Weise Ausdruck gaben. Für die schönsten Schafe und Ziegen bezahlten wir Zeug im Werte von 3 Mark, für ein Huhn Knöpfe im Werte von 5 Pf ... Es ist vielleicht mit eines der wesentlichen Ergebnisse dieser Reise die Feststellung der Thatsache, daß die Sudannneger schon weit nach Süden vorgedrungen sind und es ist hoffentlich der Zeitpunkt nicht allzu fern, wo sie nach Westen vordringen und das ganze Küstengesindel, welches zum Teil jetzt im Kamerungebiet sitzt, aus ihren Wohnplätzen vertreiben. Leider schienen diese Leute über unsre Ankunft so überrascht und erschreckt, daß sie, nachdem sie in den ersten Tagen sich friedlich gegenüber uns verhalten haben, es auf einmal vorzogen, uns den Weitermarsch durch ihr Land zu wehren. So griffen sie uns denn eines Tages ganz unvermutet auf unserem Wege an ... Daß unsere Leute in ihrer Wut, da sie eine ganze Anzahl Verwundete hatten, das Dorf anzündeten, war nicht zu verhindern.«[4]

---

2 Deutsche Kolonialzeitung, 11. 1. 1885.
3 Ebd.
4 Ebd., 12. 5. 1888.

Solche ganz und gar nicht friedlichen »Befriedungsaktionen« werden regelmäßig durchgeführt. Sie sollen nicht nur deutlich machen, wer der weiße Herr im schwarzen Kamerun ist, sondern haben auch einen ganz praktischen, wirtschaftlichen Sinn, wie der »Jahresbericht über die Entwicklung des Schutzgebietes Kamerun« der Kolonialabteilung des Auswärtigen Amtes 1899/1900 erkennen läßt:

»Bei der außerordentlichen Gunst der meteorologischen und Boden-Verhältnisse sowie bei der Möglichkeit, die Bevölkerung Kameruns ganz anders als bisher heranzuziehen, müßte Kamerun ganz andere Erträge liefern, als dies der Fall ist.«[5]

Um die Bevölkerung »ganz anders« heranzuziehen, muß das Hinterland erobert werden, dazu muß die »Schutztruppe« verstärkt werden. Um dies im Reichstag durchzusetzen, wird kurzerhand die Sachlage umgekehrt dargestellt und von andauernden Greueltaten der »Kamerun-Neger« gegen die friedlichen Weißen berichtet:

»Während wir nicht einmal imstande sind, den Brand dort im Norden zu löschen, nachdem ihm eine Anzahl Europäer zum Opfer gefallen ist, glimmt es auch im Süden, wo schon mehrere Europäer ermordet worden sind. Im März d. J. wurde durch einen Zufall (sic!) ein Aufstandsversuch der Jaunde rechtzeitig entdeckt und dank der Umsicht des Oberleutnants Dominik, der die Station Jaunde wieder leitet, in seinen Anfängen unterdrückt.«[6]

Im Originalton jenes berüchtigten Hans Dominik, von dessen Unwesen in Kamerun heute noch die »Dominik-Mauer« kündet, der seine Angriffe auf die Afrikaner mit dem Ruf »Waidmannsheil!« eröffnete, dem das Deutschland Weimars noch nach seinem Tode Denkmale

---

5 Deutsche Kolonialzeitung, 14. 3. 1901.
6 Ebd., 27. 10. 1904.

setzte und dessen Wahlspruch lautete: »Nicht rechts geschaut, nicht links geschaut, vorwärts gradaus, auf Gott vertraut und durch!« In dessen eigener Darstellung also liest sich das so:

»Täglich wurden mehrere Patrouillen vorangetrieben, die die Dörfer verbrannten, die Felder verwüsteten, aber nur selten mit dem Feinde Fühlung gewannen.«[7]

Kam jedoch »Feindfühlung«, sprich Kontakt mit der Bevölkerung, für deren Wohl und Wehe er als Kommandant von Jaunde verantwortlich war, zustande, dann

»... wurden die Wachen abgetheilt und die Soldaten nach Möglichkeit gesammelt, die zum Theil erst gegen Abend müde und matt, aber auch fast alle stolz mit Bakokoköpfen von der Verfolgung zurückkehrten.«[8]

Daß dies nicht gerade den Vorstellungen eines Lebens gemütvoller deutscher Innerlichkeit in »unserem schönen Kamerun« entsprach, war auch dem Kolonialverein und seinen Vertretern im Berliner Reichstag bewußt. Aber – wo gehobelt wird, fallen Späne, und ohne Fleiß kein Preis! – es ging schließlich um die endgültige Abschaffung des Zwischenhandels, der immer noch in afrikanischer Hand lag. Das mußte anders werden, selbst wenn die Handelshäuser »Woermann« und Co eindeutige Garantie-Verträge mit ihren Kameruner Geschäftspartnern geschlossen hatten und dabei bisher ganz gut gefahren waren:

»Die deutschen Firmen in Kamerun, vor allem die in Duala, mögen sich immer nur recht eindringlich zu Gemüte führen, was für schädliche Auswüchse der Zwischenhandel zeitigt und zu welchen Konsequenzen er führen kann. Man darf ja nicht glauben, daß in Kame-

---

7 Hans Dominik: »Vom Atlantik zum Tschadsee, Kriegs- und Forschungsfahrten in Kamerun«, Berlin 1908.
8 Ebd.

run der Schwerpunkt des Handels im Repräsentieren liegt, und daß man die unbequeme Arbeit den Negern überlassen darf.«[9]

Das hieß: noch härteres Vorgehen, noch größere Brutalität, noch mehr Vertragsbrüche und – vor allem – noch mehr Schutztruppen; denn:

»Es ist eine allgemein bekannte Tatsache, daß so kriegerische Negerstämme, wie wir sie in Kamerun haben, sich nicht ohne weiteres der Regierung unterwerfen. Taten sie es hier und da, so kam stets das dicke Ende nach in Gestalt von Mordtaten, Überfällen, Aufständen und dergleichen. Der Kamerunneger hat eben kein Verständnis für Milde und legt sie stets als Schwäche aus.«[10]

An diese Devise hielt man sich denn auch, und aus Kamerun wurde ein straffe, nach preußisch-militärischem Drill geführte Polizei-Kolonie. »Freiheit« und »Schutz« bezogen sich lediglich auf den Handel, der im wesentlichen aus dem Export wichtiger Rohstoffe ins deutsche Reich und dem Import billigen ostpreußischen Kartoffelschnapses in die Kolonie bestand. Der deutsche liberaldemokratische Publizist und journalistische Lehrmeister Carl von Ossietzkys, Hellmut von Gerlach, selber Mitarbeiter der »Weltbühne«, bereiste 1912 Kamerun, das damals »an der gesamten Westküste als das ›Fünfundzwanzig-Land‹ verschrien« war, »in dem es bei jedem Anlaß 25 auf die Kehrseite gab«[11]; er berichtet:

»Ungemein häufig war die Verhängung der Prügelstrafe. Freitag war immer Gerichtstag in Duala, Sonnabend Prügeltag. Im Innern von Kamerun wurde das Urteil gleich vollstreckt. Kaum hatte der Neger gehört, daß er zu 25 verurteilt sei, so zog er von selbst seine Hosen

---

9 Deutsche Kolonialzeitung, 2. 7. 1903.
10 Ebd., 20. 5. 1905.
11 Hellmut von Gerlach: »Von Rechts nach Links«, Zürich 1937, S. 215; s. a. Hellmut von Gerlach, »Was Afrika mich lehrte«, in: Weltbühne, 13. 1. 1925.

oder seinen Schurz herunter und legte sich über. Die Exekution wurde von Soldaten oder Polizisten vollzogen ... Aus Gründen der Abschreckungstheorie vollzog sich nämlich dort die Prügel-Zeremonie ganz öffentlich. Sehr unerfreulich war der Anblick der vielen Kettengefangenen, die man bei Wegearbeiten und ähnlichen Beschäftigungen im Freien erblicken konnte.«[12]

Gerlach schloß damals in Kamerun übrigens Freundschaft mit dem Douala-König Rudolf Manga Bell, der auf einem Berliner Gymnasium das Einjährigen-Zeugnis erhalten hatte. Kameruner durften ansonsten nicht nach Deutschland, aus Angst vor antikolonialen sozialdemokratischen Einflüssen, die sie »für die Kolonie verderben« würden. Denn die Sozialdemokratie und ihre Presse, vor allen Dingen der »Vorwärts«, war von Anfang an der stärkste und lauteste Gegner reichsdeutscher Kolonialpolitik. Die Kenntnis einer demokratischen Opposition gegen den Kolonialismus und Rassismus, ihre Argumente gegen die offizielle Politik für die Verteidigung afrikanischer Selbstbestimmungsrechte drangen dennoch bis nach Kamerun. Über gewerkschaftlich organisierte Matrosen und Schiffsarbeiter wurde sogar der »Vorwärts« in Douala heimlich vertrieben und gelesen, kam es zu Kontakten zwischen der antikolonialen Kameruner und der demokratischen Berliner Opposition. Sie sollten besonders wichtig werden, als im Jahr 1913 von der Kolonialbehörde in offener Verletzung des 1884 geschlossenen Schutzvertrages (s. o.) die Enteignung und Zwangsumsiedlung der Douala beschlossen wurde. Gerlach, dem Rechtsanwalt Dr. Halpert und der gesamten Sozialdemokratie gelang es, im Reichstag einen hartnäckigen und anfänglich auch erfolgreichen Kampf für die Rechte der Kameruner Bevölkerung zu führen. Was war geschehen? Nach erfolgreicher

---

12 Ebd., S. 217 f.

Zwangsdurchbrechung des Zwischenhandelsmonopols für die Kameruner Küstenstämme, insbesondere die Douala, ging die reichsdeutsche Kolonialverwaltung jetzt noch einen Schritt weiter und schickte sich an, per Verordnung (die allerdings den Reichstag zu passieren hatte) eine strikte Rassensegregation gewaltsam durchzusetzen, wie sie erst viel später in Südafrika Wirklichkeit wurde: Enteignung der Bevölkerung von ihrem Haus-, Grund- und Landbesitz, Zwangsansiedlung in von der Kolonialisierung festgelegten, »homeland«-ähnlichen Zonen. Begründung:

»Im übrigen vollzog sich in Duala nur genau derselbe Entwicklungsprozeß wie in allen westafrikanischen Plätzen, auch den englischen und französischen, wo die Eingeborenen beim Zusammentreffen mit der europäischen Kultur als die wirtschaftlich, politisch und moralisch schwächeren Elemente in den Hintergrund traten ... Es hat sich herausgestellt, daß die Malariamükken sich gerade in den Hütten der mit Dauerformen der Malariaparasiten infizierten Farbigen mit Vorliebe aufhielten. Es scheint tatsächlich der Geruch des Negers die Malariamücken mehr anzuziehen als der der Europäer ... Hieraus ergibt sich in logischer Folge, daß die einfache räumliche Trennung von Weiß und Schwarz bei weitem das einfachste und sicherste Mittel für weitgehenden Malariaschutz der Europäer ist. Es ist jedenfalls ein gewaltiger Unterschied, ob nur die wenigen Neger, die zur Bedienung der Europäer notwendig sind und die jederzeit unter Chininprophylaxe zur Unterdrückung der Malariaparasiten gehalten werden können, in der Europäerstadt bleiben, oder ob in unmittelbarer Nähe der Europäer sich Negerhütten mit zahlreichen, chronisch infizierten Negerkindern finden.«[13]

Preußischer Kolonialdarwinismus 1914: Rassehygiene im wahrsten Sinne des Wortes! Die demokratische »Welt am Montag« empört sich über mehrere Nummern auf der ersten Seite:

---

13 Deutsche Kolonialzeitung, 22. 11. 1913.

»Die Leute, die jetzt gegen Willkür und Unrecht geschützt werden sollen, haben kein Wahlrecht zum Reichstage. Sie haben eigentlich überhaupt keine Rechte, – sind nur eine Abart von Sklaven, sind jeder Willkür ausgeliefert, – und eben darum handelt es sich, nämlich um die Tyrannei der Kolonialregierung in Kamerun gegen die Eingeborenen.«[14]

Auch der »Vorwärts« informiert seine Leser kontinuierlich über dieses »koloniale Bauernlegen« der »modernen Kolonisatoren« und geißelt deutsche »Willkür und Sklaverei in Kamerun«:

»Der ganze Witz bei der Sache ist eben der, daß man die Duala loswerden, daß man sie die Unterjocherfaust einmal fühlen lassen will. Es paßt einfach den weißen ›Herren‹ nicht, mit Eingeborenen auf dem gleichen Terrain zusammenzuwohnen. Diese schwarze Bande, diese inferiore Rasse, dieses schwarze Gesindel gehört einfach in eine Eingeborenenvorstadt.«[15]

Ein Petitions-Telegramm, das Rudolf Manga Bell im Namen seines Volkes an den deutschen Reichstag schickt, wird auf Anweisung des deutschen Gouverneurs nicht befördert; Bells Sekretär Din, dem es trotz des generellen Ausreiseverbots für Kameruner gelingt, heimlich über Nigeria nach Deutschland zu fahren, wird sofort bei seiner Ankunft in Hamburg und später in Berlin mehrfach, verhaftet. Daß er überhaupt zwischendurch aus der Haft entlassen wird und tatsächlich nach Berlin gelangt, ist lediglich dem Eingreifen Gerlachs, Halperts und mehrerer demokratischer Reichstagsabgeordneter zu verdanken. Teilerfolge in der Sache der Kolonisierten vor dem Reichstag wurden zwar errungen, waren jedoch von ebenso kurzer Dauer wie die Freiheit Dins und bald auch Rudolf Manga Bells. Der Douala-Emissär

---

14 »Deutsche Ehre – schwarzes Recht«, in: Die Welt am Montag, 22. 3. 1914.
15 »Koloniales Bauernlegen«, in: Vorwärts, 7. 5. 1914.

Din wurde endgültig in Haft genommen und zurück nach Kamerun verfrachtet, wo man ihm und Rudolf Manga Bell ohne nähere Begründung die Farce eines »Prozesses wegen Hochverrats« machte. Sie wurden mit Beginn des Ersten Weltkrieges beide in aller Eile hingerichtet. In einer der letzten Ausgaben des »Vorwärts«, die von der Douala-Affäre und ihrem Schicksal berichtete, waren auf derselben Seite – Ironie der Geschichte – auch zwei Telegramme des deutschen Kronprinzen an die »Helden von Zabern« abgedruckt:

»Immer feste drauf! Friedrich Wilhelm, Kronprinz«
»Bravo! Friedrich Wilhelm, Kronprinz«[16]

1916 sind die deutschen Schutztruppen in Kamerun im Kampf gegen Franzosen, Engländer und Belgier besiegt und müssen kapitulieren. Die Sieger werden von den Kamerunern als Befreier begrüßt. Aber die Illusion der Freiheit ist nicht von langer Dauer. Einer der Landsleute und Schriftstellerkollegen Francis Bebeys, der Kameruner Autor René Philombe hat diese enttäuschende Phase für sein Land, als die einen Herren gingen und die anderen kamen, treffend beschrieben:

»In Wirklichkeit hatte sich nichts geändert. Dieselbe Hölle war los, dasselbe Blut floß, nur mit dem einen Unterschied: Statt der Deutschen mit ihrem Major Dzomnigi waren es jetzt die Franzosen mit Oberstleutnant Hutin, die ein Regiment mit Schweiß und Blut führten.«[17]

Obwohl der zwischen Nachtigall und King Bell geschlossene Vertrag von 1884 nur für dreißig Jahre galt, also mit Beginn des Weltkriegs 1914 abgelaufen war, übernahmen die Franzosen 1916 quasi schon als Sieger-

---

16 Vorwärts, 7. 1. 1914.
17 René Philombe: »Ein weißer Zauberer in Zangali«, Frankfurt/M. 1980, S. 15 f. Mit »Major Dzomnigi«, wie er auf Ewondo hieß, ist Hans Dominik gemeint.

und Nachfolgemacht Kamerun als »ihre Kolonie«. Offiziell verliert Deutschland erst 1919 durch den Friedensvertrag von Versailles seine afrikanischen Besitzungen, und Kamerun wird formell Mandatsgebiet des Völkerbundes. 1922 werden vier Fünftel der ehemaligen deutschen Kolonie, d. i. Ostkamerun, unter französische und ein Fünftel der Westregion unter britische Verwaltung gestellt. England stützt sich mit seinem Prinzip des »indirect rule« mehr auf eine autonome Selbstverwaltung, während Frankreich die zentralisierte, auf das Mutterland und die Metropole Paris orientierte Administration in der Kolonie beibehält. Der französische Teil Kameruns wird vollständig »gallisiert« und rigoros ausgebeutet. Die Schulkinder lernen wie in Frankreich singen »Unsere Vorfahren die Gallier«. Mit Zuckerbrot und Peitsche verwirklichen die neuen Kolonialherren ihre »mission civilatrice«: Ausrottung der »heidnischen« Bräuche und »primitiven« Traditionen, Zerstörung kultureller und sozialer afrikanischer Identität auf der einen Seite, Heranzüchtung einer privilegierten »schwarzfranzösischen« Elite assimilierter »evolués« auf der anderen; hier Zwangsarbeit, Frondienst und das Indigenat, d. h. zweitklassiger »Eingeborenen-Status«; dort ausgesuchtes schwarzes (Kompradoren-)»Bürgertum«, französische Bildung, nach Möglichkeit im »Mutterland«, und begrenzte Machtzuteilung von Frankreichs Gnaden. Der haitische Dichter René Depestre hat diesen zweiten Typus des französierten Afrikaners in einem Gedicht präzise charakterisiert:

»Die Dame war nicht allein
Sie hatte einen Gatten
Einen Gatten ganz wie er sein muß
Er zitierte Racine und Corneille
Und Voltaire und Rousseau
Und den Vater Hugo und den jungen Musset

Und Gide und Valéry
Und so viele andere dazu.«[18]

Kameruner, zum Militärdienst eingezogen, kämpften im Zweiten Weltkrieg auch auf europäischen Kriegsschauplätzen an der Seite der Kolonialmacht gegen Deutschland und die »Achse« für ein »freies Frankreich«. Von einem »Cameroun libre« war dabei weder zu der Zeit noch später die Rede. 1946 wird Kamerun unter die Treuhandschaft der UNO gestellt; 1949 kommt der Westen zu Britisch-Nigeria, der Osten zu Französisch-Äquatorial-Afrika (AEF). Für das Land selbst hat sich damit nichts geändert; was sich gewandelt hat, ist die Haltung der Bevölkerung, die nicht länger mehr gewillt ist, das koloniale Joch auf ihren Schultern zu ertragen. Der Widerstand formiert sich auf breitester Ebene. Ein Jahr nach der Gründung der übernationalen »Demokratischen Afrikanischen Sammlung« RDA (Rassemblement démocratique africain) entsteht unter deren Schirmherrschaft am 10. April 1948 in Douala die erste große politische Massenorganisation Kameruns, die UPC (Union des populations du Cameroun), mit den erklärten Zielen politischer Emanzipation, kolonialer Befreiung und nationaler Selbstbestimmung. Ihr Gründer und Generalsekretär ist der legendäre Ruben Um Nyobe, zugleich auch Führer der nach einem großen Eisenbahnerstreik 1944 mit Unterstützung der französischen Gewerkschaft CGT ins Leben gerufenen Kameruner Gewerkschaftsbewegung USCC (Union des syndicats confédérés du Cameroun). International anerkannt, ist die UPC bis 1951, als die RDA unter Houphouët-Boigny einen neokolonialen Kurs einzuschlagen beginnt, Mitglied des Koordinationsausschusses der RDA, nimmt

---

18 René Depestre, »Face à la nuit«; zit. nach Frantz Fanon, »Die Verdammten dieser Erde«, Reinbek 1969, S. 167.

aktiv teil an der Konferenz der afro-asiatischen Völker und findet 1952, vertreten durch Ruben Um Nyobe, auch in der Sache der Befreiung Kameruns vor den Vereinten Nationen in New York Gehör. Unter der Führung von Um, Félix Moumié, Abel Kingué und Ernest Ouandié findet die UPC großen Rückhalt in der Bevölkerung und organisiert, als einzige politisch oppositionelle Kraft von Bedeutung, bis 1955 ausschließlich friedliche Widerstandsaktionen gegen das französische Kolonialregime. 1955 beschließt die Regierung die Zerschlagung der UPC bis zur physischen Liquidierung ihrer Mitglieder. Bei einer Massendemonstration im Mai 1955 läßt der französische Kolonialgouverneur Roland Pré seine Truppen in die Menge schießen. Es gibt über fünftausend Tote. Im Juli desselben Jahres wird die UPC offiziell verboten. Sie geht in den Untergrund und ruft bei den Legislaturwahlen von 1956 zum Boykott auf, dem 80 % der Kameruner Bevölkerung folgen. Die französischen Kolonialmacht selbst zwingt die UPC zum bewaffneten Widerstand. 1957 erhält der französische Teil Kameruns von Frankreich innere Autonomie und eine eigene (Marionetten-)Regierung unter André Mbida, die im Februar 1958 bereits von dem bis heute regierenden Staatschef El Hadj Ahmadou Ahidjo abgelöst wird. 1960 wird Kamerun unabhängig, 1961 kommt nach einer Volksabstimmung im ehemals englischen Teil der Südwesten zu Kamerun, der Nordwesten zu Nigeria; unter ihrem Präsidenten Ahidjo wird die Bundesrepublik Kamerun gegründet. Die politische Kraft, die die meisten Opfer und den größten Anteil für die Unabhängigkeit des Landes erbrachte, wurde Zug um Zug ausgelöscht, umgebracht, liquidiert und ins Exil vertrieben. 1958 war Ruben Um Nyobe von einer französischen Militärpatrouille erschossen worden. 1960 wird Félix Moumié in Genf von dem französischen Ge-

heimagenten Betchel vergiftet, 1964 kommt Abel Kingué im Kairoer Exil ums Leben, 1971 wird der letzte der ehemaligen UPC-Führer, Ernest Ouandié, in Bafoussam öffentlich füsiliert. 1962 entsteht die bis heute herrschende Regierungs-Einheitspartei UNC, 1972 wird die Bundesrepublik Kamerun in die »Vereinigte Republik Kamerun« mit den beiden offiziellen Landessprachen Französisch und Englisch umgewandelt. Die endgültige Zerschlagung der Gewerkschaften gelingt erst 1973: die bisherigen drei Syndikate werden aufgelöst und in die Einheitsgewerkschaft UTC eingegliedert.
Die Rechnung der Kolonialherren ist aufgegangen. Es herrscht Ruhe im Lande.

II. Francis Bebey
Dichter und Musiker

»Ich trage Jacke und Hose und bewege mich trotzdem auf afrikanischem Boden.«

Francis Bebey

Francis Bebey, Dichter, Romancier, Sänger, Komponist, Liedermacher und Schwarzafrikas größter und bekanntester Troubadour ist Kameruner, wenn er auch lange Jahre schon in Paris lebt, wo sein »Roi Albert d'Effidi« entstand. 1929 in Douala, der so bewegten, heimlichen politischen und ökonomischen Metropole Kameruns geboren und aufgewachsen, geht er nach dem Abitur im damals noch französischen Mandatsgebiet wie die meisten Angehörigen der intellektuellen Elite Kameruns zunächst zum Studium nach Frankreich. Er beginnt ein Anglistik-Studium an der Pariser Sorbonne, um Lehrer zu werden, merkt jedoch bald, daß ihm Schule und Lehrbetrieb keinen Spaß machen. Er bricht sein Englisch-Studium ab und wechselt zur »Studio-école de la Radio-

diffusion Outre-Mer«, der französischen Rundfunkausbildungsstätte für Übersee, um Massenkommunikationswesen zu studieren. Die hier begonnene Ausbildung setzt Francis Bebey an der amerikanischen New York-University fort und verläßt sie als diplomierter Radio- und Fernsehjournalist. Politisch hat er sich bis dahin – anders als etwa sein schreibender Landsmann Mongo Beti – nie sonderlich engagiert, gehört auch nicht zu den exponierten intellektuellen Kreisen der anti(neo)kolonialen Kameruner Opposition. Dennoch kehrt er weder 1960, im Jahr der Unabhängigkeit, noch danach je in seine Heimat Kamerun zurück, um dort zu leben und zu arbeiten. Dazu erklärt er später selber:
»So politisch neutral war das gar nicht unbedingt. Mir war klar, daß meine Arbeit einen guten Schuß Journalismus miteinschloß, der mich gegenüber dem, was sich in der Welt und insbesondere in Afrika so tat, absolut nicht kalt ließ. Über meine Radiotätigkeit bekam ich das Gefühl, wirklich Teil einer übergreifenden menschlichen Gemeinschaft zu sein, was mich formte und mich über mich und die Welt gründlich nachdenken ließ. Mir gingen zum ersten Mal die Augen auf über die politischen Probleme Afrikas im allgemeinen und Kameruns im besonderen. Und ich war beunruhigt über das, was sich abspielte – das war kurz vor der Unabhängigkeit –, beunruhigt auch deshalb, weil ich mehr oder weniger auf Seiten der Linken stand. Zudem war mein ältester Bruder in der politischen Opposition Kameruns engagiert; nicht gerade UPC, aber eine Art gemäßigte UPC. Als Radiomann konnte ich zu der Zeit auf gar keinen Fall nach Kamerun zurück, um dort zu arbeiten. Unter den gegebenen Bedingungen war das auch nach der Unabhängigkeit unmöglich für mich. Erstens, weil ich mit der eingeschlagenen Politik nicht einverstanden war und zweitens wegen meines Bruders in der verbotenen Op-

position. Ich beschloß, in ein anderes afrikanisches Land zu gehen und dort zu arbeiten. Meine Wahl fiel auf Ghana, aus Idealismus nebenbei und weil ich Ghana für die Speerspitze der afrikanischen Unabhängigkeitsbewegung hielt. Ich ging also nach Ghana und habe mich dort am Aufbau einer panafrikanischen Radio-Station beteiligt. Ich blieb solange, bis ich merkte, daß meine Entscheidung mehr idealistisch als realistisch war und meine Vorstellungen von einer ›Stimme Afrikas‹ nichts mit der Realität zu tun hatten. Aber wohin gehen, um weiter in diesem Metier zu arbeiten, das mir sehr viel zu bedeuten begann. Nach Kamerun konnte ich nicht zurück, außerdem hatten mich meine Erfahrungen gelehrt, daß das auch nicht unbedingt sinnvoll wäre. Also ging ich nach Paris, wo ich als ›freelance‹ für mehrere Radiosender zu arbeiten begann. Ich kaufte mir eine bescheidene Ausrüstung und machte Reportagen. Das war Mitte der sechziger Jahre. Irgendwann erhielt ich dann das Angebot der UNESCO in Paris, den Bereich Massenmedien in Entwicklungsländern zu übernehmen. Ich sagte zu, immer noch in der Absicht, nicht auf Dauer in Paris zu bleiben. Schließlich bin ich dann doch jetzt schon über zehn Jahre dageblieben.«

Bebey gibt Mitte der siebziger Jahre auch die Rundfunkarbeit für die UNESCO auf, denn was ihn eigentlich am Radio interessiert, sind Musik und Literatur, die er lieber selber produzieren will, als sie nur zu verwalten. Neben einem runden Dutzend Schallplatten mit konzertanten Gitarrenstücken, Liedern, Balladen, afrikanischer Poesie und Vertonungen eigener und fremder Texte, publizierte er auch zwei wichtige Standardwerke über Afrika, »La Radiodiffusion en Afrique Noire« 1963) und eine grundlegende Untersuchung über die Musik Afrikas, »Musique de l'Afrique« (1969). 1967 erschien sein erster Roman »Le Fils d'Agatha Moudio«

(deutsch: »Der Sohn der Agatha Moudio«, Konstanz 1969), für den er ein Jahr später den »Grand Prix Littéraire de l'Afrique Noire« erhielt. 1968 veröffentlichte er den Novellen- und Gedichtband »Embarras et Cie.«, 1973 folgt der Roman »La poupée ashanti«. »King Albert« (»Le Roi Albert d'Effidi«) ist Bebeys dritter Roman und steht in der literarischen Tradition der beiden großen anderen Kameruner Romanautoren Mongo Beti und Ferdinand Oyono. Die Dorfbewohner, der Chef, der Gewerkschafter, der »King« auf der einen, die griechischen Händler, der Priester, die französischen Kolonialbeamten auf der anderen Seite, sie alle tauchen auch in den antikolonialen Romanen Kameruns der fünfziger und sechziger Jahre auf. Bebey hat sie vielleicht liebevoller, mit der Sensibilität und im Rhythmus des afrikanischen Musikers, ein bißchen auch mit dem dramaturgischen Gespür des Radio-Mannes gezeichnet, mit Sicherheit aber nur scheinbar weniger militant, weniger politisch, weniger engagiert als Beti, Oyono oder etwa Philombe. Francis Bebey ist eher ein Autor sanfter, ironischer Zwischentöne, aber seine Geschichtslektion, ohne die »King Albert« nicht entstanden wäre, hat er ebenso gelernt wie die anderen. »Das Spiel besteht für mich wirklich darin«, sagt Bebey, »mir klarzumachen, daß es eine Reihe von Komplexen gibt, die man mir in den Kopf setzen wollte. Ich habe es geschafft, mich davon zu befreien. Ich begreife mich als authentischen Afrikaner, aber als Afrikaner des zwanzigsten Jahrhunderts. Und ich habe nicht die geringste Absicht, mich zu ändern, um irgendwelchen Europäern einen Gefallen zu tun. Ich will kein Afrikaner nach *ihrem* Bild des Afrikaners sein. Ich will der Afrikaner sein, der ich bin.«

unionsverlag

Verlernen, was mich stumm macht
Lesebuch zur afrikanischen Kultur
Herausgegeben von Al Imfeld

Politiker, Schriftsteller, Journalisten, Künstler, Musiker und Filmemacher kommen hier zu Wort und werden in der Debatte und an der Arbeit vorgestellt. Afrika auf der Suche nach seiner eigenen Stimme und Sprache, nach der afrikanischen Persönlichkeit und Gemeinschaft – dieser Prozeß wird in seiner ganzen Vielfalt und Widersprüchlichkeit beleuchtet.

320 Seiten, DM 29,–

Hilary Ng'weno
Der Mann aus Pretoria
Afrika-Thriller

Auf den Spitzenforscher Cornelius Erasmus konnte sich die südafrikanische Regierung immer verlassen. Bis er sich über Nacht absetzt – nach Schwarzafrika. Mit allen Dokumenten. Die Jagd der Geheimdienste beginnt.

Erstmals ein Thriller aus Afrika. Es geht um einen Konflikt, der Afrika nicht zur Ruhe kommen läßt: die südafrikanische Apartheid.

144 Seiten, DM 9,80

Vinnia Ndadi
Kontraktarbeiter Klasse B
Mein Leben in Namibia

Vinnia Ndadi erzählt seinen Weg vom Kontraktarbeiter zum Swapo-Führer. Ein Dokument aus erster Hand über den Alltag der schwarzen Bevölkerung. In dieser Autobiografie widerspiegeln sich die Erfahrungen und das Erwachen eines ganzen Volkes.

184 Seiten, DM 12,80

Bitte fordern Sie unser Gesamtprogramm an!
Unionsverlag, Postfach 3348, 8048 Zürich